Enredada en mi corazón

Greenleigh Adams

Capítulo 1

Ivy, 7 años

Casi todos los chicos que conocía odiaban el primer día de clases, pero a mí me encantaba, aunque significara que el verano había terminado. El primer día de clases era el comienzo de un montón de cosas nuevas.

Este año, por fin tendría calificaciones con letras en mi boleta. Las calificaciones de "sobresaliente" estaban bien, pero yo quería ver A y B. Bueno, en realidad solo quería ver A. Estaba segura de que conseguiría más A que mi mejor amiga, Carrie.

El primer grado era un gran paso. Muchas cosas iban a cambiar y no podía esperar. Mi mamá me llevó a comprar ropa nueva y útiles escolares. Ya no era una bebé, así que este año necesitaba una mochila de verdad para cargar todas mis cosas. No pesaba mucho ahora, pero esperaba que al final del día estuviera llena de cosas para llevar a casa y mostrarles a mis papás.

Llevaba mi mochila nueva colgada de los dos hombros y mi lonchera a juego en la mano mientras esperaba el autobús. Escogí ambas cosas de un catálogo y mi mamá las pidió con mi nombre bordado. El patrón de cuadros azul y blanco tenía pequeñas margaritas en la parte de adelante.

Mi mamá me tomó de la mano mientras estábamos en la esquina de la calle, esperando que el autobús llegara. Sentía mariposas en el estómago de solo pensar que ya venía.

Cuando por fin llegó el autobús, estuve a punto de saltar de emoción. Miré a mi mamá, sonriendo de felicidad, y ella me sonrió de vuelta. Me dijo que su corazón se alegraba siempre que me veía feliz, y hoy, yo estaba rebosante de alegría.

Solté su mano, le di un rápido adiós y subí las escaleras del autobús.

"Nos vemos después de clases, mamá", le grité mientras corría a buscar un asiento.

Ya había varios chicos en el autobús, incluida mi mejor amiga, Carrie. Me hizo señas y me señaló el asiento a su lado.

Su casa estaba a una cuadra de la mía. Era lo suficiente-mente cerca como para que pudiera ir en mi bici. Tenía que usar casco y mis papás siempre me observaban mientras pedaleaba hasta su casa. Desde la esquina de mi jardín podíamos ver la suya, así que ellos siempre me miraban mientras iba, y como hoy, les hacía una señal rápida antes de entrar.

Carrie me sonrió mientras me acercaba a su asiento. Había perdido varios dientes este verano, así que su sonrisa tenía unos huecos y otros dientes grandes que parecían no encajar bien.

Corrí hacia ella y me senté junto a ella. Ella se apartó un poco hacia la ventana para darme más espacio.

Un par de chicos mayores, que vivían cerca, subieron al autobús. Eran de tercer grado, y no me caían nada bien. Hablaban muy alto y reían aún más fuerte. Traté de ignorarlos y miré a Carrie, esperando que no se sentaran cerca de nosotras.

Por suerte, se fueron al fondo del autobús y se sentaron lejos de donde estábamos. Nos quedamos esperando en mi parada por lo que me pareció una eternidad. Normalmente, el autobús ya estaría en marcha y de camino a la escuela, pero no entendía por qué estábamos parados.

Entonces, escuché a alguien llorar. Me asomé por encima de Carrie para ver por la ventana, hacia la puerta del autobús. Vi a un niño pequeño que se aferraba a los pantalones de su mamá mientras lloraba. Ella intentaba levantarlo y hacerlo subir al autobús.

No entendía por qué lloraba. El autobús nos llevaba a la escuela. ¡Y yo amaba la escuela!

Finalmente, el niño dejó de pelear y subió al autobús. Yo me volví rápido para que no se diera cuenta de que lo había visto llorar.

Su cara roja aún estaba llena de lágrimas, y sus ojos azules estaban irritados. Su cabello rubio estaba todo alborotado por el forcejeo con su mamá.

"¿Quién es ese?", preguntó Carrie. "¿Crees que está en kínder?"

"No lo sé", susurré. No quería que el niño se sintiera peor por saber que hablábamos de él. Estaba triste, y no quería hacer que se sintiera peor.

El niño pasó por nuestro asiento y se sentó en un banco vacío justo detrás de nosotras. Seguía llorando en silencio, incluso cuando el autobús comenzó a moverse unos minutos después.

"El rubio es un llorón", dijo uno de los chicos mayores en el fondo del autobús.

Por supuesto, su comentario hizo que el niño volviera a temblar y a llorar. Me dio mucha pena por él.

"Carrie, necesito ir a sentarme con el niño nuevo un momento", le dije.

Ella asintió, sabiendo que volvería pronto, y me hizo una señal de *ok*.

Dejé mi mochila y lonchera en el asiento junto a Carrie y me deslicé hacia el banco detrás de nosotras, esperando que el conductor no me viera. No le gustaba que nos moviéramos una vez que el autobús estaba en marcha.

El niño tenía la cara casi pegada a la ventana, mirando el camino, lo que me dio espacio suficiente para sentarme sin que me viera.

Giró la cabeza para dejar de mirar por la ventana y sus ojos azules se encontraron con los míos, que eran marrones.

"Hola, soy Ivy," dije, mientras le regalaba mi mejor sonrisa amistosa.

Un poco de mocos le salió de la nariz, y se los limpió con la mano. "Yo soy Fl...Fl...Fletcher."

No iba a darle la mano llena de mocos, pero sí tomé su mano limpia y la cubrí con la mía. "¿Tienes miedo de ir a una escuela nueva?"

Asintió, y grandes lágrimas comenzaron a caer por su rostro.

"¿Te preocupa no tener amigos?" le pregunté.

Volvió a asintir, esta vez más fuerte.

"Yo seré tu amiga," le dije, esperando hacerlo sentir mejor y menos asustado. "Y Carrie también será tu amiga."

Carrie asomó la cabeza por encima del respaldo del banco y le hizo un gesto con la mano, mostrándole su gran sonrisa llena de dientes. "Hola," dijo rápidamente y luego se volvió a sentar.

"¡Ivy tiene un novio! ¡Ivy tiene un novio!" gritó uno de los chicos mayores desde el fondo del autobús, como si estuviera cantando una canción.

Me molestaron un poco, y ya estaba cansada de su actitud. Así que me senté sobre mis rodillas, me giré para mirarlos y les dije: "No es mi novio, pero sí es mi amigo."

"Pues, eres amiga de un bebé," dijo Kevin, el chico de cabello rojo brillante y un montón de pecas en sus mejillas gorditas, con tono despectivo.

"¿De verdad, Kevin?" fruncí el ceño porque me hizo enojar mucho. "¿Qué le llamas tú a alguien que se hizo pipí en los pantalones en segundo grado?"

Sus ojos se abrieron mucho cuando se dio cuenta de que sabía su secreto embarazoso y que podía contárselo a los chicos mayores del autobús.

"Solo fue una vez," susurró, y el chico que estaba a su lado se apartó rápidamente de él, casi cayéndose del asiento.

"Deja a mi *amigo en paz*," le dije, apretando los dientes, dándole a Kevin una advertencia de que si seguía molestando a Fletcher, se iba a arrepentir.

Fletcher dejó de llorar, y cuando me volví a sentar, su boca estaba abierta, como si estuviera sorprendido. Luego, sus labios se curvaron en una media sonrisa.

Lo abracé. No estaba segura si lo hacía para que él se sintiera mejor o para calmarme a mí, pero ver que sonreía me hizo sentir muy feliz, y solo quería abrazarlo un montón.

También quería que supiera que no tenía que estar solo ni tener miedo. No creía en asustarse por cualquier cosa, y no iba a dejar que nadie lo molestara o se burlara de él.

Lo solté después de unos segundos y le apunté al pecho con el dedo. "No tienes que tener miedo de nada cuando estés conmigo. No dejaré que nada malo te pase."

Asintió, y su sonrisa se hizo más grande.

Pasaron juntos todo el camino hasta la escuela. Con Carrie a un lado y Fletcher al otro, entramos al colegio sin miedo el primer día de primer grado. Carrie y yo estábamos en salones diferentes, pero Fletcher y yo teníamos la misma maestra, así que nos despedimos de Carrie y cruzamos al salón de al lado.

Nos encontramos de nuevo en el recreo y nos turnamos para ir en los columpios y luego trepar en las barras. Fletcher no parecía importarle pasar el rato con dos chicas en lugar de buscar otros amigos.

Pensé que, con el tiempo, se iría a la zona del patio donde jugaban los chicos, una vez que se sintiera más cómodo en la escuela nueva. Los chicos mayores le habían molestado, pero los de nuestro grado estaban bien. No los odiaba. A veces eran asquerosos, pero al menos no eran malos.

Esperaba que Fletcher no terminara siendo como esos chicos que competían a ver quién podía eructar o tirarse pedos más fuerte, o los que comían mocos y nunca se lavaban las manos.

Básicamente, solo quería verlo feliz, aunque eso significara que se volviera un niño asqueroso como los demás de primer grado. Nunca quería verlo llorar otra vez. Prometí defenderlo de los chicos maleducados y echarlos lejos. Podía ser valiente por mí misma y por él también.

Capítulo 2

Ivy, 15 años después

Ya extrañaba el gimnasio de la universidad. Solía programar mis entrenamientos como si fueran una clase. Iba a ciertas horas del día, y siempre sabía quién estaría allí y cómo sería el ambiente.

Este lugar me resultaba extraño. Ahora que ya no estaba en la universidad, necesitaba un sitio donde hacer ejercicio, y después de regresar a mi ciudad natal, Villpointe, tenía algunas ideas de qué gimnasios probar.

Ya me estaba molestando que, a las siete de la tarde, no hubiera lugar para estacionar cerca de la salida, así que tendría que caminar en la oscuridad hasta mi auto cuando me fuera. Sin embargo, no iba a descartar este lugar solo por el tema del estacionamiento.

Estaba pensando en probar en otro momento del día. El gimnasio estaba limpio y moderno. Los equipos parecían nuevos, y había suficientes cintas de correr y escaleras para no tener que esperar turno.

En la universidad, tenía que planear mis entrenamientos para evitar las horas pico. Era muy molesto tener solo un tiempo limitado entre clases y no poder usar los equipos que necesitaba.

Así que, a pesar del problema con el estacionamiento, este lugar ya había cumplido con una de mis expectativas. Y, siendo honesta, caminar en la oscuridad no era tan horrible. Caminaba por el campus a oscuras todo el tiempo. Caminar de la universidad al apartamento, que estaba fuera del campus, era algo que hacía varias veces, así que no debía estar exagerando por tener que caminar un poco más lejos en la oscuridad hasta mi auto.

Mi ciudad natal era segura. Después de pasar cuatro años en la universidad en Carolina del Norte, todavía no sabía dónde quería quedarme, así que volví a la costa este de Maryland, donde crecí.

No había estado en casa desde el verano después de mi primer año. Trabajé todos los veranos en un resort en Carolina del Norte después de eso, así que no volví. Mis padres venían a verme, disfrutando del clima más cálido en las vacaciones, y se quedaban en el resort donde trabajaba una semana cada verano.

La gente parecía diferente entre los dos estados. Tal vez no me había dado cuenta antes, o tal vez las cosas habían cambiado mientras yo estaba fuera. Pero nadie me saludó ni intentó hablar conmigo cuando busqué un equipo disponible y finalmente me acomodé en una máquina elíptica.

Casi disfruté el silencio, aunque eso significaba que los regulares no eran muy amigables con los nuevos. No era realmente nueva, pero no era miembro del gimnasio.

Tal vez no está mal poder entrar y salir sin tener que saludar a nadie.

"Hey, eres nueva."

Y ahí se fue el silencio que tanto apreciaba.

"Hola," dije, levantando la mano rápidamente. Dejé la

mano del aparato para enviarle un saludo al chico sudoroso que llevaba una camiseta probablemente demasiado ajustada a propósito y shorts de malla.

Su cabello castaño estaba mojado por el sudor, y aunque tenía una sonrisa agradable, yo estaba disfrutando de poder pasar desapercibida. Aunque era extrovertida, había algo valioso en esos momentos tranquilos.

"Soy Colton, pero me puedes llamar Colt."

Ya no lo estaba mirando, me concentraba en el hombre que corría en la caminadora frente a mí.

"Mucho gusto," respondí, pero sin devolverle la mirada.

"No te había visto aquí antes."

Dios mío. No tenía ganas de entablar una conversación. Asentí y subí la velocidad de la máquina, esperando que entendiera el mensaje de que estaba más interesada en hacer ejercicio que en hablar.

"Puedo darte un tour... tal vez ayudarte en el área de pesas."

¿De verdad? "Gracias, pero estoy bien." Le lancé una mirada molesta. Obviamente, no iba a aceptar un rechazo educado. Necesitaba que viera el disgusto en mis ojos.

Volví a concentrarme en lo que estaba haciendo. El hombre frente a mí bajó el ritmo y comenzó a caminar. Me pregunté si estaba enfriándose o si estaba haciendo entrenamiento en intervalos, alternando caminatas y sprints por un tiempo o distancia.

"Puedo decir por la forma de tu cuerpo que eres seria con los entrenamientos. ¿Qué te parece si nos vemos fuera del gimnasio?"

"No mezclaría lo personal con lo profesional. Sería muy raro salir con alguien del gimnasio. Ya sabes, eso de mezclar negocios con placer." Bajé el ritmo de la máquina, y me molestaba que tuviera que alterar mi entrenamiento por culpa de este tipo.

Este gimnasio no sería para mí. Preferiría ir a un lugar con equipos más viejos y sin estacionamiento, que ser acosada por un cliente el primer día.

"Para mí el placer sería todo mío." Su sonrisa rara habría sido atractiva si no fuera por sus actitudes que me daban escalofríos.

Me estremecí cuando me agarró la pierna, y la rabia empezó a salir de mis poros. Detuve el movimiento en la máquina y le di una patada para apartar su mano. "No me toques."

Ya era demasiado. No solo era persistente, sino que además pensaba que podía ponerme la mano encima.

El hombre de la caminadora frente a mí saltó de la máquina sin siquiera detener la cinta. *Genial, ahora un tipo pensaba que tenía que ser caballeroso.*

Podía defenderme. Me bajé de la elíptica y señalé hacia él antes de que el otro hombre pudiera intervenir para detener los avances de Colt. "Escucha, Ponyboy. No. Estoy. Interesada."

En lugar de ojos abiertos de sorpresa o asombro, sus ojos oscuros se entrecerraron con puro desprecio. "Vas a arrepentirte."

"No me digas que me estás amenazando." Una voz grave y profunda hizo que una sensación cálida me recorriera el cuerpo. Solo había visto su espalda, pero su voz tenía que ser la de él. Su trasero era delicioso, así que claro, su voz también tendría que ser sexy.

"Déjala en paz," siseó Colt. "La vi primero."

Dios, cómo quería escapar de esa situación. Pero siendo quien soy, nunca retrocedería ante un matón. No iba a dejar que me viera acobardada. No me giré para mirar al hombre que intentaba salvarme de esta pesadilla.

"No va a pasar, Caballito." Me enderecé y lo miré de arriba abajo. "Y para que lo sepas, necesitas trabajar más en tus piernas. La parte superior de tu cuerpo no coincide con la parte inferior. Considerando que todo lo que está debajo de tu cintura es más pequeño que el resto de ti, definitivamente no me interesa." Me encogí de hombros y solté una risa burlona.

El rostro de Colt se puso pálido antes de convertirse en un tono rojo intenso. Y después de un resoplido y un golpe frustrado del pie, dio media vuelta y se alejó caminando pesadamente.

"Definitivamente no vuelvo a este gimnasio," murmuré mientras veía a Colt alejarse hacia otra zona del gimnasio.

"No dejes que un hombre te haga irte," dijo la voz sexy.

Casi me había olvidado de que estaba cerca de mí.

Giré la cabeza para encontrar los ojos azules pálidos que no había visto en casi cuatro años.

Al darme cuenta de quién era, su mandíbula se abrió y movió la cabeza, como si no lo creyera. "¿Qué haces aquí?"

No esperaba una bienvenida de su parte, pero ciertamente no tan cálida, así que su sorpresa sobre mi presencia no era completamente injustificada.

"Volví a casa con mis padres mientras decido qué quiero hacer a continuación." Sabía que había una posibilidad de toparme con él cuando regresara al pueblo, pero no había planeado qué decir en nuestro encuentro casual. Decidí ser honesta. "Te ves bien, Fletcher."

No me sorprendió sentirme atraída por su trasero en la caminadora. Siempre me había gustado él, básicamente desde que llegué a la pubertad.

Mi cumplido no parecía hacerle gracia. Un ceño fruncido deformó su rostro cincelado. "Supongo que pronto seguirás con tu próxima aventura, ¿verdad, Ivy?"

El hecho de que dijera mi nombre real era una forma de herirme. No me había llamado Ivy desde que tenía catorce años. Estaba dejándome claro lo insignificante que era en su vida, usando mi nombre para recordármelo.

"Bueno, planeo quedarme al menos hasta el verano, así que puede que nos volvamos a ver en algún momento."

Una risa sarcástica atravesó el aire. "Me retracto de lo que dije antes. Deberías encontrar otro gimnasio." Un pequeño temblor recorrió su mandíbula. Supongo que sigue rechinando los dientes cuando está molesto. "Realmente preferiría no volver a verte."

Eso lo esperaba. Le hice daño, y claramente, el tiempo no había sanado esa vieja herida.

"No hay problema." Asentí. "Buscaré otro lugar."

Rápidamente tomé mi botella de agua, mis llaves y mi teléfono del aparato y tomé la decisión de irme sin ni siquiera desinfectar el equipo antes de salir.

"Al menos me aseguro de que no necesitas que alguien espante a los matones." Su voz ronca me hizo mirarlo nuevamente antes de poder irme. "Aunque, ya sabes, nunca lo hiciste."

Le ofrecí una sonrisa débil y levanté la barbilla, manteniendo la fachada de fortaleza que estaba fingiendo.

Sus ojos azul zirconio brillaron con anhelo, pero rápidamente se transformaron en ira. "Estoy comprometido."

Tragué con dificultad. Esas palabras fueron la flecha final directamente al corazón. Las soltó para herirme. No era suficiente que me llamara Ivy, sino que prácticamente estaba anunciando que su corazón le pertenecía a otra persona, echando sal en viejas heridas.

"Felicidades." Sonreí de forma forzada y tomé una respiración profunda sin darme cuenta. "Me alegra que hayas encontrado tu felicidad."

Exhalé, sintiendo que los pulmones me ardían, y una capa de agua nubló mi visión mientras salía del gimnasio sin mirar atrás.

De alguna manera, logré estar en mi coche, a mitad de camino a casa, antes de que las lágrimas se desbordaran de mi pecho. Hice una parada en el autoservicio de una cadena de comida rápida para pedir un refresco antes de continuar mi camino hacia la casa de mis padres.

Aunque algunas personas recurren al alcohol o al helado cuando están deprimidas, yo siempre encontré que mi placer culpable era la cola. Pero no de una botella ni una lata. Tenía que ser de una máquina de refrescos. No hay nada como ese sabor y las burbujas mezclándose perfectamente al tocar mi lengua y hacer cosquillas en mi nariz.

No me sentía mucho mejor emocionalmente, pero al menos ya no estaba llorando cuando llegué a la casa de mi infancia.

"¿Mamá?" llamé después de entrar a la casa y cerrar la puerta detrás de mí. Todavía sostenía el vaso de papel con soda en la mano. Estaba resbaladizo por la condensación y aún tenía una pajilla sobresaliendo de la tapa.

Pasé por la sala, mirando a mi alrededor, buscando a mi mamá. Sorbí una vez más del vaso en mis manos y vacié el hielo del vaso ya vacío en el fregadero de la cocina.

"¿Mamá?" Mi mirada evaluadora todavía no la había encontrado.

Su coche estaba en el camino de entrada, así que supuse

que estaba en casa. Mi papá probablemente aún no llegaba del trabajo. Ya era después de las siete de la tarde cuando salí del gimnasio. Miré el reloj en mi coche cuando arranqué, dándome cuenta de que había pasado menos de treinta minutos en el gimnasio en total. El tiempo que pasé registrándome, ejercitándome en la elíptica, hablando con ese idiota de Colt, y mi corazón destrozado por Fletcher, sumó menos de media hora de mi vida.

Sentí que toda la experiencia avanzaba a un ritmo lento, pero esos veintisiete minutos se sintieron como veintisiete mil minutos, y durante ese corto lapso de tiempo, veintisiete millones de fragmentos de mi corazón roto se hicieron pedazos.

"¿Mamá?" volví a llamar mientras me dirigía al pasillo donde estaba la oficina de mi papá.

"Hola, estoy arriba." La voz de mi mamá finalmente respondió a mis repetidas llamadas.

Mis mejores amigas solían vivir en este pueblo, pero aunque mantenía algo de contacto por redes sociales, no las había visto ni hablado con ellas en años, así que nos habíamos distanciado.

Entonces, sin ningún otro hombro en el que apoyarme, busqué el refugio de los brazos, con suerte, acogedores de mi mamá.

Sin embargo, al subir las escaleras y abrir la puerta del dormitorio principal, encontré a mi mamá rodeada de montones de ropa esparcida por la cama.

"¿Qué haces?" pregunté, ya no sumida en mi profundo pozo de dolor y arrepentimiento.

"Tu papá recibió una llamada de un hospital en Houston. Están renovando su departamento de urgencias y necesitan a alguien con experiencia para establecer un nuevo sistema de flujo."

Mi papá había sido administrador de hospital durante más de dos décadas. Aunque no entendía exactamente lo que hacía, sabía que a veces recibía llamadas en medio de la noche y tenía que ir al hospital fuera de su horario habitual para resolver problemas que surgieran.

Siempre me interesó cuidar a los pacientes, mientras que parecía que a él le gustaba ser una de esas personas detrás de escena que mantenía el hospital funcionando sin problemas.

"Entonces, ¿te vas?" Mi voz se quebró.

"Solo por un tiempo. Tal vez un mes o dos." Su ceño se frunció y sus labios se torcieron en una expresión triste, provocando algunas líneas en su rostro y frente. "Vas a estar aquí por lo menos ese tiempo, ¿verdad, cariño?"

"¿Qué? Quiero decir, sí. Pero..." Sacudí la cabeza. No podía lidiar con toparme con Fletcher y la sensación de abandono por parte de mis padres en el mismo día. "Acabo de llegar a casa, y pensé que podríamos pasar un tiempo juntas."

Mi mamá soltó el suéter azul que sostenía y lo tiró sobre la cama, entre las otras prendas. "Ivy, ¿estás bien?"

"Claro." Solté una risa sin humor.

"Puedo quedarme y que tu papá vaya solo." Se sentó en la cama y tocó el colchón a su lado, invitándome a sentarme también.

Me dejé caer junto a ella y suspiré. "No hace falta que hagas eso."

"¿Necesitas que esté contigo?" Me dio un pequeño empujón en el hombro inclinándose hacia mí, luego se apartó y me miró con una ceja levantada, como si acabara de darle una idea. "¿Qué te tiene tan alterada? Hay algo más, ¿no? Algo más que mi partida que te está descontrolando."

"Me encontré con Fletcher." No vi razón para ocultarle

la verdad. Ella obviamente se dio cuenta de que estar sola o lejos de mis padres nunca me había molestado antes.

Sus ojos oscuros se suavizaron con comprensión.

Hace años le había dicho que no quería que hablara de Fletcher en mi presencia, y ella respetó mi deseo todo este tiempo. Así que se quedó en silencio, esperando que yo hablara.

"Él era mi mejor amigo, mamá." Las lágrimas quemaban la parte posterior de mi garganta.

Me abrazó, rodeó mi hombro con su brazo y me apretó contra su costado. Luego me dio un beso en la sien. "Tal vez lo seas de nuevo."

"Me dijo que está comprometido." Me sonó la voz un poco entrecortada, pero me negué a dejar que las lágrimas salieran.

"¿Te molesta eso?" preguntó en un tono bajo.

Forcé los ojos hacia arriba, y mi cabeza también se giró.

Ella soltó una pequeña risa empática. "¿Te molesta porque piensas que eso significa que ya no puede ser tu amigo o que no puede ser algo más que un amigo?"

Capítulo 3

Ivy, 11 años

"¡No quiero que se mueva!" grité y golpeé la puerta de mi cuarto cuando mi mamá me pidió que bajara a despedirme de Carrie.

Ella había sido mi mejor amiga desde preescolar, y ahora, el verano antes de comenzar la secundaria, los padres de mi mejor amiga decidieron llevársela de una casa que podía ver literalmente desde mi porche a algún lugar en Florida.

Yo había ido a Disney World, y eso implicaba un largo viaje en coche hasta el aeropuerto y un vuelo largo para llegar allí. Ella se mudaba a un pueblo llamado Jacksonville. No tenía idea de dónde quedaba eso en relación con Orlando, donde está Disney World, pero sabía que estaba muy, muy lejos de donde había vivido toda mi vida.

Sabía que llorar en mi cuarto y hacer una rabieta no iba a evitar lo inevitable, pero estaba llena de emociones y no podía conformarme con esto.

Levanté la cabeza de la almohada en mi cama cuando la puerta se abrió. Mi mamá giró el pomo y empujó la puerta, lo que hizo que se escuchara un chirrido en la bisagra. Ya no estaba llorando, ahora mis lágrimas se habían convertido en rabia, y mi mamá se estaba metiendo en mi línea de fuego.

"Vete, mamá," grité entre sollozos y narices tapadas.

Ella, por supuesto, no se fue. Se sentó en mi cama junto a mí, y yo me di vuelta de mi estómago a una posición sentada y la miré furiosa.

"Sé que estás molesta, pero Carrie realmente quiere despedirse de ti, y ahora mismo, estás siendo egoísta."

"¿Egoísta?" me reí irónicamente. "¡Sus papás son los egoístas, llevándola mil millas lejos de su casa!"

"Está bien, señora Hatfield." La figura de Carrie apareció en el umbral de la puerta, saliendo del pasillo. "Yo me encargaré."

La mirada suave de mi mamá pasó de Carrie a mí y luego otra vez a mi amiga. "Está bien." Luego, con una suave palmadita en mi brazo superior, el peso de mi mamá se levantó de la cama mientras se levantaba y nos dejaba solas a Carrie y a mí en mi cuarto.

La boca de Carrie se movió con una débil sonrisa y giró la cabeza empatizando.

¿Por qué no está ella molesta por esto?

"Siempre pensé que tú eras la fuerte," dijo, sacudiendo la cabeza un par de veces, haciendo que sus largos rizos rubios rebotaran con los rápidos movimientos.

Me deslicé hacia el final de la cama, donde ella estaba, y tomé su muñeca, tirando de ella hacia abajo.

Ella se sentó sin resistencia sobre mi cobija y cambió su mano para que mis dedos ya no estuvieran envueltos alrededor de su muñeca, sino entrelazados con los suyos. "Siempre serás mi mejor amiga, no importa dónde viva."

Sus ojos azules brillaban por las lágrimas no derramadas, y parpadeó varias veces, probablemente luchando por contenerlas.

"No quiero que te vayas." Mis hombros se hundieron con vergüenza. Ya había expresado mi opinión sobre esto tantas veces, y después de soltar esas palabras esta vez, finalmente me di cuenta de que no solo mis palabras no iban a cambiar el resultado, sino que tampoco eran palabras de consuelo, y mi hermosa amiga a mi lado necesitaba eso.

Ella había dicho que yo era la fuerte, y hasta ahora no lo había sido. Supe de su mudanza al final del sexto grado. Juramos tener un verano para recordar siempre, pero me quejé tanto que probablemente no hice que nuestros últimos meses juntas fueran recuerdos felices.

Debería haber llenado nuestros días de risas y diversión, pero me retiré, me deprimí y me quedé triste. Y ahora no podía recuperar ninguno de esos momentos. No podía revivir esas oportunidades perdidas y cambiarlas.

Pero podía cambiar mi actitud ahora. Ella necesitaba que fuera valiente, y eso podía hacerlo por ella.

Entonces, solté la mano que ella tenía sobre la nuestra y la envolví en un abrazo, dándole todo mi cariño de amiga. "Mi mamá dijo que me darán un celular pronto, y entonces podremos enviarnos mensajes o hablar todo el tiempo."

El agua caliente se pegó al lado de mi cara, pero la humedad no venía de mí. Su mejilla estaba presionada contra la mía, y las evidencias de su llanto nos unían.

Me aparté, y ella se limpió los ojos con los dedos.

"Te voy a extrañar." Forcé mis labios hacia arriba en una sonrisa algo torcida. "Pero vas a tener una gran experiencia en tu nueva escuela y harás nuevos amigos." Tomé sus manos y las apreté fuerte. "Y tendrás buen clima todo el tiempo."

Ella soltó una pequeña risa y asintió con la cabeza. "Ojalá no tuviera que irme."

Mi corazón roto necesitaba ser fuerte. Ya había hecho las cosas lo suficientemente difíciles para ella, y aunque todo lo que quería hacer era decirle cuánto no quería que se fuera también, necesitaba reunir el coraje suficiente para darle palabras de ánimo.

"Sabes dónde estaré. Puedes visitarme cuando quieras y dormir aquí en esta cama conmigo." Miré ligeramente hacia las almohadas que estaban en la cabecera de la cama.

"Hemos tenido muchos buenos momentos en este cuarto y pijamadas en esta cama." Ella rió de nuevo, y más lágrimas brotaron de sus ojos y bajaron por su rostro.

"Ese esmalte de uñas todavía es una mancha rosa en mi alfombra. Y nunca más podré ver películas de terror sin ti al lado mío, escondiéndonos bajo las cobijas en las partes de miedo."

"Pero al menos tu cuarto estará libre de comida chatarra a partir de ahora." Ella giró y dobló la pierna sobre la cama para mirarme mejor. "Tu mamá se enojaba tanto con nosotras por las migas."

"Y los eructos ruidosos del refresco que nosotras traíamos aquí." Las dos dejamos que las risas de nuestros recuerdos felices flotaran en el aire.

"Tal vez de vez en cuando, toma un refresco en tu cuarto y eructa muy fuerte por mí," dijo Carrie, con las lágrimas deslizándose sin parar por sus mejillas.

"Lo prometo."

Y con un último abrazo, se fue. Miré la puerta que cerró detrás de ella solo por un momento antes de desplomarme de nuevo sobre mi estómago con la cabeza en la almohada y dejar que mis lágrimas se escaparan otra vez.

Debe ser que me quedé dormida. Mis emociones me habían agotado. Nunca entendí lo que significaba eso de "llorar hasta quedarme dormida", pero ahora lo entendía perfectamente. Lo había vivido en carne propia.

Probablemente seguiría durmiendo si no hubiera sido porque una mano tocó mi brazo, haciéndome sobresaltar.

Mis párpados estaban algo pegados por las lágrimas saladas que había derramado, así que me tomó un momento abrir los ojos y finalmente enfocar.

Fletcher.

"Tu mamá dijo que estaba bien si subía a tu cuarto a ver cómo estabas."

Fletcher nunca había estado en mi cuarto. Aunque éramos amigos desde hacía años, mis padres no pensaban que fuera apropiado que un chico estuviera en mi habitación. Así que, normalmente, Carrie, Fletcher y yo nos reuníamos en la sala de estar si no estábamos afuera.

Pero ahí estaba él, no solo en mi cuarto, sino sentado en mi cama junto a mí. Una sonrisa comprensiva tiraba de las esquinas de su boca, dejando ver los dientes cubiertos por los brackets. Su cabello rubio se había oscurecido, y lo que antes era completamente liso ahora tenía algo de ondas, con los extremos rizados. Sus ojos azules seguían siendo del color de los zircónes azules.

"Se fue, Fletcher." Ya no podía llorar. Toda el agua se me había acabado, pero mi garganta seguía atorada con los sollozos que no podía controlar.

Y fue ahí cuando recibí mi primer abrazo de Fletcher, justo allí en mi cama, el verano antes de empezar la secundaria.

Él envolvió sus brazos alrededor de mi torso, y yo me

incliné hacia él. Me acarició la parte de atrás de la cabeza, como lo hacía mi mamá cuando no me sentía bien. "Siempre estaré aquí para ti. Nunca dejaré que mis padres me alejen. Siempre estaremos juntos. Te lo prometo."

Él nunca rompió su promesa.

Yo sí.

Capítulo 4

Fletcher, 22 años, en la actualidad

Pensé que si alguna vez volvía a ver a Ivy, inmediatamente me convertiría en el adolescente enamorado que solía ser y me derretiría en un charco en el momento en que nuestras miradas se cruzaran. Pero en el momento en que la vi, lo único que sentí fue rabia.

Al principio, solo quería salvar a la damisela en apuros, porque ¿qué caballero no querría ayudar a una chica a defenderse de un tipo malo?

Pero en ese segundo, cuando la reconocí como la chica que destrozó mi joven corazón, no pude lidiar con la furia que burbujeaba en mi interior. Me molestaba que estuviera en el mismo lugar, rodeada por las mismas cuatro paredes que yo. El espacio parecía demasiado pequeño para contener todas mis emociones y a los dos.

El hecho de que estuviera tan guapa solo me irritaba más. Su cabello oscuro estaba recogido en un moño desordenado en la parte superior de su cabeza, como lo llevaba cuando éramos más pequeños, y los iris de sus ojos marrones seguían rodeados por un leve toque de verde. Eran, con diferencia, los ojos de color más exótico que había visto en mi vida.

Si el chico de piernas temblorosas y lengua atada que fui hace años no hubiera aparecido con amor en su corazón, habría pensado que la indiferencia me haría ver todo con desdén. Después de todo, habían pasado años desde que me dejó.

¡Estoy comprometido con otra mujer, por el amor de Dios! Ya había superado a Ivy Hatfield. Seguí adelante y no debería importarme si ella aparecía en mi camino o no. Sí, ya estoy totalmente superado.

Entonces, ¿por qué estoy tan resentido? ¿Por qué me molesta tanto encontrármela de nuevo? ¿Por qué su cercanía me irrita tanto?

No sabía la respuesta a ninguna de esas preguntas en mi mente. Todavía trataba de entender cómo es que me fijé en los cambios de su cuerpo, como sus pechos un poco más grandes y la curva de sus caderas, pero con la misma cintura pequeña de siempre.

No debería haberme fijado en esos pequeños cambios, aunque, en otro tiempo, conocía cada rincón de ella, así como ella conocía cada rincón de mí. Éramos inseparables, y ahora éramos completos extraños. Sentimientos que había guardado durante años afloraban de formas que no podía reconocer. Amé a esa chica con todo mi corazón, cuerpo y alma, y ella destruyó todo lo que había dentro de mí.

Sufrí tanto cuando me dejó por primera vez; lo único en lo que pensaba era en lo mucho que la extrañaba y lo mucho que la quería de vuelta. Nunca quise hacerle daño. La amaba.

Pero en el instante en que la vi después de todo este tiempo, mi intención fue hacerle daño. Solté que estaba comprometido, lo cual, aunque cierto, no debería haber sido algo con lo que pudiera lastimarla.

Ella tendría que importarle algo de mí para que mencionar que ya había seguido adelante la afectara. Y si no me amó todos esos años atrás, ¿por qué habría de sentir algo diferente ahora?

Probablemente se fue a casa agradecida de que hubiera seguido con mi vida para que ella pudiera vivir la suya sin sentirse culpable.

Pero, además de estar acostumbrado a su voz, su toque, la sensación de su piel y el aroma a sol y flores que la hacían única, conocía cómo llevaba sus emociones.

Y la luz que brillaba en sus ojos marrones se apagó cuando hice mi confesión. Quería atravesar su corazón con mis palabras, y el tenue destello en sus ojos me confirmó que lo había conseguido.

Aunque estaba seguro de que había logrado lo que me proponía, no me sentía bien por haberlo hecho. Yo había sido el receptor de dolor por las acciones de otra persona, y ahora me sentía culpable y arrepentido.

Pedir perdón no parecía lo adecuado en esta situación. Técnicamente, no había hecho nada malo. Dije una verdad, aunque la manera en que lo expresé estuvo llena de malas intenciones.

No quería creer que la culpa venía de la perspectiva idealista que tenía cuando era un adolescente. Pensaba que me casaría con Ivy, y algunos de los sentimientos de culpa probablemente venían de la absurda idea de que la estaba engañando.

Mis sueños de un "felices para siempre" con ella murieron hace mucho, así que mi corazón y mi mente necesitaban superar la ilusión de que íbamos a casarnos y formar una familia.

Mi futuro iba a ser con Amilyn. Llevábamos casi dos años juntos. Aunque no habíamos fijado una fecha para la boda, ella llevaba un anillo que yo compré, y ya habíamos hablado de lo que queríamos de la vida.

Tal vez necesitaba ir a ver a mi prometida. Tal vez si pasaba algo de tiempo con ella, podría olvidar a Ivy. ¿Eso es lo que he hecho todos estos años?

Maldita sea. Realmente esperaba que eso no fuera cierto. Admito que superar a Ivy fue lo más difícil que he hecho, pero creo que finalmente he podido amar a otra persona. Mi corazón ahora pertenece a otra mujer.

Y con esa conclusión, me dirigí a su departamento.

Amilyn vivía en un apartamento pequeño. Era considerado de una habitación, pero el dormitorio apenas era lo suficientemente grande para una cama individual y una mesita de noche. Tenía un sofá cama en la sala porque el espacio era prácticamente inexistente. Contaba con una pequeña cocina y un baño con una ducha pequeña, un solo lavabo y un inodoro.

Sabía que eso era todo lo que podía permitirse, pero le ofrecí que se mudara conmigo a mi casa; sin embargo, no quería dar ese paso hasta que decidiéramos una fecha para la boda.

Mi casa no era enorme, pero sí mucho más grande que donde vivía ahora. Me recordaba que pronto se mudaría, así que me callaba porque, cuanto más le sugería que dejara su apartamento, más insistía en quedarse allí.

"Hola, hermosa," le dije tan pronto como Amilyn abrió la puerta después de mis tres toques consecutivos. No me había dado una llave de su lugar, aunque ella tenía una de mi casa y de la casa de mis padres desde hacía años.

Me regaló una sonrisa amplia, mostrándome que se alegraba de verme. Definitivamente necesitaba eso. Necesitaba sentir que alguien se alegraba de mi presencia, y afortunadamente, ella me lo dio.

La abracé, pero me apartó de su abrazo. Sus ojos azules se entrecerraron y su ceño se frunció. "¿Qué pasa?"

"Solo necesitaba un abrazo, Aim." Pude sentir que las arrugas se marcaban en mi frente por su sospecha sobre mi demostración de cariño.

"Está bien, ya lo hemos hecho. Ahora dime por qué necesitas un abrazo." Sus brazos se cruzaron sobre su cuerpo, protegiéndola, mientras seguíamos parados en el umbral de la entrada de su apartamento. Yo estaba de un lado del marco de la puerta, y ella se quedaba del otro, manteniendo la distancia de un brazo.

"¿Puedo entrar?" Probablemente no debería tener que pedir permiso para entrar a la casa de mi prometida, pero traté de ser respetuoso y no solo entrar de golpe.

Ella extendió la mano, indicándome que pasara, así que caminé hacia la sala. Cerró la puerta detrás de nosotros, y me giré para mirarla.

Estudié las suaves líneas de su rostro y mandíbula, su cabello rubio a la altura de los hombros, con algunos rizos rozando la piel cerca de su cuello. Sus ojos imploraban mi sinceridad, y decidí ser honesto.

"Vi a mi ex hoy en el gimnasio."

Sus ojos zafiro se abrieron con asombro antes de susurrar, "¿Ivy?"

Habíamos estado juntos el tiempo suficiente para que le contara todo sobre mis relaciones pasadas, aunque ella no había revelado mucha información sobre sus ex.

La culpa me invadió, y dejé caer los hombros y bajé la cabeza. "Sí."

"¿Y qué pasó?" Su voz seguía siendo suave y curiosa.

Levanté la cabeza y la miré a los ojos. "Le grité, y ella prácticamente salió corriendo del gimnasio."

Sus labios se apretaron en una línea recta, y me miró en silencio, repentinamente muda. Su voz suave era mucho mejor que el silencio. Cuando hacía preguntas, podía seguir su tren de pensamiento. Pero cuando no hablaba, no tenía idea de qué pensaba.

Estuvimos en lados opuestos de su pequeña sala de estar por varios segundos antes de que encontrara su voz nuevamente. "¿La besaste?"

"¿Qué? No." Negué con la cabeza. Aunque escuchaba sus palabras, aún no tenía idea de dónde estaba llevando su imaginación.

"Te veo bastante culpable, Fletch." Su tono seguía siendo bajo y controlado. No había levantado la voz; la curiosidad aún se percibía en sus palabras suavemente dichas.

Me tomé un momento para digerir en silencio su acusación. Me sentía culpable, pero porque me arrepentía de haberle gritado a Ivy, no porque quisiera besarla. Ni siquiera había pensado en besarla.

Claro, ahora que Amilyn había plantado esa idea, me vinieron a la mente recuerdos de cuando besaba a Ivy, y de repente no podía dejar de pensar en besarla. ¿Qué demonios?

"No creo en guardar secretos contigo, así que quería contarte que Ivy volvió a la ciudad." Tal vez mis palabras tranquilizadoras la convencerían, aunque no me sonaban muy convincentes ni a mí mismo.

"¿Voy a tener que preocuparme de que regreses con ella?" el dolor brilló en sus ojos.

De alguna manera, había logrado causarles dolor a dos mujeres hoy. A una que amé hace tiempo y a otra con la que estoy comprometido en este momento.

Negué con la cabeza. "Ami, te amo. Quiero estar contigo." Crucé los dos pasos con pasos cortos hasta llegar a ella. Le tomé la cara con mis manos y le planté un beso suave en los labios. "Voy a pasar el resto de mi vida contigo.

Capítulo 5

Ivy, en la actualidad

Solo me tomó cinco días después de que mis padres se fueran para empezar a desesperarme por hacer algo. Intenté ir a otro gimnasio, pero después de estar en la caminadora no más de veinte minutos, un idiota tiró el cable de parada de emergencia que, por suerte, no tenía sujeto a mi cuerpo, y me dijo que estaba usando *su* máquina.

Después de recuperarme de casi volar de la caminadora por la parada brusca, le dije algunas palabras sobre que su nombre no estaba en la máquina. También mencioné algo sobre el motivo por el que actuaba como un idiota probablemente era porque lo que llevaba en los pantalones era tan pequeño... pero bueno.

Parece que no era el momento para usar mi tiempo en un gimnasio. Así que decidí hacer algo diferente a lo que tenía planeado. Opté por conseguir un trabajo en lugar de tomar un par de meses para averiguar cuál sería mi próximo paso en la vida.

Fui a la universidad para estudiar enfermería e incluso presenté el examen de la junta de Maryland, ya que técnicamente era residente de Maryland, aunque estudiaba en otro estado. Aunque aprobé el examen, no me había comprometido completamente a comenzar mi carrera este verano. Originalmente, quería tomarme un tiempo para decidir dónde quería vivir y trabajar. Pensé que podría visitar algunos lugares y ver cuál me quedaba mejor.

Pero mi inquietud me hizo pensar en algo más estructurado para ocupar mi tiempo libre. Consideré conseguir un trabajo como mesera en la ciudad costera donde trabajaba cada verano durante la secundaria. Pero después de haber trabajado los últimos cuatro veranos en un restaurante en mi ciudad universitaria, esa opción ya no me atraía tanto. Después de ocho años trabajando como mesera, realmente quería algo diferente.

Quería algo más que solo un salario. Quería hacer algo con sentido. Así que me armé de valor y llamé a mi papá para preguntar sobre una vacante de enfermería en el hospital de la ciudad.

Podría haber hecho las llamadas yo misma, pero pensé que con la posición de mi papá en el centro médico, él tenía la capacidad de mover las cosas más rápido que yo sola. Después de todo, su trabajo tenía que ver con la mejora de la calidad y procesos eficientes.

Así que, solo dos semanas después, estaba sentada en un auditorio lleno de otros nuevos empleados del hospital. El primer día, estuve en temas organizacionales aplicables a todos los empleados. Escuché charlas sobre cumplimiento corporativo y acoso sexual, además de un montón de conferencias adicionales que no tenían nada que ver con ser enfermera.

Nos dieron almuerzo ese primer día y nos visitaron ejecutivos del hospital. Pero el segundo día, empezaron los exámenes laboriosos, nos hablaron sobre el equipo y los procesos de acceso a la computadora, y nos enseñaron lo básico de la documentación de los pacientes.

Pensé que había vuelto a la escuela de enfermería. Cada día teníamos que almorzar por nuestra cuenta, y aunque íbamos al comedor como grupo durante los siguientes cuatro días, no había exactamente abierto espacio para hacer amigos con las mujeres de mis clases, así que comí sola de martes a viernes.

No tenía problemas para hacer amigos en la universidad, pero mi ciudad natal no había sido muy acogedora, así que probablemente me refugié en mi propio espacio, sin querer interactuar con los demás. No era raro que me quedara sola. Mis padres prácticamente se fueron en cuanto llegué a casa de la universidad. Con mi encontronazo con Fletcher y mis roces con los dos idiotas en los gimnasios, mi reticencia a interactuar con los demás parecía justificada.

Pero después de la agotadora y realmente aburrida semana de orientación en el hospital y de enfermería, finalmente estaba entrando al departamento de emergencias para mi primer turno.

Entré por las puertas de vidrio corredizas en la entrada trasera cerca de la zona de ambulancias. Nadie me saludó ni me preguntó si necesitaba algo. Supongo que, como estaba tan emocionada con esta nueva aventura, esperaba que alguien más se emocionara conmigo.

En cambio, otras enfermeras me empujaron mientras pasaban, y cuando no recordaba cómo llegar al reloj de entrada, intenté preguntar a alguien, solo para ser ignorada.

No puedo creer que mi papá trabaje en este hospital. Nadie fue amigable, y hasta ahora no me está gustando nada de este lugar. La semana de orientación fue una mezcla de aburrimiento y estrés. No había hecho amigos, y ahora, dentro de mi propio departamento, me sentía fuera de lugar.

Volver a casa había sido un desastre tras otro. Siempre me había defendido antes, así que ahora tenía que hacerlo nuevamente. Nadie más iba a velar por mí, así que era hora de tomar el control de mi vida. En lugar de que las cosas me sucedieran, ahora sería yo quien las haría suceder.

Como todas las enfermeras del departamento usaban uniformes verdes menta, era fácil identificar a las demás. Si nadie me hablaba, simplemente seguiría a la siguiente enfermera que entrara al departamento. Seguramente ella también tendría que fichar para el turno de noche.

Así que me puse en fila detrás de la siguiente persona que entró, usando el mismo uniforme. Era una mujer quizás diez años mayor que yo, que caminaba rápido. Sus piernas no eran tan largas como las mías, pero claramente tenía prisa por llegar a donde fuera que iba.

Su cabello rubio fresa estaba atado en una coleta, y sus rizos rebotaban mientras aceleraba el paso hasta un trote rápido.

La seguí y continué detrás de ella hasta el reloj de entrada. Imité lo que hizo ella, pasé mi tarjeta y presioné el botón de *entrada*. Luego, me mantuve en mi posición como su sombra y me deslicé en la sala de descanso después de ella.

Finge hasta que lo consigas. Hasta ahora, me las había arreglado.

"¿Eres Ivy?" me preguntó una mujer de unos cuarenta años, con el cabello negro azabache y gafas de aro oscuro.

"Sí, señora." Asentí.

Ella me recorrió con la mirada de arriba a abajo, como si me estuviera evaluando de una manera rara.

"Esta noche estarás con Dawn," dijo y comenzó a hablar sobre las asignaciones para el turno de noche.

No me presentó a Dawn, pero claro, ella tampoco se

presentó. Observé a todos en la sala mientras la enfermera que suponía estaba a cargo nos hablaba a los que estábamos con el uniforme verde menta.

Cuando terminó de compartir el itinerario para las próximas doce horas, frunció la nariz, espero que solo para subirse las gafas y no como una señal de desdén.

¿En serio, no puedo encontrarme con una sola persona amable en esta ciudad? Antes me gustaba estar aquí. Pero las cosas habían cambiado mucho.

"Así que, supongo que estarás conmigo esta noche," dijo la enfermera rubia fresa a la que seguí hasta el departamento, mientras hacía estallar un chicle ruidosamente varias veces.

"¿Eres Dawn?" levanté una ceja, un poco sorprendida de que no se hubiera presentado cuando la enfermera a cargo dijo que ella sería la que me supervisaría esa noche.

"Sí." Se encogió de hombros y salió por la puerta, con su coleta rebotando con cada paso.

Ni idea tenía de que, al seguirla al departamento, lo haría durante toda la noche.

La noche pasó bastante rápido, pero al final de mi primer turno, estaba completamente agotada y deseaba mi cama con su edredón suave y almohadas acolchonadas. Había cambiado las sábanas ayer, así que sabía que el olor fresco de la ropa limpia todavía flotaba en el aire.

Olfateé el aire, me envolví los brazos alrededor de mí misma y cerré los ojos mientras me imaginaba en mi cama, con las sábanas limpias, el edredón cómodo y las almohadas suaves.

"Ivy, deja de soñar despierta y ve a la sala uno." La voz

de Dawn me hizo abrir los ojos de golpe y salir de mi fantasía, que, para mi vergüenza, era de mi dormitorio... durmiendo sola.

Asentí una vez en señal de reconocimiento a su orden y me dirigí hacia el área de atención menor. La mayoría de los pacientes con los que habíamos tratado eran para ponerles férulas, vendas, muletas y cosas por el estilo. Dawn y yo habíamos sido asignadas a pacientes con menor gravedad, supongo, porque yo era nueva.

Lo más emocionante que hice esa noche fue limpiar algunas heridas de abrasión con suero salino y quitar los pedacitos de grava de la rodilla de una chica adolescente que se había caído mientras perseguía a unos chicos del instituto en su bicicleta. Por suerte, llevaba casco, así que, aparte de la herida que sanaría en su rodilla y estar muy avergonzada, estaría bien.

Probablemente estaba medio dormida de pie, soñando con que este turno terminara, porque ni siquiera noté que la enfermera de triaje había traído un paciente de vuelta a nuestra área.

Dawn sí se dio cuenta, y me miró con una expresión molesta cuando nuestras miradas se cruzaron. Ella había sido enfermera de urgencias durante quince años, y aunque no tenía dudas de que era muy hábil y sabia, no era precisamente cálida ni amigable.

Pero estaba bien. Desde que regresé a Villpointe, no había conocido a muchas personas amables. Supuse que el trabajo no sería diferente.

Así que, después de apartar la mirada de la cara de pocos amigos de Dawn, tomé aire profundamente y me dirigí a la sala uno para atender lo que sentí como mi centésimo paciente de la noche. Y ni siquiera era de noche; ya eran las seis de la mañana. Sabía que la sala de emergencias estaba siempre abierta, pero esto era una locura.

"Hola, mi nombre es Ivy y voy a ser tu enfermera. ¿Qué te trae por aquí esta noche..." Cuando observé al hombre que sostenía una camiseta blanca manchada de sangre sobre su pierna, no me quedé sin palabras por el sangrado continuo.

Me quedé sin palabras por quién era el paciente. Sentado en la camilla estaba Fletcher Hart.

Mi lengua estaba seca y se negaba a moverse para formar cualquier palabra que se pareciera al habla.

Pensé que el ceño de Dawn estaba molesto, pero la mirada de Fletcher me atravesó como dagas. Esos ojos azules claros estaban fríos y helados, nada como los cálidos y acogedores que solían ser.

Aclaré mi garganta, esperando liberar las palabras que estaban atascadas en mi garganta, cuando otra voz resonó en la sala. "Hola, Ivy. Mi nombre es John. Y este es Fletcher."

Giré el cuello rápidamente hacia la voz profunda del hombre que hablaba. Ni siquiera me di cuenta de que había alguien más en la sala. Pero no era completamente raro para mí tener los ojos fijos en Fletcher.

Solía ver solo a él, incluso en una habitación llena de gente.

Cuando miré a John, extendió la mano hacia mí.

Bajé la vista hacia su mano y luego miré nuevamente a Fletcher.

Sin embargo, una vez que mis ojos marrones se enfocaron en los azules de él, rápidamente aparté la mirada de su mirada fija y me moví hacia John, estrechándole la mano de manera torpe y dándole un par de apretones.

Sin mirar nuevamente a Fletcher, le pregunté a John: "¿Qué pasó?"

"Este idiota me cortó con una sierra."

Los ojos de John se abrieron, pero sus labios no se movieron del rictus hacia abajo en sus comisuras.

El comentario lo hizo el hombre que una vez fue dueño de mi corazón.

Volví a mirar a Fletcher, que seguía presionando la camiseta contra su pierna.

"¿Puedo mirar?" le pregunté suavemente, tratando de calmar al hombre enojado que estaba sentado en la camilla delante de mí, en una sala que de repente se sintió demasiado pequeña para los tres.

Fletcher apretó los dientes y dejó escapar un suspiro por los dientes.

No negó mi solicitud, así que lo tomé como un consentimiento no verbal y me agaché junto a él, tocando la tela blanca manchada de gotas grandes de sangre.

Se apartó al tocarlo y siguió presionando firmemente la camiseta contra su piel.

Coloqué mi mano sobre la suya y lo miré, y esta vez no se apartó.

Sus ojos se suavizaron y dejó escapar un pequeño respiro acompañado de un gruñido bajo. No era un gruñido de enojo, sino más bien uno de los sonidos que hacía cuando estaba satisfecho con algo, como cuando marcaba un gol en fútbol o un jonrón en béisbol.

Me mojé los labios y respiré profundamente al recordar sus gruñidos de satisfacción.

Cuando le quité la mano, bajé la mirada mientras quitaba la tela, revelando una laceración de cuatro centímetros que goteaba lentamente sangre. Volví a colocar la tela y le dije que la mantuviera en su lugar mientras tomaba varias gasas de cuatro por cuatro.

Una vez que tenía una buena pila de gasas, cambié la

camiseta por el vendaje limpio y nuevamente le pedí que presionara el área. Nuestros dedos se rozaron varias veces durante el intercambio, y él no se apartó de mi toque en ningún momento.

"Vas a necesitar puntos," le dije mientras me levantaba. "Voy a ir a buscar al doctor."

"Gracias, Ivy," dijo John desde un lado de la sala, pero mis ojos seguían fijos en Fletcher.

Fletcher solo asintió con la cabeza de manera tensa, y me di vuelta para salir de la sala.

Estaba apenas cruzando el umbral, todavía recordando cómo sus manos ya no eran suaves como antes, sino ásperas y callosas, cuando escuché su voz.

"No lo pienses ni un segundo, imbécil."

"¿Por qué no? Ya sabes que tengo algo con las enfermeras," respondió John.

"Tienes algo con cualquier mujer que te preste atención."

"Estás celoso porque yo aún puedo salir con quien quiera, y tú estás atado a una mujer."

El comentario de John dolió, y debería haber seguido caminando fuera de la sala, pero, como buena masoquista que soy, reduje mis pasos hasta detenerme solo para escuchar cómo seguía la conversación.

"Definitivamente no estoy celoso. Haz lo que quieras con quien quieras. Solo deja a Ivy en paz."

John soltó una risa profunda. "Entonces dame una razón para no hacerlo."

Tras unos segundos de silencio, me alejé y avisé al médico sobre la posible necesidad de puntos.

El Dr. Gibson y yo volvimos a la sala de Fletcher, y después de evaluar al paciente, me pidió que preparara todo para ponerle los puntos.

Recogí los suministros necesarios y ayudé al doctor sin que Dawn apareciera siquiera. No sabía dónde había ido, pero supuse que pensaba que podría manejar el limpiar la herida, ayudar al médico con la sutura y cubrir la laceración reparada con un vendaje limpio sola.

Y, normalmente, me habría sentido segura de manejar a ese tipo de paciente. Pero ya no me sentía segura tratando con Fletcher Hart.

Capítulo 6

Fletcher, en la actualidad

Me quedé en shock al darme cuenta de que Ivy era mi enfermera por esta desafortunada lesión, así que no pude enojarme al verla. Intenté lanzar mi mirada más intimidante, pero en cuanto me tocó, una sensación de calma me invadió. Era tan familiar, tan reconfortante.

Podría odiarme por dejar que el simple roce de sus dedos resolviera todos los años de frustración acumulada por Ivy Hatfield. Pero me desplomé completamente bajo el contacto suave de su mano sobre la mía.

Si tuviera otra enfermera, sabía que la sensación de una mano suave sobre mi herida no habría sido tan íntima, pero siendo ella, me inundaron recuerdos.

Las manos de Ivy explorando y recorriendo cada centímetro de mi cuerpo.

Los besos de Ivy sobre cualquier parte expuesta de mi piel.

El cuerpo desnudo de Ivy...

Mierda, necesito calmarme.

Estaba comprometido. No debería tener estos pensamientos sobre otra mujer. Hace mucho, Ivy fue mi mejor amiga, y luego fue mucho más que eso. Fue mi primer beso, mi primera novia, mi primera vez en todo.

Hasta ahora, solo había tenido sexo con dos mujeres. Ivy fue la primera, y si hubiera tenido la oportunidad, ella habría sido la única. Cuando ella terminó conmigo y se fue a la universidad sin mí, mi corazón quedó tan destrozado que no pensaba que podría recuperarme.

John insistió en que la manera de superar a una mujer era meterse con otra. Él y yo nos hicimos amigos poco después de que Ivy y yo termináramos. Él solo sabía lo que le contaba, y yo estaba tan dolido que no quería compartir mucho. El dolor era demasiado. Cada vez que mencionaba algo sobre ella, otra pequeña fisura se formaba en el muro de mi corazón.

John era bueno distrayéndome. Me sacaba a tomar algo, y aunque yo nunca me ligaba a mujeres como él, probablemente nunca habría salido de mi casa si no hubiera insistido en llevarme a cenar o a un bar por unas cervezas.

Por eso siempre le estaré agradecido, porque llegó en uno de los momentos más dolorosos de mi vida. Pero definitivamente no creía en sus formas de vivir. Probaba demasiado con demasiadas mujeres, no tenía interés en establecerse, mientras que yo siempre supe que algún día me casaría y tendría una familia.

Claro, pensé que eso pasaría con Ivy. Pero de todos modos, nunca habría querido una relación casual. Yo quería estar comprometido, y probablemente por eso he presionado tanto este compromiso con Amilyn.

Ella dijo que no estaba lista para fijar una fecha para la boda, pero mientras usara mi anillo, le dije que estaba bien con eso.

¿Por qué es que las únicas dos mujeres de las que me he enamorado me rechazan cuando se trata de algo a largo plazo?

Esos pensamientos seguían invadiendo mi cabeza mientras estaba en la cama la noche siguiente. Me preguntaba qué había cambiado en Ivy para que dejara de pensar en nosotros.

Estaba convencido de que ella sentía lo mismo que yo por ella. Habíamos sido amigos desde el primer grado, nos habíamos visto en lo mejor y lo peor, pasamos juntos por hitos importantes, queríamos carreras que ayudaran a la gente y una familia con la que llegar a casa cada noche.

En algún momento, debió de haberme mentido, porque aún no entendía cómo podía haberme dicho que me amaba y que quería estar conmigo para siempre, solo para dejarme después del verano, justo después de nuestra graduación.

Ella me había dicho que me amaba. Me lo había demostrado. Pero luego dejé que sus palabras me atravesaran. No había examinado lo que sus acciones realmente me estaban diciendo.

Dicen que las acciones hablan más fuerte que las palabras, pero dejé que sus palabras determinaran nuestro destino.

Quizá no debí haberme alejado después de lo que me dijo. Tal vez si hubiera insistido, podríamos haber superado todo y realmente haberlo intentado. Las cosas tal vez habrían sido diferentes.

Quizá ni siquiera se trataba de mí. Tal vez ella estaba lidiando con cosas difíciles y yo me aparté. Si no hubiera aceptado que cada uno siguiera su camino, ¿seguiríamos separados?

¿Qué pasaría si la hubiera abrazado y besado como

siempre hacía cuando pasaba por una situación difícil? ¿Se habría confiado en mí o seguiría alejándome?

Entonces, como si hubiera invocado su presencia, mi teléfono vibró sobre la mesa de noche, y cuando lo levanté , el nombre de Ivy apareció en la pantalla con un mensaje de texto.

Ivy: No estoy segura de si recibirás este mensaje o no, pero solo quería saber cómo estás. Espero que tu herida esté mejor.

No sabía si debía responder o no. Claro, ella no estaba segura de si recibiría mi mensaje. Me había llamado y enviado varios textos durante los últimos cuatro años, los cuales siempre se quedaban sin respuesta. Probablemente pensó que la había bloqueado. Lo consideré, de verdad lo hice. Pero no pude. Porque aunque ella me destrozó, si alguna vez necesitaba algo, no podía negarle mi ayuda

Yo: Estoy bien. Gracias por tu ayuda hoy.

Tres puntos bailaban en la pantalla como si estuviera escribiendo una respuesta, pero luego se detuvieron. Después de treinta y dos minutos, los puntos ya no aparecieron y no llegó ningún mensaje más de ella.

Genial. Ahora estaba preocupado por ella. No me había preocupado por ella en años, pero después de un mensaje que desapareció, me pregunté si estaría bien. No se había comunicado conmigo en mucho tiempo. ¿Estaba revisando cómo estaba solo como excusa? ¿Realmente necesitaba un amigo?

Me pasé la mano por la cara y luego ya estaba en mi camioneta antes de poder hablarme a mí mismo para detenerme.

~

"Fletch, ¿qué haces aquí?" Su cabello estaba recogido en la parte superior de su cabeza, como solía llevarlo, y llevaba unos shorts de pijama de franela con una camiseta ajustada.

Su sorpresa rápidamente se transformó en preocupación. "¿Estás bien? ¿Está bien tu pierna?" Extendió la mano hacia mi brazo y lo apretó con fuerza, tirando de mí hacia la puerta abierta de su casa. Yo dejé que me empujara hacia la sala de estar.

Cerré la puerta con el pie, como tantas veces había hecho en mi vida. Estar cerca de ella estaba asociado con tantas memorias, buenas, no solo con la que rompió mi corazón de adolescente.

Hice un rápido vistazo por la sala y noté que todo parecía estar en su lugar, igual que la última vez que vi el interior de su casa.

"Fletch."

La voz de Ivy me hizo enfocar de nuevo en su cara. Su boca se curvó hacia abajo en las esquinas, y la preocupación formó arrugas en su frente. Esos ojos color chocolate brillaban de preocupación, y yo solo quería abrazarla y decirle que todo estaba bien.

"Estoy bien, Ivy." Decir su nombre me sonó raro en la lengua. Lo solté rápido antes de intentar tocar un nervio con ella.

Le hablé de Amilyn para herirla. Pero no quería hacerle daño. No importaba cuán rota me dejara, no quería causarle ningún sufrimiento emocional.

"¿Entonces qué haces aquí?" Su nariz se arrugó, y una de sus cejas subió mientras su preocupación se transformaba en confusión.

"Quería asegurarme de que estuvieras bien."

Sus dedos aún estaban firmemente sobre mi brazo, pero cuando aparté la vista de ella y miré hacia donde su palma descansaba sobre mi bíceps, ella la dejó caer rápidamente a su costado.

"¿Por qué pensarías que no estoy bien?" Se apoyó nerviosa en su cadera, como si no supiera qué hacer con la mano después de romper el contacto.

"Me mandaste un mensaje." Respondí de manera simple.

Ella soltó un pequeño suspiro tan familiar que sentí que mi corazón se apretaba al escuchar ese sonido. "No esperaba que respondieras."

"¿Entonces me mandaste un mensaje porque no pensabas que te iba a contestar?" Eso no tenía ni pies ni cabeza en mi mente.

Ella bajó la mirada hacia sus pies descalzos.

No pude evitar seguir su mirada y notar el esmalte rosa en sus uñas. Y una vez más, mi corazón dio un tirón, pero esta vez, mi garganta se apretó por la emoción.

Siempre llevaba tonos de rosa en las uñas de los pies. Nunca azul, verde, morado o incluso rojo. Solo rosa. Sus pies siempre eran adorables y ahora no era diferente.

"No estás bien, ¿verdad?" Mi voz salió más suave y ronca de lo que quería, pero de alguna manera, las palabras quedaron atoradas en mi garganta, y solo un sonido sordo salió de mi voz.

Sus hombros temblaron, lo cual siempre era una señal de que las lágrimas no tardarían. Así que hice lo que siempre hacía cuando lloraba.

La envolví en mis brazos y la acerqué a mi pecho, presionando la parte de su cabeza contra mi corazón. Sus sollozos eran bajos, al igual que los intentos de callar los mocos.

Pero no podía hacer nada contra sus lágrimas. Pronto, estaba acariciando su cabello y susurrándole al oído que todo estaría bien. Ella siempre mostraba su lado valiente frente a los demás, pero siempre me dejaba ver su vulnerabilidad, y en lugar de herirla intencionalmente cuando sus barreras caían, elegí consolarla. Así es como siempre había sido nuestra relación, y era tan fácil volver a esa dinámica de Fletcher-Ivy.

Capítulo 7

Fletcher, 15 años

"No tienes que ser tan fuerte conmigo," le dije a Ivy mientras estaba acostada en la camilla de urgencias en el hospital local.

No me atreví a mirar su muñeca, pero su mamá me dijo que estaba deformada y obviamente rota.

Sus ojos oscuros brillaban por las lágrimas no derramadas. Me apretó la mano con torpeza, ya que tenía que usar su mano izquierda porque su muñeca derecha estaba herida.

Una gota salada cayó de la esquina de su ojo y recorrió su mejilla. Quería quitarle el dolor, pero lo único que podía hacer era secar sus lágrimas. Así que pasé el pulgar por su mejilla con mi otra mano y borré la evidencia de su dolor.

Sus padres estaban fuera de la habitación, hablando con el doctor. Me pidieron si podía quedarme con ella mientras ellos hablaban.

No necesitaban pedírmelo. Siempre estaría con ella cuando me necesitara, y ahora, me necesitaba.

Vi cómo cayó en el campo de fútbol. El equipo de fútbol siempre se quedaba a ver los partidos de las chicas después de nuestra práctica, si no teníamos un juego nosotras mismas. La mayoría de mi equipo chismeaba entre nosotras y no prestaba mucha atención a los partidos de las chicas. Para ellas, solo estar allí ya era apoyo suficiente. Pero para mí no.

Yo estaba allí para apoyar a mi mejor amiga, así como ella siempre me apoyaba a mí. Animaba más fuerte que nadie, causando que varias de mis compañeras pusieran los ojos en blanco por mi entusiasmo, pero no me importaba lo que pensaran.

Y cuando esa chica hizo tropezar a Ivy, ver cómo extendía el brazo derecho y caía sobre su mano fue como si fuera en cámara lenta hasta que escuché el crujido que resonó en el aire.

Ivy se levantó como la chica dura que siempre había sido, y después de recuperar la posesión del balón, levantó la pierna e hizo un hermoso disparo al gol que golpeó la esquina superior derecha de la red, poniendo a nuestra escuela dos goles arriba.

Quedaban solo dos minutos para el final del partido, pero mi chica se agarró la muñeca después de anotar y se dirigió al banco. Fue entonces cuando supe que estaba herida. Ella nunca habría buscado un cambio si no estuviera realmente lastimada.

Salté de mi lugar en las gradas rodeada de mis compañeras y bajé varias escaleras hasta estar al nivel del campo. Una cerca de alambre nos separaba a ella, que estaba en el banco del equipo, mientras le daban hielo y la entrenadora le ponía una venda y la inmovilizaba.

Realmente quería saltar esa cerca y estar con ella, pero me contuve. Hasta que llegó la ambulancia. Entonces, salté esa cerca como si fuera un atleta de salto de vallas.

Sus padres no estaban en el partido porque la hermana

de su papá, la tía Charlotte de Ivy, estaba de parto, así que ella tuvo que ir en la ambulancia con el subdirector. Al menos su mamá y su papá ya estaban en el hospital, por lo que ellos la recibirían allí, más bien a nosotros en el hospital. Porque yo me iba en esa ambulancia con ella.

"Sr. Hart, ¿qué cree que está haciendo?" me preguntó el subdirector Briggs.

"Sr. Briggs, Ivy es mi mejor amiga. Sé sobre sus medicamentos y alergias. Sin sus padres, soy la siguiente persona en quien ella puede confiar para dar su historial médico," le dije mientras me subía a la ambulancia.

El édico se encogió de hombros y se miró con el subdirector Briggs, pero no me negó la entrada, así que lo tomé como una aprobación tácita y me senté al lado de Ivy.

"Tengo miedo, Fletch." Sus ojos temblaban de inquietud y mi corazón se hundió al ver el terror puro en su mirada.

Me acerqué a ella y tomé su mano. "Estoy aquí, como siempre. Te lo dije, siempre estaremos juntos. Nadie nos separará."

"Tu novio es un romántico," dijo el paramédico, alcanzando por encima de mí para ponerle un tensiómetro a Ivy en el brazo del lado donde estaba sentada.

Solté su mano y le dije con calma a el paramédico, "No soy su novio. Soy su mejor amigo. Ella podría tener muchos novios algún día, pero vendrán y se irán. Yo siempre estaré aquí... siempre a su lado."

La mujer se rió y negó con la cabeza ante un humor que no comprendí. "Va a ser difícil para ella tener un novio si tú siempre estás a su lado."

Después de una risa, infló el manguito y terminó de evaluar a Ivy mientras íbamos rumbo al hospital.

Nuestro instituto estaba a solo dos millas del hospital,

así que llegamos a la puerta trasera del departamento de urgencias en cuestión de minutos.

Ivy y yo seguíamos solos en su habitación en urgencias mientras más lágrimas caían de sus dulces ojos marrones. Estaba acostada en una camilla, y yo estaba sentado a su lado en una silla plástica llena de manchas que, con suerte, eran solo de tierra y no de fluidos corporales. Su brazo roto descansaba sobre su cintura, aún inmovilizado con una férula y una nueva bolsa de hielo sobre la muñeca.

El agua caía de sus mejillas con más frecuencia, y ya no podía secarlas. "Vas a estar bien," la tranquilicé mientras le apretaba más la mano.

"¿Estás bien?" Una débil sonrisa tiró de sus labios pálidos mientras seguía llorando en silencio.

No pude evitar soltar una pequeña risa. Ella estaba herida, y aún se preocupaba por mí. Aunque era típico de su carácter, su generosidad era una de las razones por las que era mi mejor amiga.

La emoción me ahogó al ver su preocupación por mí, y me acerqué a ella, poniendo mi cara a solo unos centímetros de la suya.

La sonrisa que estaba empezando a mostrar hace solo un momento se desvaneció, y juré que ella se acercó, cerrando el último espacio entre nosotros.

Cuando nuestros labios se encontraron, suaves y genti-les, suspiró, pero yo contuve el aliento. Mis nervios me hacían aguantar la respiración, mientras ella parecía sentirse aliviada.

Nuestros labios se presionaron con más fuerza, y no sabía si ella me empujó hacia ella o si fui yo quien la atrajo, pero supe que ese momento quedaría grabado en mi mente para siempre.

Ella alcanzó la parte posterior de mi cuello con una mano, y pronto me encontré sobre ella, con el trasero a su lado en la camilla.

Cuando separó los labios, metí mi lengua en el pequeño espacio abierto y la saboreé. Ella me dio la bienvenida y se abrió más para que pudiera profundizar el beso.

No fuimos el primero beso del otro, pero este sí era nuestro primer beso. El primer beso de ella fue con un chico llamado Billy durante el campamento de verano, después de sexto grado, y el mío fue con una chica llamada Lucy, que fue mi novia en octavo grado.

No sé por qué estaba pensando en los primeros besos de ambos mientras besaba a Ivy.

Estoy besando a Ivy.

Ella era mi mejor amiga, y la estaba besando.

Y lo estaba disfrutando muchísimo. Nuestras lenguas se deslizaban una sobre la otra, y nuestras bocas encajaban tan perfectamente que no entendía por qué no nos habíamos besado antes.

"Gracias por hacerle compañía a Ivy mientras hablábamos con el doctor." La voz de su papá interrumpió nuestro beso, haciendo que me levantara rápidamente de la cama y me sentara de nuevo en la silla plástica junto a la camilla.

Estaba seguro de que nos veíamos como dos niños atrapados besándose, lo cual, supongo, era cierto hasta cierto punto. Estaba tan avergonzado. No sabía qué decir. *¿Debería disculparme? ¿Debería hacer como si no hubiera pasado nada?*

Afortunadamente, Ivy habló primero. "Es bueno distrayéndome." Una sonrisa traviesa se asomó en sus mejillas, y me moría de vergüenza.

"¿Esto es algo nuevo?" La mamá de Ivy movió el dedo índice de Ivy hacia mí varias veces. "¿O esto ya lleva un tiempo pasando?"

"Mamá, ese fue nuestro primer beso," dijo Ivy, poniendo los ojos en blanco de forma exagerada.

El papá de Ivy me lanzó una mirada, probablemente esperando que yo confirmara su declaración.

"Ella está diciendo la verdad, señor y señora Hatfield." *Ojalá* no me desmayara antes de terminar. "Perdón por besarla antes de pedirles permiso."

El señor Hatfield soltó una corta risa. "¿Ibas a pedir permiso antes de besar a mi hija?"

"No, señor." Tragué un nudo del tamaño de una pelota de golf que tenía en la garganta, sin saber si iba a darme una paliza o aprobar mi solicitud. "Iba a pedir permiso para que su hija sea mi novia."

Las líneas de risa en las esquinas de sus ojos desaparecieron, y sus ojos oscuros parpadearon rápidamente varias veces mientras intentaba procesar lo que acababa de decir.

"Eso es adorable, Fletcher." La señora Hatfield aplaudió varias veces emocionada. Al menos tenía el apoyo de uno de sus padres. "Ustedes han sido amigos toda la vida, y ahora quieren ser novios. Qué bonito. ¿Verdad, Jim?"

El papá de Ivy sacudió la expresión de sorpresa de su rostro y me lanzó una mirada seria. "Supongo que Ivy podría hacer algo mucho peor."

Gracias por el cumplido, señor Hatfield.

El sonido de un "ping" resonó en la habitación, y la señora Hatfield sacó su teléfono de la cartera que llevaba en la muñeca. Su rostro se iluminó con una sonrisa brillante y amplia. "Charlotte está en trabajo de parto, Jim. Estamos a punto de ser tía y tío."

La expresión de tristeza en el rostro de él dejaba claro lo dividido que estaba con la situación. Quería estar en dos lugares al mismo tiempo. Sabía lo protector que era con su hermana, que era mucho más joven que él. Ella se había casado hace algunos años. Yo fui a la boda con Ivy para que tuviera alguien con quien estar en la recepción.

Charlotte solo tenía diez años más que Ivy y yo. Y el señor Hatfield tenía quince años más que su hermana. Viendo lo protector que era con ella, imaginaba que lo sería aún más con su hija.

"Jim, yo me quedo aquí con Ivy, y te llamo en cuanto pase algo." Le dio un beso rápido en la mejilla.

Con un asentimiento firme, él se fue sin decir ni "volveré pronto" ni "nos vemos después" a su hija. Supongo que pensó que estaba en buenas manos.

Era algo loco pensar que Charlotte nació cuando su hermano tenía nuestra edad, y ahora él corría hacia el área de partos para ver cómo ella daba a luz.

"Voy a ir al baño y regreso en un momento," dijo la señora Hatfield antes de salir de la habitación.

"¿En serio, Fletch?" Ivy se incorporó un poco más y me dio un golpe en el brazo con su mano buena. "¿Le pediste a mi papá ser mi novio?"

"Sí, ¿y qué?" Respondí, frotándome el brazo donde me dolía por su golpe inesperado.

"Entonces ahora tendremos que pretender ser novios." Sus ojos oscuros estaban llenos de enojo y molestia.

"¿Quién dice que tenemos que pretender?"

"¿Cómo vamos a cubrir tu mentira?" Exhaló con frustración.

"¿Quién dice que estaba mintiendo?"

Su mandíbula se cayó, y sus ojos se suavizaron con una mirada que mostraba comprensión. "¿Qué estás tratando de decir?"

"Me conoces mejor que nadie. Sabes exactamente lo que estoy tratando de decir. Pero te daré el beneficio de la duda, ya que tal vez los medicamentos para el dolor te están afectando y no puedes entenderlo tan rápido." Tomé su mano y pasé mi pulgar por su palma, conectando mi mirada con la suya. "Quiero ser tu novio. ¿Quieres ser mi novia?"

Tal vez no debí haberlo pedido en un momento tan vulnerable o cuando no podía tomar decisiones claras debido a los medicamentos, pero ella dijo que sí, y pasé de ser solo su mejor amigo a su novio. Y aún mantenía el título de mejor amigo.

Desafortunadamente, perdí ambos títulos al mismo tiempo, en el peor momento de mi vida. No solo perdí a mi novia y mejor amiga, sino que lo perdí cuando más lo necesitaba.

Capítulo 8

Ivy, en la actualidad

Fletcher me había abrazado probablemente miles de veces, pero esta vez se sintió como la primera. Tal vez porque hacía tanto tiempo que no sentía la calidez y el consuelo de uno de sus abrazos.

Habría dicho que había olvidado cómo se sentía un abrazo suyo, pero mientras estaba aquí, en sus brazos, lo recordaba con claridad. Se sentía como los mejores recuerdos, una manta acogedora y chocolate caliente en una noche fría.

No solo me derretí en sus brazos, escuchando el suave latido de su corazón, sino que dejé que las lágrimas cayeran libremente, como solo podía hacerlo frente a él.

Elegí que todos vieran la parte fuerte de mí. Podía luchar mis propias batallas, y nunca le daría a nadie la satisfacción de verme débil. Pero con Fletcher, podía mostrar mi vulnerabilidad.

Cuando terminamos, aunque en ese momento pensé que era lo mejor, lloré en la ducha o sola en mi cama durante meses después de irme a la universidad. Lo extrañaba tanto que no creía que pudiera sobrevivir, pero de alguna manera lo hice.

Y ahora, en sus brazos, no podía imaginar cómo pasé estos cuatro años sin él. Porque ni siquiera sabía que lo necesitaba esta noche, y sin embargo, él lo sabía. Y aquí estaba, dándome el abrazo que tanto necesitaba, pero que ni siquiera sabía que quería.

Mis sollozos se hicieron más fuertes, no por la razón original por la que empecé a llorar, sino por la realización de los pensamientos que golpearon mi mente. Tenía a este hombre maravilloso como mi mejor amigo, mi novio, mi otra mitad... y lo dejé.

Realmente pensé que estaba siendo desinteresada y haciendo lo correcto. Él necesitaba estar en casa y no seguirme a la universidad, pero nadie me dijo que ser desinteresada se sentiría tan mal.

Quien dijo: "Si amas a alguien, déjalo ir", debió haber explicado lo miserable que te sentirías al hacerlo. Se supone que si amas a alguien, te importa más su felicidad que la tuya. Desafortunadamente, Fletcher y yo estábamos en una situación en la que no había una respuesta ganadora, y tomé mi decisión basándome en lo que mi joven corazón y mente pensaban que era lo mejor.

"¿Qué pasa, Vine?" Fletcher preguntó con suavidad mientras acariciaba mi mandíbula con sus manos, y su mirada azul claro conectaba con la mía, llena de lágrimas.

Escuchar mi viejo apodo salir de sus labios hizo que mis sollozos temblaran aún más fuerte. Él me llamaba así porque, aunque mi nombre era Ivy, que también es el nombre de una planta que crece y se enreda, él lo había asociado con "Vine" en inglés, que significa "enredadera". Para él, yo era como esa planta que se extiende y se agarra a todo, siempre cerca, siempre presente. Esto era más que mostrar mi vulnerabilidad. Era una tristeza reprimida que había estado guardada dentro de mí, saliendo a chorros como una tubería rota. No podía detenerla.

"¿Alguien te hizo daño?" Su preocupación me desgarró el corazón aún más. Él había sido el único que me había lastimado, y no podía culpar a nadie más que a mí misma.

"¿Podremos ser amigos?" pregunté con un sollozo.

Una pequeña sonrisa apareció en su rostro, y sus dientes blancos asomaron por sus labios rosados. "No sé cómo pensé que sería posible dejar de ser amigos contigo."

"Todo ha sido horrible desde que llegué a casa."

Fletcher retiró sus manos de mi rostro y tomó mi mano, guiándome hacia el sofá y finalmente empujándome hacia abajo para que me sentara junto a él.

Ambos nos desplomamos en los cojines, y le conté lo que había pasado en las últimas semanas: los desastres en el gimnasio, la partida de mis padres poco después de llegar, y la gente poco amigable en el trabajo.

"Lo peor es que mi mejor amigo me odia." Me pasé las manos por las mejillas, sintiendo lo mojada y dolorida que estaba mi piel por las lágrimas.

"¿Quién es tu mejor amigo? ¿Alguien que conociste en la universidad o alguien que yo conozco?" Su tono juguetón me hizo sentir un alivio, y me vi obligada a darle un golpe en el brazo, volviendo a nuestros viejos patrones.

"Gracias por venir, Fletch. Y gracias, sobre todo, por saber que te necesitaba. Nunca he tenido otro amigo como tú, y probablemente no lo tendré nunca más."

Me sentía mil veces mejor desde que Fletcher apareció en casa de mis padres anoche. Me escuchó y luego me dio un último abrazo breve. Se sintió como en los viejos tiempos, pero algo nuevo y diferente al mismo tiempo.

Estaba bien con eso. Solo tenerlo de vuelta en mi vida como amigo me hizo sentir que estar de vuelta en casa no era tan malo después de todo. Me preguntaba si le había contado a su prometida sobre su visita nocturna a la casa de mis padres, pero no quería pensar en eso.

Porque si ella no quería que fuera amigo mío, supuse que él elegiría lo que ella quisiera sobre lo que yo quería. Y no quería pensar en que él eligiera a otra mujer sobre mí.

Aunque sabía que nunca podríamos volver a como estábamos antes, reconstruir nuestra amistad era algo que sentía que podríamos hacer. Quince años de amistad no se olvidan tan fácilmente. Me sentí aliviada al darme cuenta de que nuestra amistad podría soportar las cosas malas de la vida.

Todavía estaba recordando la noche anterior y cómo se había reavivado nuestra amistad cuando Fletcher apareció por la puerta trasera del departamento de emergencias. Solo que esta vez no era un paciente.

Estaba vestido con una camisa de botones azul marino del departamento de bomberos y pantalones de vestir que le quedaban perfectamente. Maldición, se había convertido en un hombre muy guapo.

Su sonrisa iluminó su rostro cuando sus ojos se encontraron con los míos, y pude sentir cómo mis labios también se curvaban hacia arriba en una sonrisa.

Estaba pensando en él, y apareció.

Empujó la camilla con un paciente de mediana edad hacia una sala vacía después de recibir instrucciones de la enfermera a cargo. El hombre vestido con ropa similar que estaba junto a la camilla lo reconocí como John, el amigo que había traído a Fletcher cuando necesitó puntos de sutura.

"Paciente de 55 años con dificultad para respirar," Fletcher informó al personal de urgencias que lo seguía a la sala de trauma. "Historial de bronquitis crónica y EPOC."

"Llame a respiratorio," dijo el médico que estaba al pie de la cama a una chica vestida con uniforme color beige.

Ella asintió y salió de la sala.

Fletcher terminó su informe verbal, y una vez que el equipo de urgencias se encargó del paciente, él y John salieron de la sala.

"Entonces, supongo que te hiciste bombero después de la secundaria," dije, mientras me paraba en el umbral de la sala de EMS varios minutos después.

Bomberos, paramédicos y EMTs tienen una sala dentro de urgencias para completar sus informes electrónicos. La sala no era muy grande, pero tenía algunas computadoras, una pequeña cocina con una nevera y un armario para equipo.

Fletcher levantó la mirada de la pantalla de la computadora, y esa gran sonrisa volvió a extenderse en su rostro. "Sí, y también fui a la escuela de paramédicos."

"Qué bien verte de nuevo, Ivy," dijo John con un rápido saludo.

"Hola, John. Me alegra verte también." Le di solo un segundo de mi atención y luego volví a enfocarme en Fletcher. "¿Cómo va la pierna?"

Fletcher subió el pantalón y mostró una curita que cubría la herida en su pierna. "Está bien."

"¿Les haces seguimiento a todos tus pacientes? Si es así, tal vez tenga que pisar un clavo oxidado o algo." El comentario de John le valió una mirada de desaprobación de Fletcher, pero una pequeña risa de mi parte.

"Fletch y yo fuimos amigos hace mucho tiempo. Me sorprendió verlo el otro día porque hacía un tiempo, pero su persistente acoso me ha rendido. Acepté volver a ser amiga de él."

La mirada de John pasaba de mí a Fletcher y nuevamente a mí.

"No te acosé," dijo Fletcher entre risas.

"Claro. Has aparecido en mi trabajo dos veces y viniste a mi casa anoche," me reí.

"¿Qué?" Los ojos de John se abrieron de par en par, y una vez más se movió la mirada de Fletcher a mí y de vuelta a él.

"Tú apareciste primero en mi gimnasio," bromeó Fletcher.

"Ivy Hatfield, ¡perra!"

Y así, la bromita amistosa y la reconstrucción de nuestra relación se vieron interrumpidas por el comentario rudo de una mujer.

Giré mi torso para identificar la dueña de la voz, y me lancé hacia ella, quien recibió mi abrazo con una sonrisa tan grande que no se podría considerar tierna.

Pero mi amiga Julie nunca fue una chica cursi. Siempre fue una verdadera tomboy.

"Ten cuidado, llamándome perra en mi trabajo," dije, mientras me apartaba del abrazo que yo misma había provocado.

"Ey, yo también trabajo aquí," dijo ella, girando lentamente para mostrar su uniforme verde azulado. "Soy terapeuta respiratoria."

"Qué bien." Me giré también, como si necesitara explicar mi ocupación.

"Déjame adivinar." Julie tocó su barbilla pensativa y luego hizo clic con los dedos. "¿Enfermera de urgencias?"

"¿Es tan obvio?" me encogí de hombros.

"Bueno, estás en la sala de EMS, así que espero que solo

sea para hablar con Fletcher y no porque planees dejar que John se meta en tus pantalones." Siempre hablaba sin filtro, pero no pude evitar el calor en mis mejillas tras su comentario. "No sabía que volvían."

Ahora las mejillas de Fletcher también estaban rojas.

La risa estruendosa de John interrumpió el momento tenso, demasiado fuerte y fuera de lugar. "¿Ivy es la chica que te rompió el corazón?" dijo entre risas.

"Vaya, parece que hay una historia ahí," dijo Julie con una mano en la cadera. Arrugó la nariz y con la otra mano hizo un gesto de indiferencia, silenciando la risa insensible de John. "¿Así que estás soltera?"

Su comentario estaba dirigido a mí, indicando que los hombres ya no debían ser parte de nuestra conversación.

Asentí, y su rostro se iluminó de felicidad, como cuando estábamos en la secundaria y ocurría algo genial.

Aplaudió una vez, rompiendo nuestro silencio atónito. "Perfecto. Saldremos este fin de semana. Traeré a algunos de mis compañeros de trabajo." Me guiñó un ojo, dando a entender que esto sería una especie de cita.

Julie tenía una habilidad especial para crear situaciones incómodas sin siquiera intentarlo. "Dame tu teléfono," ordenó como solía hacerlo cuando éramos más jóvenes.

Saqué mi celular del bolsillo trasero de mis pantalones de trabajo y se lo entregué, desbloqueando la pantalla antes.

Tecló varias veces y me lo devolvió. "Puse mi nuevo número ahí. Bueno, no es realmente nuevo, pero tú no lo tenías, así que mándame un mensaje. Tengo que correr."

Agitó la mano y se fue corriendo, dejándome sola otra vez con Fletcher y John.

"¿De verdad vas a salir con Julie y unos chicos?" Las fosas nasales de Fletcher se ensancharon como lo hacían cuando éramos niños. Cuando éramos pequeños, sabía que estaba enojado. Pero a medida que crecimos, supe que era una señal de celos.

Esta vez, pensé que era una mezcla de ambas cosas.

"Avísame dónde van a estar, y me uno," ofreció John, seguro de que solo quería molestar a Fletcher.

Un sonido bajo salió de la garganta de Fletcher, resonando como un gruñido.

"Podrías venir también, Fletch. Podrías traer a tu prometida." Supongo que también quería ver su reacción. Si estaba celoso, ¿qué significaba eso exactamente?

"Ya no estoy disponible para tus caprichos, Ivy." Su voz grave no sonaba sexy; estaba cargada de veneno.

"Pensé que después de tanto tiempo, estábamos volviendo a ser amigos," me quejé con un tono más agudo de lo que pretendía.

"Creo que me di cuenta de que es mejor si volvemos a no hablar ni vernos."

Mi corazón se rompió con sus palabras frías. "Está bien. No te enviaré mensajes ni te llamaré más."

"Deberías haber entendido la indirecta hace cinco años cuando enviabas mensajes y llamabas sin parar. Si hubiera querido hablar contigo, lo habría hecho." Se levantó y empujó la silla de plástico que había estado usando contra el mostrador con más fuerza de la necesaria, haciendo que las patas de metal chirriaran contra el suelo de linóleo.

"Solo han pasado cuatro," lloriqueé sin lágrimas. *En serio, ¿qué pasa con mi voz chillona?*

"Se siente como mucho más," respondió con pura malicia.

El hombre que me sostuvo mientras lloraba anoche había desaparecido.

Asentí en señal de acuerdo. Parecía que había pasado una vida desde que éramos el equipo Ivy-Fletcher. "Al menos tú has podido seguir adelante con otra persona." Mi voz temblaba aunque conseguí bajarle el tono. "Me alegra que hayas encontrado la felicidad porque yo ciertamente no la he encontrado... tal vez eso te dé algo de satisfacción."

Miré a John, que seguía sentado, observando la escena.

"Me alegra verte, John. Quizás nos volvamos a encontrar." Le ofrecí una sonrisa débil y me alejé de mi felicidad pasada, como lo hice hace más de cuatro años.

Pero cuando amas a alguien, su felicidad debería ser más importante que la tuya, así que una vez más, aunque doliera como el infierno, hice lo correcto. Me alejé, aunque me rompiera el corazón hacerlo.

Capítulo 9

Fletcher, 14 años

Ivy se sentó a mi lado durante el almuerzo todos los días de la secundaria, y hoy, se sentó al lado de una chica llamada Julie.

Teníamos otros amigos además de nosotros mismos, pero me gustaba que siempre nos elegíamos el uno al otro primero, ya fuera para el equipo de kickball en la clase de gimnasia, un asiento en el almuerzo, un compañero para una excursión, o alguien con quien ir al cine o a comer algo.

Desde que Carrie se mudó hace tres años, habíamos sido solo nosotros dos. Nuestra amistad había sido poco convencional, pero incluso nuestros padres se habían dado cuenta de que éramos los mejores amigos del otro, lo que significaba que pasábamos la mayor parte del tiempo juntos.

Incluso me había quedado a dormir en su casa. No en su habitación como solía hacerlo con Carrie, sino en un saco de dormir en el suelo de la sala, comiendo palomitas y viendo películas hasta quedarnos dormidos. Y luego, al día siguiente, la señora Hatfield nos preparaba un enorme desayuno, y yo volvía a casa.

Aunque mis padres habían ofrecido que Ivy se quedara

a dormir en mi casa, sus padres no se sentían cómodos con eso. Supongo que pensaban que mis padres no nos vigilarían tan de cerca como lo hacían ellos.

Muchos niños en la escuela cuestionaban nuestra amistad, pero no nos importaba. Los que nos conocían desde la primaria sabían que éramos mejores amigos desde el primer grado, y aunque los más nuevos intentaban molestarnos, dejábamos que sus comentarios se nos resbalaran.

Sin embargo, por muy seguro que me sintiera en nuestra amistad, hoy me sentí solo, algo que nunca me había pasado antes. No desde antes del primer grado, al menos.

Pero supongo que ahora tenía una nueva amiga. Hoy fue el primer día de la preparatoria, y conoció a la estúpida Julie en la clase de biología de primera hora.

Pasó toda la clase de gimnasia de la segunda hora conmigo, contándome sobre la amiga que había hecho en la clase anterior.

Luego, aparentemente, tuvieron la clase de informática en la tercera hora y decidieron comer juntas durante el almuerzo de la cuarta hora. Cuando me acerqué a la mesa, Julie literalmente me echó, diciendo que ella e Ivy necesitaban conocerse mejor.

No podía creerlo, pero Ivy lo aceptó, y me alejé cabizbajo para sentarme con los chicos del equipo de fútbol. También era amigo de ellos, pero quería comer con mi mejor amiga, como había hecho todos los años desde el primer grado.

Después de la práctica de fútbol ese día, mi mamá recogió a Ivy y a mí y nos llevó a casa.

"Ivy, ya que tus padres tienen ese evento de recaudación

de fondos esta noche, ¿por qué no te quedas a cenar en nuestra casa?" preguntó mi madre mirándola por el retrovisor.

Yo estaba sentado en el asiento del copiloto adelante con mamá, e Ivy estaba sentada en el asiento trasero.

"Eso suena genial, señora Hart. Pero, ¿podría ducharme y cambiarme en casa primero?" preguntó tentativamente.

"Por supuesto, querida. Te dejaré en tu casa y vienes cuando hayas tenido tiempo de arreglarte." Mi mamá sonrió al espejo como si Ivy realmente fuera a prestarle atención a su expresión en el reflejo rectangular.

Estaba emocionado de que mi mamá hubiera sugerido que Ivy se quedara a cenar porque quería pasar un tiempo con ella a solas. Quiero decir, claro, mis padres estarían allí, pero de todos modos hablaríamos principalmente entre nosotros, como siempre lo hacíamos.

Pero durante la cena, Ivy estuvo extremadamente habladora con mis padres. No dejó de hablar sobre Julie, la nueva amiga que había hecho en la escuela. Quería vomitar el pastel de carne de mi mamá, y me encantaba el pastel de carne de mi mamá. Pero simplemente no podía soportar todo el hablar de Julie. *Julie esto y Julie aquello. A Julie le gusta la pizza como a mí, y Julie tiene miedo a las alturas, y Julie tiene un golden retriever.*

Estaba tan harto de escuchar sobre Julie. Para cuando terminó la cena, y los platos estaban listos, mi mamá insistió en que caminara con Ivy a su casa porque ya estaba oscureciendo.

Sabía que si uno de mis amigos chicos caminara a casa, no se esperaría que yo caminara con ninguno de ellos. Pero mis padres reconocían que Ivy era una chica, y yo necesitaba actuar como un caballero, así que siempre cumplía sin dudarlo.

Sin embargo, esta noche era diferente. No podía escuchar una palabra más sobre Julie, así que a menos que prometiera quedarse en silencio, no me interesaba ser un caballero esta noche. "Caminaré hasta el final de mi calle y te veré ir el resto del camino a casa para asegurarme de que llegues a salvo."

Tanto mi mamá como Ivy giraron el cuello tan rápido que podrían haberse lastimado, y luego me miraron con ojos abiertos.

"No harás tal cosa, Fletcher Hart." La voz autoritaria de mi madre surgió, y sus labios, que rápidamente se habían formado en una O por el shock, se transformaron en un ceño fruncido. "Camina con Ivy hasta su puerta como el joven que te he criado para ser."

"Está bien," bufé y salí por la puerta principal, cerrándola con fuerza detrás de mí.

Esperé en el porche a que Ivy saliera de la casa durante un par de minutos, todo el tiempo enfurruñado por su nueva amiga Julie.

"¿Qué te pasa?" preguntó Ivy una vez que puso un pie afuera, y estábamos solos en mi porche.

Puse los ojos en blanco y bajé los tres escalones de mi porche hacia la pasarela que conducía a la acera.

Caminé rápidamente, y escuché sus pasos acelerarse para alcanzarme.

"¡Hey!" llamó, pero no disminuí mi ritmo. "¡Fletcher!"

Estaba siendo un idiota, y no me importaba. Mantuve mi ritmo y caminaba furioso, golpeando el pavimento hacia su casa.

Pero un ruido de arrastre resonó detrás de mí, seguido de un "maldición" de Ivy.

Detuve mi caminata rápida y miré por encima del hombro para ver a Ivy esquivar algo de basura y soltar un suspiro frustrado. No se había caído, así que reanudé mi impulso hacia adelante, solo que no escuché sus pasos detrás de mí. Cuando giré la cabeza de nuevo hacia la dirección donde la había visto por última vez, todavía estaba en el mismo lugar con su teléfono en la mano, desplazándose por la pantalla como si no tuviera otro lugar a donde ir.

Caminé de regreso hacia ella, enojado. "¿Qué estás haciendo? Se supone que debo llevarte a casa."

"¿Eso es lo que estás haciendo, Fletch?" Guardó su teléfono en el bolsillo trasero de sus jeans y me miró con sus ojos oscuros. "Se siente más como si estuvieras huyendo de mí, y yo estoy tratando de alcanzarte. Así que dime qué está pasando, o voy a llamar a tu mamá y decirle que me dejaste sola cerca de este montón de basura."

"No lo harías." Le devolví una mirada. Decirle a mi mamá era bajo.

"Inténtalo." Sus ojos se estrecharon, y en el atardecer, su cabello reflejaba tonos rojos y dorados sobre su cabello castaño, dando la apariencia de fuego.

"Estoy un poco enojado contigo," finalmente confesé.

"Obvio." Se golpeó la frente con el dedo. "¿Pero por qué?"

"Te vas a enojar conmigo." Metí las manos en el bolsillo delantero de mi sudadera con capucha.

"Ya estoy enojada contigo, Fletch." Cruzó los brazos sobre el pecho en ese momento, y murmuró su molestia.

Bajé la cabeza y dejé caer los hombros al mismo tiempo. "Estoy un poco celoso."

"¿Celoso de qué?" gimió como si fuera a empezar a llorar.

Volví a mirarla, y el enojo que vi en sus rasgos hace un momento fue reemplazado por tristeza.

"Estoy celoso de que tienes una nueva amiga," admití y me encogí de hombros.

"¿Te refieres a Julie?" Su confusión me desconcertó. *Por supuesto que me refería a Julie.*

"Sabes que siempre serás mi mejor amigo," dijo y tomó mi mano.

"No, no lo sé. Estamos en la preparatoria ahora. Tendrás nuevos amigos, y ellos te alejarán de mí," proclamé vergonzosamente.

"Nadie me va a alejar de ti. Recuerda, siempre estaremos juntos." Las comisuras de su boca se curvaron en una ligera sonrisa. "Estoy más preocupada de que seas tú quien encuentre nuevos amigos y no me quiera más."

"¿Por qué pensarías eso?" Sentí que mi ceño se fruncía con su ridícula afirmación.

"Tendrás novias, y ellas no querrán que esté contigo." Aspiró un respiro antes de continuar. "Y un día, encontrarás a *la indicada*, y ella te dirá que es ella o yo, y la elegirás a ella."

"Eso es imposible," le dije mientras tomaba sus manos y la miraba a los ojos. Apreté suavemente sus manos. "No eres solo Ivy. Eres mi Vine. Estás entrelazada con todo en mi vida. Estás entrelazada con mi corazón."

Y esa fue la primera vez que vi a mi mejor amiga derramar una lágrima. Sollozó un par de veces y unas gotas grandes y húmedas se deslizaron por su rostro.

La abracé, prometiéndole que nadie nos separaría jamás.

Julie y yo básicamente nos toleramos durante el resto de la escuela secundaria, pero cuando mi relación con Ivy pasó de ser mejores amigos a novios, hubo momentos difíciles y sentimientos heridos, pero al final, lo hicimos funcionar.

Capítulo 10

Ivy, en la actualidad

Los dos chicos que Julie y yo conocimos en un lugar llamado *"Thursday's Bar"* el viernes por la noche eran atractivos y divertidos. Pero yo seguía pensando en Fletcher. De hecho, cada vez que estaba cerca de un hombre guapo y divertido, pensaba en él. Esto era algo que se repetía demasiadas veces para contarlas en los últimos cuatro años.

El alto rubio llamado Dean parecía interesado en mí. Era inteligente y trabajaba como terapeuta respiratorio en el mismo hospital que Julie y el otro chico, Allen, así que teníamos algunas cosas en común.

Tal vez si no me hubiera encontrado con Fletcher tantas veces en las últimas semanas, estaría dispuesta a darle una oportunidad a Dean. Pero realmente no tenía ninguna posibilidad, porque mi mente, cuerpo y corazón seguían atrapados con otro hombre.

Aun así, sonreía y participaba en la conversación. Allen intervenía de vez en cuando, lo cual me parecía bien, pero parecía molestar un poco a Dean. No sabía qué tenía en mente Julie cuando dijo que traería a un par de compañeros de trabajo. ¿Estaba tratando de organizarme una cita? ¿O acaso quería salir con uno de ellos?

Probablemente debería haber preguntado un poco antes de aceptar ciegamente. Le habría dicho que no estaba en el momento adecuado para salir con alguien y definitivamente no estaba lista para empezar una relación.

Si no había estado lista durante los cuatro años de universidad, no iba a suceder en una noche de viernes al azar. Pero cuando estaba lejos en la universidad, no había ninguna posibilidad de que Fletcher apareciera en el lugar donde yo estaba.

Pero esa noche, mientras intentaba concentrarme en lo que Dean me estaba diciendo, vi su figura masculina entrar por la puerta de cristal con John a su lado.

Instantáneamente me enderecé y me incliné más cerca de Dean, como si lo que estaba diciendo realmente me interesara.

"Su esposa volvió al día siguiente para agradecerme," dijo Dean con una amplia sonrisa, revelando sus dientes blancos y perfectos en los que probablemente sus padres gastaron miles de dólares.

"Eso es genial," dije, aunque realmente no había prestado atención a la historia que acababa de terminar.

Levanté el vaso que contenía mi whiskey con Coca-Cola y lo presioné contra mis labios antes de tomar un buen trago.

Los pies de Fletcher se acercaron a mí. Por supuesto, lo estaba observando sin parecer que realmente estaba prestando atención a cada aspecto de él. Como sus chanclas que golpeaban el suelo de madera falsa del bar. *Supongo que todavía usa chanclas con jeans.*

Sus jeans estaban perfectamente desgastados en los

lugares indicados. Su camiseta gris se estiraba sobre su pecho, revelando su torso amplio y sus pectorales definidos. Desde la secundaria, había llenado más su cuerpo, y, santo cielo, estaba muy atractivo.

Hola, Julie, dijo una voz masculina.

Giré a mi derecha y reconocí a John, que estaba cerca de mi amiga. Supongo que, como estaba intentando concentrarme en Dean y observando a Fletcher de reojo, no había notado que John se había acercado a nuestra mesa.

Julie resopló y giró su cabeza en la dirección opuesta a donde estaba John.

No creo que ella quiera hablar contigo, dijo Allen con un gesto tenso en la mandíbula.

Ignóralo, Al. Se irá a molestar a otra chica, dijo Julie, apartándolo con un gesto y volviendo su atención a Allen.

Jules, solíamos ser amigos. Pero lo entiendo. Era suficientemente bueno para estudiar juntos en la universidad comunitaria, pero no lo soy para hablar en público, dijo John. Mi mirada saltó de John a Julie y luego a Allen, que parecía incómodo y comenzó a moverse en su asiento.

Julie golpeó la mesa de madera y se levantó bruscamente, haciendo que la silla se deslizara por el suelo. *Eras mi amigo hasta que comenzaste a acostarte con todas las enfermeras del hospital donde trabajo*, dijo Julie, presionando un dedo contra el pecho de John.

Pero John no estaba dispuesto a rendirse.

Los ojos de Allen y Dean se abrieron al ver su reacción.

Fletcher y yo intercambiamos una sonrisa cómplice. Esto era típico de Julie. Era fogosa y temperamental. Su racha de terquedad era interminable, y luchaba con todas sus fuerzas por lo que creía.

¿Estás celosa?, John le guiñó un ojo, y yo me estremecí,

esperando la furia que seguramente desataría de mi amiga de la secundaria.

¿Celosa de qué? ¿De un paseo que no vale la pena?, retiró su dedo pero se acercó más a él. He oído que eres como la decepción después de esperar en la fila por mucho tiempo cuando el paseo no cumple con las expectativas. Por eso nadie se monta más de una vez.

Las fosas nasales de John se ensancharon, y esperé a que saliera humo de sus narices y probablemente de sus orejas también.

Sabes, a veces puedes ser una verdadera perra, pero nunca te habría dicho algo así en la cara ni a tus espaldas porque pensaba que éramos amigos, dijo John, con los ojos entrecerrados y una mirada que escaneaba a Julie con un indicio de disgusto. Soy un amigo leal, y siempre te habría apoyado. Claramente, nuestra amistad era unilateral.

John se alejó de ella con dos pasos hacia atrás, pero luego dirigió su mirada hacia mí.

Cuídate, Ivy. El segundo que hagas algo que ella no apruebe, ya no serás lo suficientemente buena como para respirar el mismo aire que ella, luego se dirigió hacia la barra, y Julie volvió a su silla, dejándose caer pesadamente sobre el asiento de madera.

Perdón por ese arrebato, chicos, dijo, exhalando un suspiro exasperado que levantó su flequillo con la fuerza.

Allen y Dean murmuraron sus no te preocupes y está bien. Me terminé el resto de mi bebida de un solo trago y dejé el vaso sobre la mesa.

Voy a la barra a buscar otra. ¿Alguien quiere algo?, pregunté mientras me levantaba.

La mesera volverá pronto. Podemos pedir otra ronda cuando regrese, Julie arrugó la nariz y me miró con sospecha.

Necesito algo ahora, así que vuelvo enseguida.

Antes de que alguien pudiera refutar mi insistencia, ya estaba en camino a la barra y me acerqué al asiento a la derecha de donde estaba John. Por supuesto, noté que Fletcher estaba sentado a su izquierda.

Bueno, eso fue incómodo, dije mientras me sentaba en el taburete cubierto de vinilo.

¿Para ti?, dijo John, echando un trago de un líquido marrón.

Llamé al camarero con la mano, y cuando tuve su atención, le sonreí coquetamente.

Tomaré lo que él tuvo, dije, señalando con el pulgar en dirección a John.

El camarero, extremadamente atractivo, con tatuajes en ambos brazos, solo asintió en respuesta a mi pedido.

Julie no tiene filtro, le dije a John, pero mantuve mis ojos en el camarero que estaba sirviendo mi bebida. Su cabello estaba recogido en un moño, y aunque normalmente no me gustaban los hombres con ese estilo, a él le quedaba bien.

Me preguntaba cuántas chicas se iban a casa con él al final de una noche de copas. Entendía si tenía una mujer diferente cada noche.

De repente, me gustaba mucho más mi asiento en la barra que la mesa con Julie y sus amigos.

El camarero guapo colocó mi trago frente a mí en la barra brillante.

Ponlo en su cuenta, dije con una sonrisa, señalando a John, y luego levanté el vaso en saludo y me tomé el trago de un solo golpe. Tomaré otro, le guiñé un ojo al camarero, y escuché un gruñido de Fletcher antes de que John hablara.

Si vas a tomar whiskey así, espero que tengas un paseo a casa.

¿Me llevarías a casa si necesitara un paseo, John? giro en mi asiento y coloco mi mano en su rodilla.

¿Qué diablos estás haciendo, Ivy? la voz grave de Fletcher cortó el aire con un tono bajo.

Dirigí mi mirada hacia él y lo fulminé con la mirada.

¿Qué te importa a ti? Noté que había vuelto a llamarme Ivy.

Me llamo Calvin, dijo el camarero, con una leve barba en la mandíbula que se movía a medida que su sonrisa se ensanchaba, y me pregunté cómo se sentirían esos pelos cortos y ásperos contra mi piel.

Aléjate, Calvin la voz airada de Fletcher se llenó de indignación.

Calvin estrechó los ojos, y yo rodé los míos.

Hermano mayor protector, dije, y Calvin asintió en reconocimiento.

Afortunadamente, Calvin fue llamado por otro cliente al otro lado de la barra.

"Solo una de esas tres es correcta," dijo Fletcher llanamente.

Giré mi cuello alejándome de él como si estuviera ignorando su comentario.

"Protectivo, absolutamente. Pero eres mayor que yo por dos meses. ¿Hermano?" Soltó una risa condescendiente. "Estoy bastante seguro de que las cosas que hicimos de adolescentes *nunca* deberían hacerse entre hermanos."

No tenía idea de por qué no me levanté inmediatamente del taburete y volví con Julie y los demás, pero por alguna razón, cuando Fletcher y yo nos insultábamos, era más como en los viejos tiempos y no realmente ser desagradables el uno con el otro.

Así que me volví hacia él y alcancé su bebida, le quité el

vaso alto del bar frente a él y tomé un sorbo de la cerveza. "No respondiste a mi pregunta."

"Estoy aquí para tomar una cerveza con mi amigo, un amigo al que ahuyentaste, por cierto." Se encogió de hombros con indiferencia. "Por si no te diste cuenta, ahora soy lo suficientemente mayor como para beber en público, no solo en el bosque detrás de la escuela con nuestros amigos."

Maldito sea y sus burlas. El intercambio se sentía tan normal. Era natural para nosotros tomarnos el pelo.

"Bueno, ahora tu cerveza se acabó y tu amigo también se fue," dije, riendo en su vaso mientras sorbía más de la lager.

Fletcher miró por encima del hombro hacia la mesa de la que había huido y luego su mirada se centró en mí. "Parece que tu amiga también se ha ido."

Giré mi cabeza en esa dirección y, tal como él reportó, Allen y Dean estaban conversando entre ellos y Julie no se veía por ningún lado. "Probablemente solo fue al baño o algo así."

"O está con John en su camioneta en el estacionamiento."

Su comentario nos hizo a ambos encogernos de hombros mientras intentábamos contener la risa.

Se sentía tan bien compartir una risa con él. Compartíamos tantas bromas internas y extrañaba esos tiempos cuando nos reíamos y nadie entendía de qué nos reíamos excepto nosotros dos.

"Julie no es así," dije entre risas.

"John sí lo es."

De repente, la risa se desvaneció de mis labios. "¿Alguna vez fuiste así?"

Él me quitó la cerveza que había estado sosteniendo y tomó un largo trago. "No. Nunca he sido ese tipo de chico."

"¿Solo relaciones serias para ti?" Pregunté, aunque ya sabía la respuesta.

Él se encogió de hombros y asentí.

La tensión pesaba entre nosotros y deseé que el barman guapo volviera, que John regresara de donde quiera que se hubiera escabullido, o que el suelo se abriera y me tragara.

"¿Y tú?" preguntó, pero se estremeció ligeramente como si esperara que lo lastimara con mi respuesta.

"Ninguna relación... seria o de otro tipo. Estaba realmente enamorada de este chico en la secundaria y nunca pude superarlo. Fui tonta porque, por alguna razón, asumí que volveríamos a estar juntos y terminaríamos para siempre."

Supongo que el alcohol me dio el valor necesario para sacar mis pensamientos a la luz.

Vi la nuez de Adán de Fletcher subir y bajar ante mi comentario.

"Sé que no respondiste a mis mensajes o llamadas, pero asumí que habrías escuchado algo de tu papá que te haría querer hablar conmigo. ¿Supongo que él nunca te dijo nada sobre nuestra ruptura?"

Ya sabía que su padre no le había ofrecido ninguna información, pero todavía me dolía que nunca me diera la oportunidad de explicarle las cosas.

Y, por supuesto, el dolor y el alcohol llevan a la ira y a veces a comentarios rencorosos, así que no pude evitarlo. "No he estado con nadie más desde ti, pero tal vez esta noche será mi nuevo comienzo."

Luego me deslicé del taburete y volví con las personas que había abandonado antes en la noche y saqué el asiento junto a Dean. Puse mi mano en su hombro y me sonrió cálidamente.

Julie apareció de nuevo en la mesa un momento

después y, coincidentemente, John reapareció al mismo tiempo y se sentó junto a Fletcher en la barra. Sin embargo, su amigo ya había dejado varios billetes sobre la superficie brillante donde su ahora vacío vaso de cerveza estaba, y salió del bar con sus chanclas y John detrás.

La despedida amigable de John no compensó la mirada de enojo que Fletcher me lanzó al salir.

Capítulo 11

Ivy, en la actualidad

Llamé a un Uber poco después de que John y Fletcher se fueran del bar anoche. Sabía que Fletcher podía herirme profundamente, pero no podía creer que yo también tuviera tanto odio dentro de mí.

Él tenía todas las razones para odiarme. No sabía la verdad, pero yo sí, y *tomé* la decisión basada en lo que pensé que era mejor para todos. Tomé la decisión. Él no hizo nada más que amarme como nadie más lo había hecho, y yo solo dije palabras hirientes que no merecía.

Él merecía saber la verdad. Y ahora que vivíamos en la misma ciudad, parecía que estábamos destinados a encontrarnos una y otra vez. Tal vez el universo me estaba dando oportunidades para ser honesta.

Era completamente obvio que aún le importaba. Solo necesitaba tomar energía de eso y hacer que viniera. Estaba segura de que si lo llamaba y le decía que lo necesitaba, no podría mantenerse alejado.

Necesitaría alcohol, claro. Al igual que anoche, necesitaría un poco de valor líquido para sacar las cosas de mi pecho. Y no creía que una caja de cerveza fuera suficiente. Necesitaba algo más fuerte.

Así que conduje hasta la licorería en las afueras de la ciudad. Los lugares dentro de la ciudad solo vendían cerveza y vino, y esta situación requería whiskey, ron, vodka, ginebra, o quizás los cuatro. Una combinación de licores oscuros y claros podría funcionar.

Agradecida de haber agarrado una cesta de mano, dejé caer una botella de cada tipo en el contenedor de plástico que descansaba en mi antebrazo.

"Vaya, eso es pesado," murmuré mientras cambiaba el contenido al dirigirme hacia la caja registradora y casi chocaba con el carrito de compras de un cliente.

"Lo siento mucho," dijo la voz de un hombre mayor.

Estaba lista para decirle que estaba bien cuando me encontré con la mirada de la persona que había alterado mis sueños para siempre.

Un par de ojos azul pálido me miraban mientras mi mirada endurecida se encontraba con la suya.

Su cabello estaba más gris de lo que estaba cuando me fui a la universidad y se estaba adelgazando en la parte superior. Su rostro tenía varios días de barba y su cuerpo estaba más delgado, pero aún podía ver al hombre que compartía ADN con el chico que poseía mi corazón.

"Señor Hart," dije con vehemencia.

"Fletcher dijo que se encontró contigo." Su expresión fría me enfureció.

"Sí, se encontró, y ¿sabes qué? No tiene ni idea de por qué rompí con él. ¿Por qué no le has dicho?" El resentimiento llenaba mi estómago y la rabia se asentaba en mi interior.

"Pensé que lo amabas," dijo entre dientes.

"Por eso rompí con él. Te aprovechaste de ese amor

joven y destruiste la felicidad que podríamos haber tenido juntos."

"Sí, bueno, ese tiempo ha pasado. Él es feliz ahora, Ivy. Déjalo ir. Si realmente lo amabas, lo dejarías casarse y ser feliz. Sé que probablemente estés celosa, pero tendrás eso para ti algún día."

¿En serio? "No estoy celosa," me reí. "Tú lo estás, viejo hombre vengativo."

"Solo quiero que mi hijo sea feliz, y lo es, así que déjalo en paz." Entendía de dónde venía el gruñido bajo de Fletcher, pero no me dejé intimidar por el siseo del viejo Hart.

"¿Sabe Fletcher que bebes tanto?" le pregunté, señalando su carrito después de observar con detenimiento su contenido, que incluía dos galones de vodka. "A menos que estés intentando incendiar la casa de alguien, diría que eso es más de lo que una persona promedio bebería en todo un año." Bajé la mirada hacia el interior de su cesta y luego volví a fijar mis ojos en los suyos, que, por casualidad, eran del mismo color azul claro que los de su hijo.

"He tenido dificultades para superar la pérdida del amor de mi vida." Su expresión severa se suavizó, y había un ligero temblor en sus manos mientras sostenía el carrito de compras.

"¿Y te quedaste ahí, obligando a tu hijo a perder el amor de su vida?" Negué con la cabeza, disgustada. Si intentaba mostrar empatía, no lo iba a lograr.

"Ivy, iba a decirle, pero me costaba tanto. Necesitaba apoyarme en él. No podía decirle. Se habría enfurecido conmigo y se habría ido." Ahora su voz temblaba de emoción. Aunque no cabía duda de que realmente necesitaba a Fletcher en ese momento, eso no explicaba por qué no le había dicho nada cuatro años después.

"Fuimos hombres miserables durante mucho tiempo."

Suspira y mira al horizonte como si estuviera reviviendo un recuerdo doloroso, pero repelí cualquier empatía que pudiera surgir en ese momento.

Pegué un rollo de ojos y exhalé con frustración. "Sí, seguro que lo disfrutaste. La miseria ama la compañía, ¿no?" Negué con la cabeza, horrorizada por su excusa.

"A diferencia de mí, él pudo liberarse del dolor y la desesperación, y ahora está feliz de nuevo. Así que te lo suplico... solo déjalo en paz." Si no estuviera tan molesta por cómo su padre había desechado por completo los sentimientos de Fletcher, tal vez sentiría lástima por el viejo.

"¿Estás bebiendo porque extrañas a tu esposa o es por la culpa que has cargado todos estos años?" No podía dejar pasar esta situación. "Fletcher tiene derecho a saber lo que realmente pasó."

Una lágrima cayó del ojo del señor Hart, pero mantuve mi firmeza.

"Tienes una semana para decírselo, o lo haré yo." Agarré más fuerte la cesta pesada y comencé a caminar hacia la salida de la tienda cuando escuché su voz desesperada.

"Ya no somos el equipo Ivy y Fletcher como antes. Él estará molesto con los dos, pero yo soy su familia. Me perdonará. A ti te va a descartar como ropa que ya no le queda, y él se casará con Amilyn."

Puede que se case con otra mujer, pero no llegará al altar sin saber la verdad, aunque tenga que ponerme de pie durante la ceremonia y hacer un drama cuando el pastor pregunte si alguien se opone al matrimonio.

Capítulo 12

Ivy, tercer año de secundaria

Los estudiantes de tercer y cuarto año jugaban un juego tonto cada año con pistolas de agua. La premisa era eliminar a los jugadores disparándoles con agua. Todos los estudiantes que querían participar pagaban veinte dólares, y el ganador recibía la mitad del dinero recaudado como premio, mientras que la otra mitad se destinaba a cubrir los costos del baile de graduación. No había premio para el segundo lugar, así que, a menos que fueras el último en pie, perdías.

Cada semana, se asignaba un objetivo a cada estudiante. Podías eliminar a tu objetivo con cualquier forma de agua que quisieras: un balde de agua, una manguera, una pistola de agua, tirándolo a una piscina o cualquier otro método para empapar a tu oponente.

Obviamente, había reglas. Ninguna eliminación podía ocurrir en el terreno de la escuela, la iglesia, el lugar de trabajo de un estudiante, ni entrando o saliendo de citas médicas. Cualquier otro lugar era considerado campo libre.

Al comienzo del juego, la mayoría de los estudiantes

formaban alianzas para localizar a sus objetivos y unían fuerzas para eliminar a sus oponentes con ayuda mutua.

Claramente, Fletcher y yo éramos un equipo. Siempre lo habíamos sido, desde primer grado. Así que lo ayudé a eliminar a Jimmy Wright porque sabía que siempre recogía a su hermana de la clase de baile los martes por la noche, y él me ayudó a eliminar a Carla Winters porque siempre tuvo un flechazo con él, y coqueteó con ella cuando estaba en un restaurante de comida rápida después de la práctica de atletismo, para que yo pudiera atacarla mientras estaba distraída.

Como cada año, surgían rivalidades y algunas amistades sufrían debido a este juego tonto porque los sentimientos se herían y las alianzas cambiaban debido al engaño y al deseo de ganar.

Pero a mí no me importaba ganar. Solo quería evitar ser eliminada de una manera humillante porque, por supuesto, para que la eliminación contara, tenía que ser capturada en video. Y una vez que se publicaba en las redes sociales, todos podían ver cómo tu compañero de clase te había eliminado.

Afortunadamente, Fletcher y yo habíamos mantenido nuestra alianza, sin tenernos como objetivo. Las cosas habían ido bien. Él me protegió dos veces de los disparos de agua, y yo lo empujé una vez fuera del camino, lo que, por supuesto, me empapó a mí en su lugar.

Pero con la eliminación de ambos objetivos la semana pasada, Fletcher y yo éramos los últimos en pie.

"Deberías dispararme y terminar con esto, Fletch", le dije durante el almuerzo el lunes siguiente.

"No puedo creer que digas eso después de que me esquivaste y evitaste toda la semana que te tuve como objetivo," dijo Julie mientras masticaba el sándwich que su madre probablemente le había preparado. Ella tenía el tipo de mamá que todavía le cortaba los bordes a los sándwiches y le partía las manzanas en ocho pedazos iguales. "Luego, Fletcher recibió un disparo por ti cuando fui a por la manguera de jardín en tu casa."

Me encogí de hombros y me reí con Fletcher, que tenía una sonrisa tan grande que entrecerraba los ojos y le aparecían arrugas en las comisuras.

"Ustedes dos son asquerosos." Hizo un sonido de arcada, y me alegró que se tragara el bocado de comida que había estado masticando, para no tener que ver ningún sándwich regurgitado. "Mejores amigos, novio y novia, compañeros de clase, rey y reina del baile, socios en el crimen, etcétera... podría vomitar."

Fletcher se inclinó y me dio un beso en la mejilla, y yo le apreté la rodilla cuando lo hizo.

"De verdad voy a tener que sentarme en otro lugar para el almuerzo. Ustedes dos me dan ganas de vomitar," dijo mientras recogía su bolsa de papel y su contenido y se levantaba antes de pasar por encima del banco y alejarse después de una breve sacudida de cabeza.

"Un día, encontrará su otra mitad y lo entenderá," suspiré de manera soñadora.

"Si eso es solo la mitad de Julie, no estoy seguro de querer conocer a su otra mitad," comentó Fletcher después de que ella se alejó más de nosotros.

Le di un golpecito en el brazo y él se encogió, pero se rió de mi ligero golpe.

"¿Por qué no me disparas, y así puedes ganar el dinero del premio, Vine?" preguntó, entrelazando los dedos de una de nuestras manos.

"Porque quiero que ganes tú."

"Vine, no puedo ganar si tú pierdes. No funciona así."

"Fletch, literalmente así es como funciona." Exageré un gesto de ojos, lo que me hizo sentir un poco mareada. "Podríamos renunciar ambos, pero entonces ninguno de los dos ganaría."

"Entonces ninguno de nosotros ganará el dinero." Golpeó su dedo contra su barbilla unas cuantas veces antes de que una sonrisa traviesa curvara sus labios. "¿Qué tal si tú me disparas y dividimos el dinero? Así ambos podríamos ganar."

"Tú podrías dispararme a mí, y luego podríamos dividir el dinero."

"Está bien, chica terca."

Esa tarde después de la escuela, Julie preparó su teléfono para grabar nuestra eliminación con pistolas de agua en video. Le dije que Fletcher me dispararía, pero ella pensó que sería más dramático si ambos tuviéramos pistolas de agua en la mano y simuláramos un duelo.

"Mientras veas que él aprieta el gatillo primero, puedes disparar porque él te alcanzará primero. Me concentraré en tu cara, así que todo lo que se verá es cómo te mojas," explicó.

Me entregó una pistola de agua roja tan llena que goteaba líquido, pero probé su alcance de todas formas, aunque no importara.

"Está detrás del arbusto en tu jardín, a tu izquierda," dijo mientras abría la puerta corrediza de vidrio que daba a la terraza fuera de mi casa.

Con su teléfono ya grabando, me dio un asentimiento, animándome a salir, así que pisé las tablas de madera, esperando a que Fletcher apareciera.

Los arbustos en mi jardín no eran tan altos, así que podía ver su camiseta blanca moviéndose mientras se agachaba y cambiaba de posición.

Fingí no saber su ubicación exacta y me dirigí al centro de mi jardín, convirtiéndome claramente en un objetivo fácil.

Fletcher se levantó entonces detrás del seto con su pistola de agua azul apuntándome, y en el momento en que apretó el gatillo, levanté mi pistola y disparé varios chorros de agua.

Su cara y camiseta se mojaron, y giró la cabeza de un lado a otro mientras los chorros de agua seguían golpeándolo y empapándolo.

Mientras él seguía apretando el gatillo de su pistola sin parar, esperaba estar empapada, pero mi cara no estaba mojada y mi ropa seguía seca.

Solté mi pistola al darme cuenta de eso y dejé de disparar, finalmente tirándola al suelo.

Su gran y tonta sonrisa goteaba agua, y su cabello rubio tenía grandes gotas colgando en las puntas. "¿Grabaste eso, Jules?"

Sus ojos azules nunca se apartaron de mi cara, pero le preguntó a mi amiga que estaba filmando.

"Sip," dijo Julie, resaltando la *P*.

"Te vi apretar el gatillo. Tu pistola no pudo fallar tantas veces." Le quité la pistola de la mano y la tiré al suelo. "¡Fletcher Hart! Tu pistola no tiene agua."

Él se encogió de hombros, y esa sonrisa tonta seguía en su rostro.

"¡Me tendieron una trampa!" chillé soltando una carcajada.

"Pensé que estarías feliz de que Julie y yo finalmente

nos lleváramos lo suficientemente bien como para planear algo así."

Corrí hacia él, y cuando salté, me atrapó.

Envolví mis piernas alrededor de su cintura y lo besé mientras rodeaba su cuello con mis brazos.

"Bueno, yo me voy," dijo Julie. "Esto ya no es apto para todo público. Nos vemos mañana."

La camiseta mojada de Fletcher empapó mi top de algodón y mis shorts de mezclilla mientras él profundizaba el beso.

Cerré los ojos mientras nuestras lenguas se rozaban.

Nos quedamos ahí besándonos. Yo con mis piernas alrededor de la cintura de mi novio y sus fuertes brazos alrededor de mi espalda.

Cuando finalmente nos separamos, Fletcher mantuvo una mano detrás de mí, aun sosteniéndome contra su torso, pero colocó un dedo y pulgar en mi barbilla, levantando mi mirada hacia sus ojos gris-azules.

"Te amo, Vine."

Mi corazón casi explotó con su declaración. Y solo esperé tal vez medio segundo antes de soltar, "Yo también te amo."

Apartó mis brazos de su cuello, y deslicé mi cuerpo hasta estar de pie por mí misma con mis piernas soportando mi peso.

Entonces se agachó para recoger la pistola de agua roja, apuntó y disparó repetidamente hacia mí, haciendo que chillara y corriera.

Pero me atrapó y me derribó al suelo, y antes de darme cuenta, estábamos de nuevo besándonos en el césped de mi jardín, rodando en el pasto mientras reíamos y jadeábamos entre risas.

Capítulo 13

Fletcher, en la actualidad

Agosto en Maryland siempre era un calorón, y mientras hacía mi compra semanal, me di cuenta de que solo quedaba un paquete de agua en el supermercado cuando miré por el pasillo en el que estaba.

En lugar de agarrarlo de inmediato, decidí primero alcanzar las bebidas electrolíticas que estaban unos estantes más arriba y las eché en mi carrito. Sin embargo, cuando me agaché para agarrar el paquete de agua, alguien se agachó debajo de mí y alcanzó la misma caja de botellas.

Retracté mis brazos y me puse de pie. La joven se asustó al sentir mi presencia sobre ella y casi se torció el tobillo al tratar de ponerse de pie.

Se apartó el cabello oscuro de la cara, revelando esos ojos marrón chocolate con los que solía soñar. Soltó un pequeño suspiro, y mi garganta se contrajo con ese sonido. Había tantos ruidos tenues que eran únicos de Ivy, y cada uno de ellos me apretaba el corazón.

Me miró sin expresión, parpadeando sus gruesas pestañas negras. "Lo siento, no me di cuenta de que estabas alcanzando lo mismo que yo."

Solíamos alcanzarnos el uno al otro al mismo tiempo innumerables veces. Pero eso era el pasado, y esto era el presente.

"Puedes llevártelo tú." Supongo que nunca podría quitarle nada. "Puedo ponerlo en tu carrito."

"No, llévatelo tú." Su desánimo era evidente mientras se alejaba unos pasos hacia un carrito cercano.

Levanté el paquete de agua, usé mis largas piernas a mi favor y avancé hacia el carrito al que ella acababa de llegar. Coloqué las botellas de agua en el carrito, haciendo que las ruedas se detuvieran por el peso añadido.

"Fletch. Te dije que lo tomaras tú." Sus suaves ojos marrones parecían disculparse, y no me gustaba nada eso. Prefería cuando sus ojos eran juguetones, contentos o llenos de deseo.

Mierda, no tenía idea de dónde vino ese pensamiento.

"No puedo quitarte algo." No podía creer que alguna vez hubiera sido capaz de lastimarla intencionalmente con mis palabras o acciones. "Además, te debo una."

Ella levantó una ceja ante mi comentario.

"No pude mojarte con agua en tercer año de secundaria. Así que te debo una."

Cuando una pequeña sonrisa se asomó en su rostro melancólico, sentí que mi pecho se aligeraba. Su tristeza siempre había sido mi tristeza, y su felicidad era mi felicidad.

"Fletch, no me debes nada." Incluso con sus labios ligeramente curvados, aún mantenía una expresión algo triste. "Lo siento mucho."

Y entonces mi pecho se contrajo de nuevo. "Vine." Y no podría haberme detenido de dar esos dos pasos hacia ella ni aunque hubiera un muro de fuego entre nosotros.

"Santo cielo. Ivy Hatfield." Una voz femenina resonó detrás de mí.

Los ojos de Ivy se abrieron de sorpresa, pero parecía una sorpresa agradable por cómo sus labios cambiaron de una forma de O a una brillante sonrisa que alcanzó sus ojos. "¿Carrie?" dijo demasiado fuerte para ser una pregunta y sin un atisbo de duda.

Miré por encima del hombro y reconocí instantáneamente a la hermosa rubia que estaba detrás de mí. Su cabello estaba rizado y caía sobre sus hombros. Había desarrollado curvas femeninas y llevaba unos shorts de mezclilla y una camisa sin mangas atada en la parte inferior, revelando un área pequeña de piel en su abdomen. La chica con la que pasé tanto tiempo en la primaria se había convertido en una mujer hermosa.

"Vaya, chica, creciste y te pusiste guapa," dije, bromeando. Noté la mirada de reproche que me dio Ivy, así como el pequeño resoplido.

"Ven aquí, Fletcher Hart, y dame un abrazo." Carrie me hizo un gesto para que me acercara, y di un paso en esa dirección para recibir el rápido abrazo que me ofreció. "¿Todavía dejas que este chico esté cerca de ti, Ivy?" dijo, señalándome con el pulgar una vez que me soltó del apretón breve pero fuerte.

"Bueno..." Antes de que Ivy pudiera dar cualquier tipo de explicación, Carrie se lanzó hacia ella, envolviendo sus brazos alrededor de sus hombros y acercándola a su torso.

Ivy también envolvió sus brazos alrededor de Carrie, y se abrazaron durante varios segundos. Esta era una reunión bastante diferente a la que tuvo con Julie.

"Si ustedes chicas llegan a la segunda base, sacaré mi teléfono para grabarlo." Me reí, y ambas me lanzaron una mirada fulminante que se suavizó de inmediato porque conocían bien mi forma de bromear.

"¿Qué haces en la ciudad?" preguntó Ivy después de que se separaron.

"Mi tía abuela Maureen murió, así que toda la familia vino para el funeral. Hay una recepción al aire libre después del servicio, así que papá quería que comprara algunas Gatorades y agua para que los ancianos no se deshidraten."

Ivy y yo intercambiamos una mirada de entendimiento. Una vez más estábamos en la misma sintonía. Sabíamos lo que el otro estaba pensando sin necesidad de decir nada.

Así que metí la mano en el carrito de Ivy, levanté el último paquete de agua y lo coloqué en el carrito de Carrie que estaba a su lado, pero a diferencia de Ivy y yo, su carrito estaba vacío, mientras que nosotros teníamos varios artículos en el nuestro.

"Solo quedaba un paquete de agua, pero puedes llevártelo," le dijo Ivy a Carrie.

"Entonces, ¿ustedes dos siguen siendo amigos... o hay algo más aquí?" Carrie preguntó, moviendo su dedo entre nosotros.

"Eh..."

"Somos amigos," dije, cortando el intento de Ivy de dar una explicación.

El alivio se reflejó en su rostro ante mi aclaración sobre nuestra relación.

"Aww, eso es genial. Deberíamos reunirnos mañana por la noche y ponernos al día." Revolvió en su bolso y sacó su teléfono, luego, después de deslizar la pantalla y presionar algunas veces, le entregó el dispositivo a Ivy. "Pon tu nombre y número en mis contactos para poder enviarte un mensaje."

Después de un momento, Ivy aceptó su celular y escribió su información antes de devolvérselo a Carrie.

"Tenemos mucho de qué hablar." Luego, después de agarrar algunos paquetes de Gatorade y dejarlos caer en su carrito con un ruido sordo, se despidió con la mano y prometió ponerse en contacto más tarde esa noche.

"No esperaba eso en el supermercado hoy," dijo Ivy con un suspiro de confusión.

"Sí, yo también tuve un par de sorpresas." Me *reí* ante la absurdidad de todo el intercambio que había ocurrido.

Su mirada chocolate dejó su estado de ensoñación distante para enfocarse de nuevo en mí.

Di un paso más cerca de ella para poder ver las motas verdes dentro de ese iris color marrón. Siempre me encantó cómo sus ojos parecían de una manera para el mundo, pero, al observarlos más de cerca, contenían un tesoro oculto. Y solo aquellas personas que buscaban esa cercanía con ella podían experimentar el asombro de las gemas.

Ella se mordió el labio inferior como siempre lo hacía cuando quería decir algo pero se lo guardaba. *¿Qué es lo que quiere decir pero no lo hace?* Antes no solía guardarse nada conmigo. Siempre podía decirme cualquier cosa. *¿A quién le dice todo ahora?*

"¿Hay algo en tu mente, Vine?"

"No", respondió rápidamente y se dirigió al carrito de compras, empujándolo para alejarse de mí.

"Vine", la llamé. No había avanzado mucho, así que la alcancé sin esfuerzo.

Se detuvo, y esta vez, cuando me miró por encima del hombro, sus ojos mostraban tristeza y una disculpa silenciosa.

"Puedo decirle a Carrie que no puedes ir. Seguro que

después de cómo actué la otra noche, preferirías no estar cerca de mí."

"¿Lo que dijiste es verdad?" Contuve la respiración esperando su respuesta.

"¿Qué parte?" Sus ojos interrogantes me confundieron. Tenía que saber a qué parte me refería.

"¿Que no has estado con nadie desde mí?" Maldita sea. El nudo en mi garganta volvió a aparecer.

Ella asintió lentamente.

"¿Sigue siendo verdad?" Su respuesta no era de mi incumbencia, pero no pude evitar preguntar.

"¿Importa?" Su mirada se mantuvo fija en la mía y su voz no titubeó.

"*Claro que importa*. No es de mi incumbencia, y realmente no tengo derecho a preguntarte eso."

"Solías conocerme mejor que nadie", dijo con confianza, enderezando los hombros y levantando ligeramente el mentón. "¿Qué crees que es la respuesta?"

Creo que hubiera sabido si se hubiera ido a casa con uno de esos chicos con los que estaba la otra noche. Me gusta pensar que aún la conocía, tal vez no había cambiado tanto de la chica que solía ser. Bueno, excepto por el hecho de haberme dejado de lado y romperme el corazón.

"Creo que deberíamos dejar de hacernos esto el uno al otro."

"De acuerdo", confirmó con un leve asentimiento.

"Éramos amigos mucho antes de ser... más que amigos. Éramos mucho más que amigos. Es obvio que el universo va a seguir cruzando nuestros caminos, así que necesitamos encontrar una manera de llevarnos bien, y eso significa que no podemos decir cosas que duelan o hacer preguntas cuyas respuestas no queremos saber."

"¿Entonces, qué hacemos ahora?" Inclinó la cabeza y

frunció los labios con confusión. "¿Quieres que intentemos ser amigos o solo ser cordiales el uno con el otro?"

"Vine, fuiste mi mejor amiga por más de una década, eso es casi la mitad de mi vida. No hay nada que desee más que tenerte como amiga otra vez."

"¿Pero...?" preguntó cautelosa.

"No hay pero. Éramos jóvenes y pensábamos que estábamos enamorados. Todo es tan diferente ahora que no vivimos en esa versión idealista de lo que creíamos que sería nuestro futuro. El mundo real no es nada como lo imaginábamos. Pensaba que estaríamos casándonos ahora, y en cambio, estoy comprometido con otra mujer."

"¿Crees que podemos volver a ser amigos después de todo?" Sus ojos se agrandaron, y por primera vez desde que había vuelto a casa, vi una chispa de esperanza. Había visto su enojo, frustración, tristeza y vulnerabilidad.

Me gustaba tener aún el poder de darle esperanza.

"Creo que sería una pena si no lo intentamos." Extendí mi mano para que la tomara.

Ella bajó la mirada a mi mano y la observó por un momento antes de deslizar su palma contra la mía. Pero no me estrechó la mano como esperaba.

Acarició mi mano con la suya y pasó su pulgar sobre mis nudillos. *Mierda.*

No anticipé cómo se sentiría su mano contra la mía. Habíamos tomado de la mano demasiadas veces para recordar, y con un solo toque, miles de recuerdos pasaron como flashes por mi mente.

Retiré mi mano de su agarre, forzando a los recuerdos a detenerse en mi mente.

"¿Tu prometida estará bien con que seamos amigos?" Sus ojos se iluminaron a pesar de que ya no estábamos tomados de la mano.

Amilyn. Se alteró cuando mencioné que Ivy estaba en la ciudad. Ni siquiera mencioné que había visto a Ivy tantas veces más. *Esto definitivamente no es bueno.*

"Hablaré con ella. Hemos estado juntos por mucho tiempo, y estamos comprometidos. Ella confía en mí." Estaba balbuceando, y esperaba que Ivy no lo notara. Solo balbuceaba cuando estaba tergiversando la verdad.

"Tal vez ella y yo deberíamos conocernos... ya sabes, para asegurarle que tú y yo solo seremos amigos." La sonrisa en sus labios se hizo más evidente. Podía notar que me incomodaba.

No habría forma de estar bien con que ellas dos se conocieran. Amilyn ya tenía poca confianza. Estar cerca de alguien tan extrovertido como Ivy solo la haría volver a la concha en la que solía esconderse cuando nos conocimos.

Trabajé durante mucho tiempo para derribar esos muros, y aunque aún me mantenía algo a distancia, habíamos avanzado mucho, y me preocupaba que con un solo encuentro con Ivy, volviera a ser la chica tímida e introvertida que apenas decía dos palabras.

Se manejaba bien en situaciones uno a uno, pero no le gustaban los grupos grandes ni los lugares con multitudes. Como prefería quedarse en casa, nunca se quejó de que saliera con mis amigos sin ella. De hecho, a veces lo animaba porque, aunque a ella no le gustara salir, entendía que a mí sí.

"Podrías invitarla a venir con nosotros cuando salgamos con Carrie."

Sí, claro. No había forma de que Amilyn aceptara eso. "Ella es más hogareña. No querrá ir."

La sonrisa de Ivy se hizo más amplia, como si esperara que dijera eso.

"Pero tal vez podrías venir una noche a comer pizza y ver una película con nosotros."

Sus labios se tensaron y esa sonrisa que tenía hace un momento ya no llegaba a sus ojos.

"Claro, tal vez podrías invitar a John y sería una doble cita."

Sobre mi cadáver.

Y entonces empezaron las risitas. Aunque extrañaba el sonido de su risa, sabía que su respuesta estaba llena de sarcasmo.

"¿Qué es tan gracioso?" Crucé mis brazos sobre el pecho, intentando proteger mi corazón de su condescendencia.

Ella ralentizó su respiración y logró controlar sus risitas.

"Te engañas si piensas que tu prometida estará bien con que seas amigo de tu ex."

No podía elegir entre las dos. Acababa de recuperar a Ivy en mi vida. No quería perderla. Pero tenía razón; Amilyn estaba bien con que pasara tiempo con mis amigos, pero no estaría de acuerdo con que uno de esos amigos fuera Ivy.

"Lo resolveré." Porque lo haría.

"Intentaré no encariñarme demasiado, así cuando me digas que no podemos vernos más, no estaré devastada."

Sus palabras me atravesaron, y no hice un buen trabajo ocultando mi herida sin sanar.

"Maldición, Fletch. Sigo diciendo cosas inapropiadas. No quería molestarte. Te prometí que no diría cosas que te lastimarían, y lo acabo de hacer... pero no fue mi intención." Se cubrió los ojos con las manos y sacudió la cabeza.

"Vine." Dejé que el apodo que le di rodara suavemente de mi lengua, y ella retiró las manos de sus ojos. Esos grandes ojos de cervatillo mostraban tristeza al igual que arrepentimiento.

"Nos llevará tiempo volver a sentirnos cómodos el uno con el otro. Pero me gustaría seguir intentándolo si tú estás dispuesta."

"Te he extrañado, y me gustaría que pudiéramos ser amigos otra vez."

¿Me había extrañado? Mi corazón dolía por ella durante más de cuatro años. Con suerte, ser amigos sería suficiente.

Capítulo 14

Ivy, en la actualidad

Carrie: ¿A dónde vamos mañana por la noche?

Yo: Al bar, Thursday's.

Tres puntos aparecieron en la pantalla.

Carrie: Acabo de buscarlo. Parece un lugar divertido. ¿A qué hora?

Yo: ¿A las siete? Puedo pasarte a buscar. ¿Dónde te estás quedando?

Carrie: En el Treetop Inn. Estaré lista y esperándote en el lobby. Solo mándame un mensaje cuando llegues.

Yo: Suena bien.

Mi teléfono vibró en mi mano, y el nombre de Carrie brilló contra el fondo oscuro.

"¿Ya cambiaste de idea?" le pregunté cuando deslicé el ícono para contestar su llamada.

"Solo quería preguntarte si hay algo entre Fletcher y tú."

Había tanto entre nosotros, pero no podía explicarle

todo eso a Carrie. No la había visto ni oído en años. No lo entendería.

"Solo somos amigos, Carrie." La verdad dolió mientras se lo confesaba a mi antigua compañera de travesuras.

"Solo estaré en la ciudad este fin de semana, y estaba pensando en divertirme un poco. ¿Crees que Fletcher estaría dispuesto?"

"¿Qué tipo de diversión?" ¿Se refería a beber, drogas, paseos en moto? No tenía idea. Podría ser una persona totalmente diferente ahora.

"Un tipo de diversión más... de aventura."

Una sensación de náuseas bajó hasta el fondo de mi estómago. "Él no es así. Y además, está comprometido."

"¿Qué?" chilló en mi oído. "Él me estaba coqueteando."

Aparentemente, Carrie pensaba que todo hombre que le coqueteaba quería llevársela a la cama. "Lo siento. Tendrás que encontrar a otro hombre con quien divertirte." Me alegré de que Fletcher estuviera comprometido en ese momento, porque aunque no quería verlo con otra mujer, realmente no podría soportar verlo con Carrie. "Pero habrá muchos hombres en Thursday's mañana por la noche, así que ojalá encuentres a uno." Solté una risa falsa, aunque realmente sentí alivio en mis venas.

"Estoy esperando con ganas," dijo, con un tono de voz que me pareció un poco demasiado alegre. "Nos vemos mañana."

Decidí asegurarme de que no bebiera demasiado y tratara de coquetear con Fletcher.

Yo: ¿Está John disponible para salir con Carrie, contigo y conmigo mañana?

Fletcher: ¿Estás buscando una cita?

Yo: Creo que Carrie lo está. LOL

Fletcher: Le mandaré un mensaje. Seguro

que no le molesta pasar la noche con una rubia bonita.

Yo: Lo siento, estás atrapado con una morena promedio.

Fletcher: Pensé que dijiste que ibas a ir.

Yo: ¿???

Fletcher: No hay nada de promedio en ti. Y de hecho, prefiero a las morenas.

Supongo que su prometida era morena.

Yo: Nos vemos mañana.

Él envió un emoticono de pulgar arriba. Podía ver por qué Carrie pensaba que le estaba coqueteando. Porque si no hubiera sabido mejor, habría pensado que su mensaje anterior era coquetón. Pero sabía que él estaba comprometido con otra mujer, así que obviamente envió ese último mensaje solo para hacerme sentir mejor. Eso es lo que hacen los amigos, y habíamos acordado intentar ser solo amigos.

Solo esperaba que mi corazón pudiera manejar una amistad. Con solo unos días para que su papá confesara lo que pasó antes de que me fuera a la universidad, me preguntaba si nuestra amistad podría soportar las consecuencias de eso.

Le envié un mensaje a Carrie cuando llegué al área de carga y recogida de The Treetop Inn, y me sorprendió que realmente me dijera que ya salía. Debía estar esperando en el vestíbulo, como dijo, porque estaba en mi coche en menos de dos minutos después de mi mensaje.

Eso nunca hubiera pasado con mis novias en la universidad. Planeábamos encontrarnos a las siete de la noche, pero nunca salíamos hasta las siete y cuarenta o las ocho.

Me sorprendió. Igual que me sorprendió con sus comentarios sobre Fletcher.

"Ivy, me prometiste un ambiente lleno de oportunidades, pero aquí no hay casi nadie", dijo Carrie mientras se sentaba en un taburete de vinil a mi derecha.

"Aún es temprano. Dale un poco de tiempo." Traté de tranquilizarla lo mejor que pude. Era sábado por la noche, así que estaba segura de que pronto habría una gran cantidad de hombres llegando.

"Un whiskey, por favor", dije cuando el atractivo bartender apareció frente a mí.

Él asintió y le sonrió ampliamente a Carrie. "¿Y tú, muñeca?"

Ugh. Lo de "muñeca" me dio un poco de mal rollo. Pero Carrie se puso toda soñadora.

Quiero decir, el tipo me pareció razonablemente atractivo a simple vista. Tenía ese aire de chico malo. Estaba afeitado, pero tenía el cabello largo y rubio sucio, recogido en una coleta en la nuca. Tenía un aro de oro en el labio inferior y una barra de oro vertical en la ceja izquierda. Me preguntaba dónde más estaría perforado. Pero sus ojos grises eran pequeños y algo oscuros.

"Lo mismo que ella", dijo Carrie, batiendo las pestañas y girando su cabeza hacia mí.

El bartender frunció el ceño, confundido. "Está bien. No te imaginaba como una chica que tomara whiskey."

Carrie giró sobre su taburete y dejó de mostrar interés por el tipo que estaba sirviendo nuestras bebidas.

Después de unos momentos en los que lo ignoró, él se alejó para prepararle su shot de whiskey.

"Ya estoy cansada de los hombres que piensan que, por verme de cierta manera, soy un *tipo* de chica."

Bueno, debe haber una historia detrás de eso. Esperé a

que llegara su vaso de shot, luego levanté el mío en un saludo fingido, y tomamos nuestras bebidas al mismo tiempo.

"¿Quieres hablar de eso?" le pregunté mientras llamaba a la bartender para pedirnos dos cervezas. Necesitaba un poco de valor líquido antes de que Fletcher llegara.

"Salí con un chico en la secundaria con el que pensaba que me casaría, pero se fue a la universidad y conoció a otra." Carrie bebió un sorbo de mi lager favorita, porque, como le dijo al otro bartender que tomaría lo mismo que yo, supuse que ordenaría para las dos.

"Vaya. ¿Cuándo rompieron?" Deslicé mis dedos hacia arriba y hacia abajo por mi vaso, persiguiendo la condensación.

"Hace unas semanas." Suspiró sin mostrar enojo ni arrepentimiento.

"Entonces, ¿estuvieron juntos en la secundaria y toda la universidad?" No podía creer lo que había escuchado.

"Sí, casi ocho años. Yo fui a Florida State, y él a Northwestern. Conoció a alguien en su primer año y estuvo con ella todo el tiempo en la universidad. Yo no tenía idea, y asumo que tampoco le contó sobre mí. Decidió que quería estar con ella, así que rompió conmigo." Su mirada se desvió, pero cuando miré por encima de mi hombro, no parecía estar mirando nada en particular. Sus ojos azules estaban llenos de días soñados del futuro.

"Qué imbécil." Recuerdo cuando yo también soñaba con mi futuro. Mis sueños siempre incluían a Fletcher, por eso tal vez me costaba tanto decidir qué hacer ahora. No podía comprometerme con un lugar donde vivir o trabajar, porque, en el fondo, me costaba imaginarme un futuro sin él.

Mientras reflexionaba sobre eso, di un largo trago de mi cerveza.

"Estaba enamorada de él. Tuve la oportunidad de salir con muchos chicos, pero estaba tan ciega de amor por él que nunca lo hice." Había un toque de defensa en su tono.

"Lo siento, Carrie, pero suena como si hubieras desperdiciado tu amor en alguien que no lo merecía." Extendí mi mano para tocar su brazo, y ella se apartó ligeramente.

Sus ojos azules volvieron a aclararse, y una pequeña sonrisa apareció. "Los chicos en los bares siempre asumían que, por verme segura de mí misma, era fácil. Pero solo he tenido sexo con un hombre en mi vida, Ivy."

Podía entender eso, pero no estaba lista para compartir mi historia con nadie en este momento ni siquiera con mi mejor amiga de la infancia. Habían pasado demasiados años. Si ella hubiera permanecido en Villpointe, habría sido testigo de toda mi relación con Fletcher, pero nadie más que nuestros padres estuvo presente en cada paso de nuestra transición de amigos a novios, y de ahí al dolor. Ni siquiera les conté a mis padres toda la historia. Solo el papá de Fletcher sabía por qué nuestra relación se deshizo.

Julie y yo nos hicimos amigas en la secundaria, pero nunca fue amiga de Fletcher. Se toleraban por mí, pero no hubo amor cuando nos rompimos. Así que nunca me confié en ella. Era una persona extremadamente competitiva, así que, al principio, luchaba por su lugar de amiga, viéndolo a él como una amenaza. Pero cuando él fue mi novio, su actitud cambió. O sentía que ya no podía competir, o se dio cuenta de que no tenía sentido hacerlo porque las cosas entre ellos ya no eran las mismas.

El verano en que terminé con Fletcher, Carrie parecía una niña que acababa de ganar el juego más importante de su vida. Actuaba como si hubiera eliminado a la competencia. No tenía ni una pizca de empatía por mis sentimientos de arrepentimiento y dolor. Pensaba que lo mejor para hacerme olvidar a Fletcher era distraerme, y eso se le daba muy bien.

Íbamos de compras, salíamos a comer, pasábamos noches en casa de una y otra, viendo películas y comiendo chatarra. Nos escapábamos a la playa en nuestros días libres, y trabajamos juntas en el mismo restaurante durante el verano. Si hubiera sido solo una chica adolescente con el corazón roto por un chico, su método hubiera sido terapéutico. Pero ella no sabía que yo misma era la que había roto mi corazón, y ninguna distracción iba a hacerme sentir mejor.

"¿Estás bien, Ivy?" La preocupación de Carrie me sacó de mis pensamientos y me trajo de vuelta al presente.

"Sí, solo estaba pensando en lo mucho que te extrañé como amiga."

"Aww, Ivy, eres tan dulce." Carrie se rió y dio un sorbo a su cerveza.

Y de repente, la puerta de vidrio se abrió, y la silueta de Fletcher apareció en el bar. No pude evitarlo, mis ojos se fijaron en él.

"¿Quién... es... ese?" Carrie se quedó sin palabras, ya no hizo más comentarios ni preguntas.

Yo tampoco me fijé en quién estaba hablando, porque mi mirada no podía apartarse del hombre que había destruido mi capacidad de tener otra relación. Ojalá pudiéramos desarrollar una amistad, porque sentía que lo nuestro aún no estaba cerrado. Si él parecía estar bien, tal vez sería más fácil, pero no pensaba que él hubiera superado completamente lo nuestro tampoco.

Solo la verdad diría cómo iban a ser las cosas entre nosotros.

Él caminó hacia mí con determinación. Sus ojos, normalmente azules, parecían más oscuros bajo la tenue luz del restaurante. La camiseta que llevaba ajustada a su pecho musculoso, y vaya, se veía increíble con esos jeans desgastados.

Mis ojos recorrieron su cuerpo de arriba a abajo. Disfruté de lo que vi, incluso sus pies en sandalias, porque eso era tan Fletcher. Pero ya no me pertenecía, ya que lo había alejado.

Me giré hacia la barra y levanté mi vaso de cerveza.

"Ivy, el hombre más guapo que he visto en mi vida está caminando hacia nosotras", susurró Carrie mientras se pasaba nerviosamente el cabello detrás de las orejas.

"Hola, chicas."

No me volví a mirar. Esa voz no era de Fletcher, así que no me importó. Seguí tomando tragos de mi bebida, esperando que él no se diera cuenta de que lo había estado observando sin disimulo.

Carrie se aclaró la garganta y cruzó las piernas.

Yo seguí sin voltear.

"Carrie, este es mi amigo John... y ya conoces a Ivy." Aunque Fletcher no me hablaba, su voz me envolvió como un suéter cálido en una noche fría.

"Hola, Ives."

Le saludé con la mano por encima del hombro, pero sin girarme hacia él.

La risa de Carrie casi me hace atragantarme con mi cerveza.

Mientras tosía, sentí una mano familiar en mi espalda.

"¿Te estás ahogando por verme de nuevo, Vine?" Su comentario irónico me hizo mirarlo entre mis tosidos.

"¿En serio, estás bien?" Su susurro en mi oído me dio un escalofrío agradable por la espalda, y de repente, su presencia ya no me resultaba molesta, sino tranquilizadora.

Tal vez su presencia irritante era la que me calmaba, no sabía. Pero de cualquier manera, mi respiración se normalizó, a diferencia de los suspiros cortos que tenía antes.

"Estoy bien, Fletch", afirmé con una sonrisa y un asentimiento.

Él asintió también, como aceptando, antes de sentarse en el taburete junto a mí. John se sentó en el taburete al lado de Carrie, así que los cuatro estábamos juntos, pero los chicos en lados opuestos de nuestro pequeño grupo.

Miré a la pareja a mi izquierda, disfrutando de su conversación fácil y relajada. Luego miré a mi derecha, donde Fletcher estaba sentado, y me di cuenta de que nosotros no podíamos tener lo mismo.

No estaba segura de si alguna vez lo volveríamos a tener. Cuando él llamó a la barra, no mostró ninguna señal de darse cuenta de mis pensamientos, tan llenos de arrepentimiento por nuestra nueva y algo incómoda relación.

"Supongo que Carrie puede hacerse amiga de un chico tan fácil como tú", dijo Fletcher, señalando a los otros dos. "Aunque me siento un poco herido. Ella parece más interesada en John que en mí. Nosotros éramos los tres mosqueteros en la primaria."

"Oh, tú eras su primera opción, pero le dije que no estabas disponible."

La mandíbula de Fletcher se abrió en sorpresa, mientras levantaba una ceja.

"Está superando una mala ruptura y busca algo casual."

La confusión que había en su cara se transformó en una sonrisa confiada.

"No te pongas tan seguro de ti mismo, Fletch. Solo fue el primer hombre que vio. Claramente no está siendo muy selectiva ahora." Señalé a la pareja, pero estaban tan metidos en su charla que ni se dieron cuenta.

"No soy tan seguro de mí mismo." Fletcher tomó un trago de su cerveza y luego se giró hacia mí. "Recuerdo cuando tú eras la que estaba llena de mí."

Y por segunda vez esa noche, casi me ahogo con mi cerveza. Pero esta vez no solo tosí, sino que rocié la barra con un chorro de cerveza a temperatura ambiente.

"Vaya, Vine. Solías aguantar mejor el alcohol cuando éramos adolescentes", dijo, mientras fingía limpiar con las mangas de su camisa.

"No puedo creer que dijeras eso", le pegué en el brazo, aunque no le hizo nada. Sus músculos eran tan duros como piedra. Claramente levantaba pesas y no solo corría por el gimnasio.

"¿Qué? Tú solías gustar de mí." Su sonrisa juguetona me estaba ganando.

Pero tenía que recordarme a mí misma que él ya no estaba disponible. Como le había dicho a Carrie, Fletcher Hart ya estaba fuera del mercado. Estaba comprometido. Se iba a casar.

Esa realidad, aunque ya la conocía, me dejó un sabor amargo en la garganta. *No debí haber cambiado a cerveza.*

Llamé al bartender, y él comenzó a limpiar la cerveza que había derramado sobre la barra con una toalla, riendo mientras lo hacía, haciendo que el aro de su labio inferior se moviera.

"Supongo que debería haberme quedado con el whiskey", sonreí, ya que aunque no me interesaba él, era amable y no debía sacar mi frustración por la vida en él.

"¿Otra ronda?" levantó las cejas y la barra brilló bajo la luz tenue. Vale, tal vez sí era un poco sexy... a menos que dijera *"muñeca"* en la cama. *Eww.*

"Hazla doble, con hielo esta vez."

El bartender asintió, aprobando mi elección.

"¿Alguien te va a llevar a casa, Vine?" La voz preocupada de Fletcher me hizo sentir algo que no debería. Me gustó... demasiado.

"Yo sé cómo conseguir un aventón cuando lo necesito." Lo dije en tono de broma, pero la expresión de Fletcher me hizo saber que no le había caído bien mi humor.

"Más te vale que no vayas a pedirle un *aventón* a ese bartender." Su tono grave, lleno de celos, fue algo que, aunque no esperaba, me resultó atractivo. Me gustaba que estuviera celoso.

El bartender apareció justo en ese momento con mi bebida. "Oye, soy Ivy, por cierto."

Sus ojos grises se iluminaron, y su sonrisa confiada se transformó en una sonrisa más sexy. "Soy Cohen."

"Cohen, si una chica te pidiera un *aventón*, ¿se lo darías?" Le di un sorbo a la bebida recién servida.

Su mirada saltó de mí a Fletcher y luego volvió a mí.

"Él es solo un amigo," aclaré. "No está disponible para darme un *aventón*."

El gruñido bajo de Fletcher hizo vibrar el suelo de madera y mi taburete, pero no le di importancia.

"Supongo que dependería de la situación." Cohen cambió de postura, claramente incómodo.

"¿Y si yo necesitara un *aventón*?" Apliqué mi mejor mirada coqueta.

"Bueno... no salgo hasta las dos de la mañana." Su voz tembló un poco.

"Parece que te irías a las dos y cuarto entonces."

"Ya basta, Ivy." El comentario gruñón de Fletcher me dio una sensación rara en el estómago y me calentó por dentro.

Cuando miré a Fletcher por encima del hombro, lanzándole una mirada desafiante, Cohen aprovechó para escapar de la conversación incómoda y se fue rápidamente a atender a otro cliente más lejos de nosotros en la barra.

"Eres un pésimo compañero de diversión." Solté una risa fácil y tomé otro trago de whiskey.

Fletcher levantó su vaso de cerveza y dio un trago largo, como si quisiera hacer desaparecer sus pensamientos.

"No voy a salir contigo si vas a ser tan aguafiestas." Mis risas lo incomodaban, y eso solo me daba más ganas de seguir molestándolo.

"Vine aquí para pasarla bien contigo, no para ayudarte a ligar con el bartender." Sus palabras salieron entre dientes.

"Fue tú el que sacó el tema del sexo." Me encogí de hombros, haciéndome la inocente.

"No lo dije." Las arrugas en su frente se profundizaron mientras sus cejas se fruncían.

"Tú hiciste el comentario de que yo estaba llena de ti." ¿Acaso había olvidado cómo esa frase me hizo escupir la cerveza sobre la barra?

"Quise decir que solías gustar de mí." Sacudió la cabeza. "No fue un comentario sobre mi... ya sabes."

"Lo siento, supongo que mi mente automáticamente pensó en cómo...me llenaba tu pene... ya sabes."

Capítulo 15

Fletcher, en la actualidad

Bueno, ahora mi pene se movió en mis jeans. No. Esto no se supone que pase con ella. *Maldita sea.*

"No puedes decir cosas así... se supone que solo somos amigos." Mi voz subió como la de un chico preadolescente.

"Sí, no deberíamos hablar de tu pene," dijo con calma. "¿Puedo hablar de los penes de otros hombres?"

"No." Negué con la cabeza varias veces, enfatizando mi punto. "Nada de hablar de penes en ningún momento."

"Probablemente es una buena idea. Si hablamos de un pene, querré verlo. Y debería ser una sorpresa. O sea, si hablo mucho, voy a tener altas expectativas, y no quiero decepcionarme." Se sentó y tomó un sorbo de su bebida como si esta conversación no le afectara en lo más mínimo.

Mientras tanto, la idea de que ella viera el pene de otro hombre me enfurecía, y la idea de que viera el mío me hacía querer levantarme e ir al baño para darle un recordatorio.

Mierda. Me di una bofetada mental mientras me acababa la cerveza de un solo trago.

Le hice una señal al bartender para que trajera otra.

Me preguntaba si esta noche iba a ser difícil después de

la conversación ruidosa que tuve con Amilyn más temprano. Pero tal vez fue bueno que sacáramos tanto de nuestros sentimientos al aire.

Pensé que me sentiría abrumado por la culpa y la tristeza, pero, en realidad, fue mejor que las cosas entre nosotros explotaran. Hacía tiempo que necesitábamos tener esa conversación, y el momento adecuado finalmente llegó.

Otra cerveza apareció frente a mí. Cohen no se detuvo a hablar esta vez. No puedo culpar al tipo. No había razón para perder su tiempo cuando no había forma en el infierno de que dejara que tocara a Ivy. Seguro que dejé claro ese punto.

"Entonces, ¿quieres hablar de tu prometida?" Juré que casi se estremece al hacer la pregunta.

"Nop," dije, pronunciando la *"p"* con énfasis.

"Está bien. ¿Qué tal el trabajo? Ese es un tema seguro, ¿verdad?"

No estaba seguro si era una pregunta o una afirmación.

"Nuestras carreras son similares, ya que tú eres paramédico y yo soy enfermero en la sala de urgencias." Sus ojos se iluminaron, y yo me sentí atraído por la calidez que emanaba de ella.

"¿Vamos a poder hacer esto?" Cinco segundos a su lado, y ya quería tocarla. Dos minutos, y quería llevármela al baño. Y ahora quería hablar de *trabajo*. Mi mente, cuerpo y corazón me jalaban en direcciones opuestas.

Me arrepentí de lo que pregunté tan pronto como vi la luz apagarse en sus ojos. "Fletch, no importa lo que digamos, esto es incómodo como el infierno. Si vamos a estar cerca el uno del otro, vamos a tener que encontrar un terreno común. Y pensé que el trabajo era un buen lugar para empezar."

"Lo siento, Vine." Pasé el pulgar por su antebrazo apoyado en la barra.

Su piel se erizó al contacto. Hice de cuenta que no notaba cómo había provocado esa reacción en ella, pero lo guardé en mi mente para investigarlo más tarde.

"Sabemos que acordamos intentar esto de la amistad, pero aún estoy tratando de proteger mi corazón. Nunca pensé que me harías daño como lo hiciste, y aunque me gustaría creer que no lo harías de nuevo, estoy un poco a la defensiva." Exhalé fuerte y miré al techo por un momento antes de volver a mirarla a los ojos. "Tal vez ayudaría si supiera por qué cambiaste tan de repente de opinión."

Sus ojos se agrandaron antes de que una capa de agua cubriera sus orbes de chocolate.

"John y yo vamos al otro lado de la barra a bailar. Ya pagamos la cuenta aquí." La voz de Carrie interrumpió el intenso momento que compartía con Ivy, pero un suspiro de alivio relajó sus hombros y ella fingió una sonrisa.

"Está bien. Fletch y yo iremos después."

Carrie ignoró los ojos vidriosos de Ivy y saludó con la mano antes de dirigirse al otro extremo de la barra, donde estaba la pista de baile, con John siguiéndola de cerca.

Y entonces, solo quedábamos los dos. No es que antes estuviéramos en grupo. John y Carrie tenían lo suyo y no nos prestaban atención.

"Sé que tienes muchas preguntas, y quiero responderlas. Pero este no es el lugar adecuado para tener esa conversación." Su voz tembló con inquietud, mientras la empatía brillaba en sus ojos llenos de lágrimas. "Te prometo que no estoy evitando la conversación. Tengo la intención de hablarte de todo. Pero quiero que tengamos la oportunidad de conocernos como adultos primero. Porque desearía que la chica que solía ser hubiera hecho las cosas de manera diferente, y no me gusta mucho esa versión de mí. Espero que me guste más la mujer que soy ahora. Y, francamente, sería bonito gustarme de nuevo."

Su corazón también estaba hecho un desastre. Era tan obvio que sus emociones la controlaban, así como las mías me controlaban a mí.

"Trabajo los próximos dos días, pero el martes estoy libre si te viene bien."

¿Qué podía decir en este punto? Había esperado más de cuatro años para escuchar su explicación. ¿Qué eran unos días más? "Yo traigo tacos."

Una leve sonrisa tiró de las comisuras de sus labios, y un destello de esperanza se instaló en mi pecho.

"¿Te paso a buscar, y vamos al bosque a tener la conversación para que nadie nos oiga?"

"Fletch, antes me llevabas al bosque para besarnos, no para hablar." Sacudió la cabeza con una sonrisa juguetona. "No voy a esconder alcohol, y no voy a comer tacos en el bosque, aunque sea un martes."

"Vamos, Vine. Tus padres siempre tenían lo mejor y nunca se daban cuenta de que faltaba nada. Apuesta a que su mueble de licor sigue lleno de todo."

"Así que solo trae los tacos a mi casa. Mis padres están fuera por un rato."

"Ivy Hatfield. Si traes a un chico a la casa de tus padres mientras están fuera, sería un escándalo." Mi intento de humor me hizo reír y a ella fruncir el ceño.

Ella me miró de arriba abajo, de mi cabeza a mis piernas, y luego volvió a subir la mirada. "Definitivamente actúas como un niño, pero de alguna manera, tienes cuerpo de hombre."

No debería sentir la sensación recorriéndome el

abdomen y los boxers, pero mi pene tenía mente propia y respondió al cumplido con una especie de saludo.

Me moví incómodo en el taburete para tratar de ajustar la incomodidad que crecía literalmente detrás del cierre de mis jeans. Mi cabeza y mi corazón estaban completamente confundidos, pero mi cuerpo reaccionaba a ella como cuando era un adolescente.

"No te ves tan mal tú tampoco." Esperaba que un poco de coqueteo no estuviera de más. Quiero decir, mientras no actuara según la reacción fisiológica que mi pene había iniciado, debería estar bien.

"Jamás pensé que viviría lo suficiente como para oírte darme un cumplido otra vez."

No había previsto las lágrimas que comenzaron a deslizarse por su rostro. Pero grandes y silenciosas gotas de agua rodaron por sus mejillas.

Mierda.

"¿Por qué estás llorando?" No quería causar esas gotas brillantes de esos ojos chocolate. "Voy a parecer un idiota sentado junto a una chica en un bar haciéndola llorar."

Ella se rió mientras las lágrimas continuaban cayendo en silencio. Al menos no estaba sollozando ni gritando, pero la evidencia de sus lágrimas me obligó a limpiarlas con mis pulgares.

Se inclinó hacia mi toque, y una vez más supe exactamente lo que necesitaba, y no pude negarle nada en ese momento. Así que me levanté, me metí entre nuestros dos taburetes y la envolví con mis brazos, tirándola hacia mí.

Froté la palma de mi mano en círculos pequeños sobre su espalda, y ella presionó el lado de su cara contra mi pecho antes de rodear mi cintura con los brazos y apretarme suavemente.

Estaba en problemas. Después de pelearme con Amilyn

más temprano esa noche, ya estaba envuelto en los brazos de otra mujer, y me sentía mucho mejor. *Voy a necesitar más alcohol.*

~

Ivy y yo nos unimos a Carrie y John en la pista de baile después de que terminara mi cerveza y ella se hubiera tomado varias más. *¿Mi chica?*

No había sido mi chica en más de cuatro años. Pero, ¿a quién quería engañar? Siempre sería mi chica. Y no dejaría que ella fuera de nadie más, por eso estaba bailando con ella.

Vi a varios hombres acercándose, pero los detuve antes de que pudieran acercarse ni un metro. Les corté las intenciones de acercarse lo suficiente como para tocarla.

Con mis manos en sus caderas y ella moviéndose al ritmo de la música, me di cuenta de lo mucho que nunca podría controlar mis sentimientos cuando Ivy Hatfield estaba involucrada. Continuaría con la fachada de que su risa no me hacía el hombre más feliz del mundo, que su sonrisa no iluminaba todo el lugar y que su cuerpo no me volvía loco.

Tenía más curvas que cuando se fue a la universidad, y no deseaba nada más que explorarlas sin ropa, pero ahora soy mayor. Más maduro. No necesitaba actuar según mis impulsos.

Aún nos quedaba mucho por hablar, pero ya sabía que el resultado de nuestra conversación sería el mismo. No podía alejarme de ella.

Cuando estuvo en la universidad, mi mente me convenció de que la distancia física nos mantenía separados, aunque mi corazón sabía que podría haberla visitado cuando quisiera.

Pero ahora que vivía literalmente en la misma ciudad, no había manera de alejarme. Nos habíamos cruzado varias veces sin que ninguno de los dos lo buscara.

Así había sido siempre con nosotros, desde que nos conocimos en el autobús a la escuela en primer grado. Nada, ni siquiera mi propia voluntad, podía separarnos.

Así que cuando el DJ puso una canción lenta, abrí mis brazos para que ella se envolviera en ellos de nuevo. Era como si no hubiera pasado el tiempo, como si estuviéramos de vuelta en el baile de la secundaria.

Pasé la mano por su cabeza mientras ella se apoyaba en mi pecho. Debía usar el mismo shampoo que en la secundaria, porque el aroma a cítricos y flores subía de su cabello y me traía deliciosos recuerdos de tantas veces en las que la tenía entre mis brazos y ella se acurrucaba buscando mi calor.

Ni siquiera sentí mal por esos recuerdos. Pasé muchas noches después de que se fue deseando estar justo donde estaba ahora. Le pedí a mi cerebro que recordara cómo olía y cómo se sentía su cuerpo contra el mío. Rogué por una vez más para abrazarla, prometiéndome aprovechar el momento y grabarlo en mi memoria para poder revivirlo siempre que la extrañara.

"Maldita sea, te he extrañado, Fletch," murmuró en mi camisa.

Inconscientemente, posé mis labios en la parte superior de su cabeza. Fue un gesto tan natural que ni siquiera me sentí culpable. No me extraña que Amilyn me preguntara instantáneamente si la había besado en el momento en que admití que la había visto.

Porque aparentemente, besarla era tan sencillo como

despedirse, asentir con la cabeza o encogerme de hombros cuando no sabía la respuesta. Pero, de alguna manera, las cosas entre nosotros se volvieron complicadas. La relación fácil, de mejores amigos, almas gemelas y amantes ya no existía, y no estaba seguro de si podríamos superar los obstáculos de los sentimientos heridos, la distancia, la traición, los secretos y los corazones rotos.

Sin embargo, estaba dispuesto a intentarlo. Hace uno o dos años, no habría estado interesado en tener a Ivy de nuevo en mi vida, pero aquí, en la pista de baile de Thursday's, ya no podía imaginar mi vida sin Ivy Hatfield. El tiempo y la distancia ya no podían separarnos, siempre y cuando no lo permitiéramos.

"Fletch, creo que necesito irme a casa." Levantó las sombras de sus ojos y me miró con esa mirada de chocolate que tanto adoraba. "Estoy sintiendo demasiado déjà vu. Y no quiero hacer una suposición equivocada aquí."

Lo siente también. Teníamos una conexión innegable. "Te llevo a casa, Vine."

"Conduje aquí." La preocupación se marcó en su frente.

"John me trajo. Solo he tomado una y media cervezas. Puedo conducir tu auto."

Se apartó un poco de nuestro abrazo, pero sus manos seguían aferradas a mis caderas. "¿Pero cómo vas a llegar a casa?"

"Me quedaré en casa de mi papá. Él está con mi tío Jonathan este fin de semana. De hecho, iba a ir mañana a su casa a limpiar. Él ha estado un poco desordenado desde que mi mamá murió, pero se niega a que le ayude, así que tengo que colarme y ordenar cuando no está."

"¿Vas a llevar a Carrie a su hotel?"

"Claro." No tenía idea de qué hotel estaba, pero no debía estar tan lejos.

Ivy soltó el leve agarre cerca de los lazos de mi cinturón y caminó varios pasos hasta el bar para avisarle a Carrie sobre el plan. Hubo algunos gestos con la mano y pronto Ivy, Carrie y John se dirigieron hacia mi posición, al borde de la pista de baile.

"Sabes, Carrie, podría llevarte a tu hotel si quieres quedarte un poco más," ofreció John cuando llegamos a la puerta de salida del bar, donde ya no nos retumbaba la música en los oídos y podíamos entendernos.

Los ojos de Carrie buscaron la aprobación de Ivy, con su mirada azul suplicando comprensión de su amiga.

Me gustaría advertirle a Carrie sobre John, pero si solo busca un rollo de una noche, probablemente él sea tan bueno como cualquier otro. Es mi mejor amigo, y aunque pueda ser algo mujeriego, es un buen tipo en general. Haría lo que fuera por mí, y nunca le ha mentido a una mujer sobre lo que quiere o quién es. Se siente cómodo con él mismo y no trata de ser algo que no es.

Aunque sé que ha estado con varias enfermeras en el hospital, nunca he oído a nadie hablar mal de él, así que al menos no ha molestado demasiado a nadie.

"Carrie, deberíamos hacer una pijamada esta noche, como cuando éramos pequeñas." Ivy debe haberse intoxicado más de lo que pensaba, porque su habla estaba algo pesada y ya parecía haber olvidado los planes de llevar a Carrie a su hotel.

Necesitaba llevarla a casa pronto.

Sus párpados estaban cada vez más pesados. "Deberías dormir en mi cama, como antes." Lanzó sus brazos alrededor del cuello de Carrie, y por suerte ella logró mantenerse de pie y no caer cuando Ivy se lanzó hacia ella. "Solo haz que

John te deje en mi casa en lugar de llevarte al hotel." Era increíble que pudiera formar pensamientos coherentes con las palabras tan entrecortadas.

Carrie se rió de la creciente borrachera de Ivy. "Creo que te habrás quedado dormida antes de que llegue."

"Dejaré la llave en el lugar de siempre," susurró Ivy en el oído de Carrie, mientras su amiga seguía riendo. "Luego desayunamos mañana."

"Está bien, Ivy. Suena bien. Nos vemos luego." Carrie le dio un beso en la mejilla y luego miró hacia mí. "Más te vale asegurarte de que llegue bien a casa."

Asentí una vez. "Claro que sí."

Luego, Carrie se acercó a mi oído y cubrió su mano para que John e Ivy no pudieran escucharla. "No puedo creer que sigan solo siendo amigos. Deberías dar el siguiente paso algún día, Fletch."

Ivy se quedó dormida durante el trayecto hacia su casa. Usé la llave de la casa que estaba unida al llavero con las llaves de su auto para abrir la puerta, y ella subió, aún medio dormida, las pocas escaleras del porche de la casa de sus padres cuando la desperté.

No dijo nada, solo se quitó los zapatos sin hacer ruido y caminó por el pasillo hasta su habitación.

Había estado en su cuarto tantas veces que ya ni las contaba. A veces cuando sus padres estaban en casa y otras tantas cuando no lo estaban. Nunca habíamos tenido sexo en su habitación, me parecía algo irrespetuoso de alguna manera. Pero sí nos habíamos besado como los adolescentes emocionados que éramos en ese entonces.

La seguí hasta su cuarto para asegurarme de que se acomodara para la noche.

Sin embargo, sería yo quien no estaría tranquilo esa noche. Porque después de tirarse en la cama, se quitó rápidamente la camiseta que llevaba y se deshizo de los jeans tan rápido que no tuve tiempo de darle algo de privacidad.

Se desnudó frente a mí como lo había hecho un montón de veces antes, pero ella estaba borracha y no se daba cuenta de que ya habían pasado más de cuatro años desde la última vez que lo hizo.

Cuando fue a quitarse el sujetador, finalmente me giré hacia el otro lado. No podía mirar su cuerpo desnudo cuando ella no estaba consciente de lo que estaba haciendo.

"Fletch, ¿me puedes sacar una camiseta de dormir mi closet?", me pidió con voz somnolienta.

No me atreví a mirarla por encima del hombro. Simplemente me acerqué al closet, manteniendo la espalda hacia ella, y abrí varios cajones hasta encontrar una camiseta para ella.

Si hubiera estado más alerta, me habría dado cuenta de que sus pijamas estaban en el mismo cajón de siempre. Pero ya no estábamos juntos.

Verla desnudarse de nuevo me resultó muy íntimo. Esperé unos segundos antes de volver a mirar hacia la cama.

Cuando finalmente giré de nuevo, Ivy ya estaba vestida y acostada sobre las sábanas con los ojos cerrados.

La levanté con cuidado, saqué las sábanas de debajo de ella y la volví a acomodar en la cama.

Se dio vuelta hacia un lado y cubrí sus hombros con las mantas. Ya empezaba a roncar suavemente, así que le di un beso en la frente y me salí de su casa.

Capítulo 16

Fletcher, temprano ese día

"Ayer me encontré con una amiga de la primaria." Intenté mantener un tono relajado para que Amilyn no sospechara nada.

"¿En serio?" Su voz sonaba genuinamente interesada.

Abrí los contenedores de comida china mientras intentaba mantener una conversación casual sobre Ivy y Carrie. "Sí, no creo haber mencionado alguna vez a una chica que vivía en mi calle cuando era pequeño. Se llama Carrie."

"No. No recuerdo que la hayas mencionado." Su postura se volvió rígida mientras servía pollo al sésamo en un plato, y cuando sacó un rollo de huevo del paquete, se dirigió hacia la mesa pequeña del comedor junto a la sala.

La seguí de cerca, sirviendo mi propia comida de los diferentes contenedores sobre la encimera, y me senté junto a ella. No había planeado bien esta conversación, pero había procrastinado lo suficiente.

John me recogería en dos horas, y no le había dicho a Amilyn que iba a salir esa noche.

"Ella está en la ciudad para un funeral y sugirió que nos

reuniéramos esta noche para tomar un par de tragos. Invité a John para que no fuera incómodo."

"Fletcher, si quieres salir con tu amiga Carrie, está bien para mí. Gracias por pensar en mis sentimientos." Se relajó un poco y se sirvió una buena porción de arroz antes de llevarla a su boca, masticando con calma.

"¿Te gustaría ir también? Te caería bien Carrie." Ya conocía su respuesta, pero seguí mirando mi comida mientras movía el pollo y el arroz en mi plato con los palillos.

Amilyn siempre usaba utensilios tradicionales cuando comíamos comida china, pero a mí me gustaba usar los palillos.

Ivy fue la persona que me enseñó a usarlos cuando éramos niños, y aunque no era muy bueno usándolos, tenía tantos recuerdos divertidos que valía la pena seguir intentándolo.

"No es realmente lo mío. Me quedaré en casa, y si quieres, puedes pasar por allí después."

Ya habíamos tenido esta misma conversación una y otra vez, pero yo seguía insistiendo, esperando un resultado diferente, aunque las cosas no habían cambiado en los últimos dos años.

Solté los palillos sobre el plato, que no hicieron el mismo ruido que un tenedor de acero inoxidable, pero igual logré su atención.

Sus ojos se abrieron al principio, pero luego frunció el ceño con molestia. "Soy una persona de casa. Siempre has sabido esto de mí."

"Y he pasado noches en casa contigo viendo películas o comiendo comida para llevar, pero nunca has salido conmigo a un bar, un restaurante o siquiera a una fiesta de amigos." Este estallido de frustración venía acumulándose desde hace un tiempo, y no estaba seguro de cuánto más podía aguantar.

"No debería tener que cambiar por ti." Sus intensos ojos azules brillaban con frustración.

"Nunca te pedí que cambiaras. Me encanta pasar tiempo contigo y me gustaría compartir algunas de las cosas que disfruto contigo."

"Estoy cansada después de trabajar todo el día, solo quiero relajarme." Rueda los ojos como si acabara de decir algo obvio.

"No trabajas todos los días," respondí.

Sus ojos se entrecerraron. Estaba cada vez más molesta. Este era un tema sobre el que siempre habíamos discrepado en nuestra relación.

"Claro que no trabajo todos los días en mi trabajo. Pero tengo que ir al supermercado, limpiar mi casa y hacer la lavandería en mis días libres. Soy adulta. No tengo la misma necesidad que tú de salir a consumir alcohol." Su frustración crecía, pero la mía también.

"Estás siendo irracional." Ni siquiera le había dicho que Ivy estaría allí también, y ya estaba molesta.

"¿Porque no quiero ir a colarme en algún bar apestoso? Estás actuando como un niño." Hizo un gesto con la mano, como si me desechara, y volvió a su comida.

Respiré profundamente porque sabía que lo peor estaba a punto de salir de mi boca, y quería hacerlo de una manera algo cuidadosa. "¿Irías si Ivy estuviera allí?"

Su boca se abrió por un segundo antes de empujar el plato hacia atrás y levantarse bruscamente.

"Estaba esperando que esto pasara desde que me dijiste que ella había vuelto a la ciudad." La furia en su rostro se intensificó, y apretó la mandíbula. "Te lo voy a poner fácil." Sacó el anillo de compromiso de su dedo izquierdo y lo lanzó sobre la mesa. El anillo de oro con un solo diamante rebotó varias veces sobre la superficie de madera. "Ve a estar con ella. Ya he escuchado suficientes quejas sobre ella. Yo ya terminé."

Se dirigió hacia la puerta, y yo me levanté de la mesa, arrastrando la silla sobre el suelo, pero llegué a ella antes de que llegara a la puerta de mi casa. "¿Así que eso es todo?" pregunté, sujetándola por el brazo.

"*Nunca he sido lo que tú querías,*" gruñó. Pensé que la mayoría de las mujeres llorarían un poco al romper con su prometido, pero Amilyn estaba tan cerca de mí que podía ver el veneno en sus ojos azules.

"Si no lo fuera, nunca te habría pedido que te casaras conmigo. Tú fuiste la que nunca se comprometió realmente en esta relación. Me mantuviste a distancia desde que comenzamos a salir." Necesitaba entender por qué la mujer que tenía a mi lado estaba siendo tan fría. Ella se encargaba de cuidar a la gente en su trabajo, pero conmigo no mostraba ni un poco de compasión, solo frustración.

"Pues ahora hay aún más distancia, haz lo que tengas que hacer. No eres el tipo de hombre que busco."

Solté su brazo y la vi irse, quedándome atónito con sus últimas palabras. No miró atrás antes de salir por la puerta, que cerró con un golpe detrás de ella. Sus palabras me golpearon con una ola de náuseas.

Afortunadamente, solo había comido unos bocados, o probablemente habría terminado vomitando.

Logré tirar los restos de nuestra comida al cubo de la basura y lavar los platos. Guardé la comida china en la nevera, aunque sabía que probablemente la tiraría en un par de días. Esa comida siempre me recordaría lo que había sucedido entre Amilyn y yo, así que si los pocos bocados que comí hoy querían volver a salir, comer más de la comida más tarde probablemente tendría el mismo resultado.

Después de ducharme y cambiarme, me senté en mi sofá a pensar por qué las dos chicas que alguna vez pensé que amaba me dejaron tan fácilmente. Aunque cuando Ivy rompió conmigo, lloró y al menos mostró que le importaban mis sentimientos.

No tenía idea de por qué o cómo había juzgado tan mal la situación con Amilyn. Repasé cosas aleatorias que ella había dicho y momentos que habíamos vivido juntos, preguntándome si había alguna pista.

Ella no quiso mudarse conmigo ni fijar una fecha para nuestra boda. Insistió en seguir viviendo en su departamento, y normalmente solo pasábamos tiempo juntos en su casa o en la mía. Nunca quiso ir a ningún viaje ni hacer nada fuera de lo común.

Nunca me ofreció una llave de su casa, pero sí tenía la llave de la mía y de la de mi papá. Me había mantenido a distancia durante toda nuestra relación, pero tal vez porque me importaba tanto, nunca me molestó su distancia.

Quería estar con alguien tan desesperadamente que me forcé a estar cerca de ella, y ella nunca me dejó entrar. *Maldita sea.*

~

Me permití divertirme con Ivy, Carrie y John. Bailamos y reímos. Ivy se tomó varios tragos de whiskey, y fue ahí cuando vi la versión de ella que recordaba.

También vi su cuerpo de adulta sin quererlo. Y sus nuevas curvas eran bastante atractivas. Quería deslizar mis manos por su piel y ver si aún se sentía tan suave y sedosa bajo mis dedos.

Pero me fui de su casa después de arroparla, y ahora estoy tirado en la cama de la casa de mi papá, mirando al ventilador del techo girando una y otra vez, creando una sombra que se mueve con la luz de la farola que entra por las cortinas finas.

Era solo una caminata corta desde la casa de Ivy hasta la casa de mi infancia. Hice ese recorrido muchas veces cuando éramos más jóvenes, lo que también me llenaba de nostalgia.

Claro, cada vez que estoy cerca de Ivy, me asaltan miles de recuerdos de nuestro pasado. Como las luces flotando en el techo ahora, muchas imágenes de mi infancia y adolescencia pasaban por mi mente.

Las imágenes no desaparecían ni cuando cerraba los ojos. Nada hacía que los recuerdos se detuvieran. Necesitaba encontrar una manera de cerrar lo que pasó entre Ivy y yo hace cuatro años, pero también necesitaba pensar en qué hacer con Amilyn.

Pensé que estaba completamente entregado a Amilyn. Ella era la que no quería acercarse demasiado.

Decidí que, de ahora en adelante, tomaría una actitud similar. Protegería mi corazón la próxima vez. Tal vez si no me lanzaba de cabeza cada vez, no terminaría con el corazón roto. Necesitaba ser más inteligente la próxima vez. Pensar con la cabeza era una mejor alternativa que pensar con el corazón.

Sin embargo, me negaba a ser como John y pensar con el pene. Estaba tan atrapado en mi propio drama con las chicas que ni siquiera pensé en que dejé a Carrie en el bar con él. Se llevaban bien cuando Ivy y yo estábamos allí, así que supuse que todo seguiría igual después de que nos fuéramos.

Ni siquiera tomé dos cervezas durante todo el tiempo

que estuve en Thursday's, solo para asegurarme de que Ivy estuviera bien. Lo último que necesitaba era una pelea, que seguramente habría pasado si algún hombre en ese bar pensaba que tenía derecho a hablarle. Tenía que mantener la calma para estar alerta ante cualquier hombre que la mirara con demasiada insistencia.

Afortunadamente, con la cantidad de baile que hicimos juntos, di la impresión de que ella era "mía", que era exactamente la vibra que quería dar.

Pero, en realidad, ella no me pertenecía. Me preguntaba si el hecho de que no hubiera estado con nadie desde mí significaba que al menos una parte de ella seguía siendo mía.

Estaba completamente sobrio para poder salir de mi cabeza, pero conocía todos los rincones donde guardaba mi papá el licor.

Capítulo 17

Ivy, en la actualidad

Sentí cómo se hundía el colchón detrás de mí en las primeras horas de la mañana, pero no miré la hora. Carrie debió de haber cerrado el bar con John. Tomé más tragos de los que originalmente había planeado, pero estábamos tan divertidos que me lancé a tomar más de unos cuantos shots de whiskey.

No me reía tanto ni me sentía tan cómoda y relajado en mucho tiempo. Recuerdo lo mucho que extrañaba a Carrie cuando estábamos en la secundaria, pero honestamente no había pensado en ella en años.

Me gustaba la persona en la que se había convertido, y estoy seguro de que si no se hubiera mudado, hubiéramos seguido siendo mejores amigas. Era increíble que después de tantos años, pudiéramos retomar nuestra amistad con tanta facilidad. No hubo incomodidad ni falta de conversación.

Y ahora ella estaba dormida en mi cama, como tantas veces que nos quedamos a dormir cuando éramos niñas. La nostalgia de esos días pronto me hizo sonreír con sueño mientras me inclinaba para ver la hora en mi celular.

Eran las ocho y cuarenta y dos. No sabía a qué hora deberíamos desayunar, pero no quería esperar hasta que fuera demasiado tarde, así que me giré hacia el otro lado para despertar a mi amiga.

Sin embargo, el cuerpo sobre mis sábanas era demasiado grande para ser el de Carrie. La camiseta verde olivo se estiraba contra la espalda musculosa del hombre dormido. Su cabello rubio claro estaba un poco más largo de lo que recordaba de la secundaria, y la tentación de pasar mis dedos por él era demasiado grande.

Así que pasé los dedos de mi mano derecha por sus sedosos cabellos. El profundo gruñido que vibró a través de su espalda no me detuvo. Pasé mis uñas por la parte de atrás de su cabeza y bajé hacia su cuello, lo que hizo que cambiara de posición.

Pero luego su cuerpo se detuvo, y quité mi mano de su suave melena que se rizada un poco en las puntas. Metí mi mano de nuevo bajo las sábanas y subí la cobija hasta mi cuello.

"¿Ivy?" preguntó Fletcher, apenas en un susurro.

"Sí, Fletch," musité mientras cerraba los ojos. Si esto era un sueño, no quería despertar todavía.

Cuando se dio vuelta para mirarme, el movimiento inesperado hizo que mis ojos se abrieran, conectándome con su mirada azul y nublada de la mañana.

"¿Por qué estoy en tu cama?" La preocupación frunció su frente y su barba de un día comenzó a moverse mientras su mandíbula se apretaba, mostrando su preocupación.

"En realidad, te iba a preguntar lo mismo." Solté una risa y probé mi propio aliento matutino. *¿Cuánto había bebido anoche?*

"Estabas tomando whiskey como si fuera tu trabajo, así que conduje tu coche a casa cuando estuviste lista para irte del bar." Se rascó la barbilla y su mirada subió mientras trataba de recordar lo que pasó anoche. "Fui a la casa de mi papá después de arroparte."

"Sé que voy a sonar como una hipócrita aquí, pero no hueles a alguien que debería haber estado conduciendo anoche." Me reí y levanté la cobija hasta mi boca y nariz.

Pero Fletcher me quitó la cobija de las manos y cerró la pequeña distancia entre nosotros, llevando su rostro a solo un centímetro del mío. "¿A qué huelo?" dijo mientras exhalaba profundamente.

Me reí más fuerte porque en cuanto me dio un pequeño toque en el costado, no pude parar. Sabía exactamente qué puntos me hacían cosquillas. "Tengo que ir al baño," grité entre risas.

Dejó de hacerme cosquillas, pero sus labios seguían a un suspiro de distancia de los míos.

"Hueles a vodka barato," dije, y juro que mi boca casi tocó la suya mientras hablaba.

"¿Te hace preguntarte si sabe igual?" La neblina se despejó de sus ojos azules y el color se oscureció con algo que ya había visto antes. Deseo.

Tragué saliva y apreté las piernas, ya no porque necesitaba ir al baño, sino porque había una sensación de calor en mi interior. "Fletch," murmuré con un largo suspiro.

Y entonces sus labios estaban sobre los míos, su mandíbula áspera rozando mi piel mientras me besaba profundamente, mordía y probaba mi boca.

Debería haberlo empujado, pero no pude. No me había dado cuenta de cuánto extrañaba besarle hasta ese momento, cuando me dejé llevar por la familiaridad de su esencia. Sus labios siempre acariciaban los míos, dándome consuelo y seguridad. Así que, aunque mi cerebro gritaba lo mal que estaba esto, mi corazón y mi alma estaban completamente entregados a cómo su boca masajeaba la mía, y me relajé en él.

No dudé ni me preocupé por el aliento matutino cuando su lengua presionó contra la abertura de mis labios. Me incitó a abrir la boca, y un gemido salió de su garganta cuando lo hice.

No tenía resistencia ni aparentemente respeto por mí misma cuando se trataba de Fletcher Hart. Nunca había besado a un hombre comprometido antes, y pensé que eso iba contra mis principios, pero aquí estaba, besando a un hombre que ya tenía compromiso.

Mi cuerpo también reaccionó sin mi permiso. Mis caderas se frotaron contra el cinturón de sus jeans, y una notable erección presionó contra mi núcleo palpitante.

Se inclinó sobre mí, y yo saqué los brazos de debajo de las sábanas y los envolví alrededor de su cuello, acercándolo más a mí. Su erección creció y pude sentirla no solo a través de sus jeans, sino también de mi gruesa cobija.

Cuatro años, y nunca había sentido esa química con otro hombre. Pero con un segundo de Fletcher, me encontraba frotándome contra él sin vergüenza.

Fue él quien rompió el beso, lo cual, si lo había iniciado, pensé que tenía derecho a detenerlo antes de que nos dejáramos llevar más.

"Vine," dijo casi sin aliento y pasó su pulgar por mis labios hinchados.

Tenía tantas emociones revoloteando en mi pecho que no podía hablar. Me sentía decepcionada de mí misma por besar a un hombre comprometido. Y estaba molesta porque ahora Fletcher pensaría que yo era ese tipo de mujer.

Y no sabía qué pensar sobre el hecho de que me hubiera besado estando comprometido con otra mujer. Nunca pensé que él fuera el tipo de persona que engañaba.

"Amilyn y yo terminamos." Exhaló cada palabra mientras intentaba calmar su respiración acelerada.

"¿Qué? ¿Cuándo?" Mi voz sonó algo rara al hacer la pregunta. Siempre supo tan bien lo que pensaba que me preguntaba si podía sentir todas las dudas que daba vueltas en mi cabeza.

"La noche pasada, antes de salir con John, Carrie y tú." Se dio vuelta y se pasó las manos por la cara.

"¿Quieres hablar de eso?" Aunque me aliviaba no haber besado a un hombre comprometido hace un momento, veía que Fletcher no la estaba pasando bien.

"La verdad, preferiría no hacerlo ahora." Después de un largo suspiro, se volteó de espaldas y se quedó mirando al techo, sin decir nada.

"¿Fui yo la razón de tu ruptura?" Pensé que su prometida no estaría muy feliz de que él estuviera pasando la noche conmigo, aunque estuviéramos acompañados de otras personas. No me sorprendía, pero me sentía mal por haber contribuido a otra ruptura cuando su corazón estaba en juego.

"No diría que fuiste tú, hubo varias razones." Su cuerpo se encorvó, y cerró los ojos por un momento.

"Tal vez se reconcilien." Ofrecí esa sugerencia sin mucho entusiasmo, y me di cuenta de que sonaba más sarcástica de lo que quería.

Fletcher abrió los ojos y giró la cabeza para mirarme con su mirada azul. "Vine, no digas cosas que no piensas. No eres así."

Quería disculparme por siempre decir lo que pensaba, pero no me arrepentía. No quería que ellos se reconciliaran, pero me sentía mal por verlo sufrir, sobre todo si yo tenía algo que ver con eso.

"¿Entonces simplemente fuiste a la cama de otra mujer?

¿Así manejas tus rupturas?" Negué con la cabeza, haciendo un sonido de desaprobación.

"La verdad no sé cómo ni por qué terminé aquí." Se dio vuelta sobre su costado, y apoyó su brazo detrás de su cabeza. Y vaya que se veía atractivo con su barba de un día y su cabello rubio alborotado. "Pero siempre has tenido una manera de atraerme. Cuando estás mal, encuentro mi camino hacia ti. Y al parecer, cuando yo estoy mal, sigo encontrando mi camino hacia ti."

"Sí, te lancé un hechizo hace años cuando estaba en mi fase de brujería." Tuve que hacer una broma para aligerar el ambiente y no reconocer lo que había dicho.

"No me sorprendería." Su sonrisa, mostrando sus dientes blancos, me hizo sonreír también. Siempre tuvo una forma de calmarme, incluso cuando yo estaba hecha un lío. "¿Y tu fase medieval? ¿Cuándo estabas obsesionada con los dragones?"

"No hables de los dragones." Respondí con tono firme.

"Ok, ya veo que esa fase no la superaste." Su risa me hizo sentir un poco menos culpable por todos estos años, y no pude evitar pincharlo en la axila.

Él se apartó rápidamente, y luego me empezó a hacer cosquillas en los costados. Como era mucho más fuerte que yo, me sujetó las muñecas con una mano mientras me pinchaba debajo de las costillas.

"¡Para! Te juro que me voy a hacer pipí." Me reía entre carcajadas, sin poder detenerme.

Me soltó las muñecas y paró las cosquillas.

"Solo paro porque te he visto hacerlo de verdad." Su sonrisa traviesa me hizo querer sonreír y golpearlo al mismo tiempo.

Así que cuando me levanté de la cama para ir al baño, tomé la almohada y se la lancé a la cabeza.

Su risa profunda llenó mi alma de una felicidad que no sentía... bueno, en más de cuatro años.

Cuando regresé del baño, ya no estaba en mi cuarto. Y aunque mi corazón se sentía vacío, no me sorprendía. Me senté en la esquina de mi cama, tomé mi teléfono de la mesa de noche y le mandé un mensaje a Carrie.

Me: Como no llegaste a mi casa, espero que hayas vuelto al hotel sin problemas.

Carrie: Lo siento Ivy. Se hizo tan tarde y no quería despertarte.

Me: ¿Sigues pudiendo venir a desayunar?

Tres puntitos aparecieron en la pantalla y luego se detuvieron, pero no llegó ningún mensaje.

Fletcher apareció en la puerta de mi habitación mientras esperaba la respuesta de Carrie.

"Pensé que ya te habías ido," le dije, sorprendida de verlo todavía en mi casa.

"¿Pensaste que me iría sin decir adiós?" No perdió tiempo y se sentó junto a mí en la cama, haciendo que el colchón se hundiera un poco con su peso.

"Bueno, llegaste sin decir hola." Me encogí de hombros y volví a mirar mi teléfono, pero no había respuesta de Carrie.

Él negó con la cabeza, puso los ojos en blanco y apoyó su rodilla contra la mía. "Perdón por eso. Bebí mucho, y no recuerdo haber venido."

"Pensé que no habías tomado mucho en Thursday's."

"No lo hice, por eso ofrecí llevarte a casa. Pero aparentemente, después de caminar hasta la casa de mi papá, encontré más de una botella de su reserva escondida ahí." Sus hombros se hundieron al contarme eso.

"¿Tu papá toma mucho?" Ya me imaginaba cuál era la respuesta, pero no sabía si Fletcher se había dado cuenta.

"Lo hace desde que mi mamá murió. Piensa que lo estoy ignorando, pero no soy tonto." Su postura triste me hizo sentir mal. "No sé cómo hacer que mejore."

Puse mi mano sobre la suya y la apreté suavemente, mirando sus ojos azules que se encontraron con los míos.

"Tenemos mucho de qué hablar, Fletch." Respiré hondo cuando mi teléfono vibró con una notificación de mensaje.

Carrie: Yo bien con el desayuno. Solo mándame la dirección.

Me: Sabes dónde vivo. Ven a la casa de mis padres y haré waffles.

"¿Vas a hacer waffles?" Fletcher dijo, claramente mirando por encima de mi hombro mientras escribía.

Me: Invitaré a Fletcher.

Le mostré la pantalla para que pudiera leer fácilmente lo que había escrito.

Sonrió.

"Ve a ducharte y lávate los dientes. Te ves horrible." No es que se viera así, se veía como un hombre con el que había dormido, y no quería que Carrie pensara que habíamos hecho algo cuando él solo había dormido en mi cama.

"Solo no quieres que Carrie piense que tuvimos sexo." Bromeó, pero la situación era tan complicada. "¿O no quieres que piense que tuvimos sexo anoche?" Levantó una ceja, curioso. "¿Le has contado sobre nosotros... sobre nosotros en la secundaria?"

"No, no lo he hecho. Ella está solo un tiempo, y nuestra historia es muy larga para explicársela a alguien..."

"Nuestra historia no ha terminado." Fletcher me interrumpió rápidamente con un beso corto en los labios, y luego salió de mi cuarto.

Y un momento después, la puerta de entrada se cerró.

Capítulo 18

Ivy, en la actualidad

"John no quería salir de mi cama esta mañana". El comentario de Carrie me pilló desprevenida, y casi me atraganté con el jugo de naranja que estaba bebiendo.

Al menos no lo dijo mientras sacaba la comida de la waflera, podría haberme quemado seriamente. Después de limpiar el mostrador y dejar de toser, no respondí de ninguna otra manera antes de que ella comenzara a hablar de nuevo.

"Fue muy bueno en la cama, lo cual lo hubiera hecho un buen ligue, pero esta mañana estaba todo pegajoso". Arrugó la nariz con disgusto.

"He vuelto, chicas", llamó Fletcher desde el vestíbulo.

No perdió tiempo en caminar hasta la cocina y darle a Carrie un rápido beso en la mejilla antes de sacar un taburete y sentarse junto a ella.

Sentí que mis mejillas se encendían de celos, más que de envidia, y vertí un poco demasiado de la mezcla en la waflera, causando algunos bordes crujientes y chisporroteantes.

Me recordé a mí misma que no tenía razón para sentirme tan posesiva porque, técnicamente, no me pertenecía. Además, Carrie se iba hoy, así que no necesitaba preocuparme. Nada pasaría entre Fletcher y ella.

Terminé los waffles, los coloqué en tres platos y los distribuí entre mis dos amigos. Me senté junto a Carrie en lugar de posar en el taburete al otro lado de Fletcher.

"Gracias por invitar a John anoche", le dijo a Fletcher con la boca llena de waffles cubiertos de jarabe.

Él asintió y siguió masticando.

"Estos waffles me recuerdan a tu mamá, Fletcher". Carrie continuó mojando cada bocado en un charco de jarabe mientras hablaba. "Me encantaba ir a su casa los sábados por la mañana. Era uno de mis mejores recuerdos de la infancia. Los waffles de la señora Hart y mis dos mejores amigos".

Tragué con fuerza, esperando la reacción de Fletcher. Giré la cabeza hacia él, dos asientos más allá de mí. Había dejado de masticar y miraba fijamente hacia su plato.

"¿Cómo está ella?" Sin darse cuenta de cómo este desayuno divertido se había vuelto sombrío, Carrie seguía mojando sus bocados en el jarabe y llevándolos a su boca.

Después de unos momentos de incómodo silencio que creo que Carrie realmente no percibió, volví mi mirada hacia ella. "La mamá de Fletcher falleció después de la secundaria".

Su tenedor golpeó el plato de cerámica con un ruido sordo, y sus manos volaron a su boca.

Su mortificación sacó a Fletcher de su estupor, y él se apresuró a tranquilizarla. "Está bien, Carrie. Ha pasado casi cuatro años". Las comisuras de su boca se curvaron ligeramente hacia arriba, pero la sonrisa no llegó a sus ojos.

"Lo siento mucho, Fletcher". Después de su inicial

jadeo hace un momento, su tono suave era reconfortante una vez que liberó sus manos de su rostro.

Y luego sus manos estaban sobre él. Estaba acariciando con las yemas de los dedos la piel expuesta en sus antebrazos, y mi sangre estaba hirviendo una vez más.

"¿A qué hora es tu vuelo, Carrie?" Mi tono fue más duro de lo que pretendía. Quería fingir calma y serenidad, pero obviamente fallé.

"No hasta esta tarde". Aunque respondió a mi pregunta, su atención permaneció fija en Fletcher.

Su mirada azul descendió de su rostro a su antebrazo, y luego me miró a mí. "Debería irme para que puedan ponerse al día antes de que tengas que irte". Se deslizó de su asiento, raspó los últimos bocados de su waffle intacto en el basurero, enjuagó su plato y lo colocó junto con su tenedor en el lavavajillas como si viviera aquí.

El gesto fue tanto reconfortante como alarmante al mismo tiempo.

"Fue genial verte", dijo Fletcher a Carrie mientras le besaba la mejilla. De nuevo.

Ella saltó de su taburete y lanzó sus brazos alrededor de él, tirando de él hacia sí y apretándolo fuertemente. "Me alegro mucho de haberme encontrado contigo y con Ivy mientras estuve aquí". Soltó su abrazo y lo miró antes de volver a centrar sus ojos azules en mí. "Necesitamos mantenernos en contacto. No deberíamos pasar otra década sin vernos, ¿vale?"

Fletcher y yo asintimos al mismo tiempo mientras ella giraba la cabeza de un lado a otro, haciéndonos responsables.

Satisfecha con nuestra promesa silenciosa, sonrió una vez más a Fletcher. "Gracias por venir a desayunar esta mañana".

Él asintió una vez más y luego se dirigió hacia la puerta. *No hubo beso en la mejilla para mí.*

"Te llamaré más tarde, Ivy". Y *sin apodo cariñoso.* Desapareció por el pasillo y salió por la puerta principal sin más reconocimiento hacia mí.

"No puedo creer que hayas puesto en la zona de amigos a ese magnífico espécimen de masculinidad". Carrie *chasqueó* la lengua y sacudió la cabeza.

Rodé los ojos dramáticamente. No tenía ningún interés en discutir los matices de la relación entre Fletcher y yo con ella, así que opté por un cambio rápido de tema. "Entonces, ¿cómo te fue con tu aventura? ¿Fue todo lo que esperabas?"

Ella sonrió y miró más allá de mí, hacia la distancia, con una sonrisa extendida en su rostro. "Cumplió su propósito".

Aunque sus palabras decían aventura de una noche, su expresión soñadora me llevó a creer que quería más. "Tengo la sensación de que lo de una noche no es lo tuyo".

Su atención volvió a mí después de una corta exhalación. "Ivy, ni siquiera sé qué es lo mío. Antes de anoche, solo he estado con un chico".

Podía relacionarme, y aunque apreciaba su franqueza y transparencia, no me sentía cómoda contribuyendo a la conversación.

"¿Y tú, Ivy?" Sus largas, perfectas pestañas parpadearon varias veces con su curiosidad.

"Tuve un novio en la secundaria con el que rompí antes de la universidad, y aparte de unas cuantas citas aquí y allá, no he encontrado a nadie más que mantenga mi interés lo suficiente como para ir más allá de un educado beso de buenas noches". Podía ofrecer esa verdad.

"¿Era el novio que tuviste en la secundaria alguien que yo conocería?"

Mierda. Hora de otro cambio de tema. "Nah. Nadie que

conocerías". Hice un gesto despectivo con la mano, esperando cubrir la mentira flagrante que acababa de soltar tan fácilmente.

Terminamos de comer y bebimos unas tazas de café antes de que me dijera que era hora de irse. Mi garganta se contrajo con emoción mientras la acompañaba afuera hasta su coche.

Mantuvimos el resto de nuestra conversación ligera durante el resto del desayuno, pero no pude evitar preguntarme cómo serían las charlas si se hubiera quedado. *¿Sería ella a quien le confiaría mis cosas? ¿Cómo habría reaccionado a mi ruptura con Fletcher?* Probablemente habría sido capaz de manipularme para que le contara la verdadera razón detrás de la disolución de mi relación con él.

Julie era una buena amiga. Nunca presionó por la causa de nuestra separación. Simplemente me mantenía bien distraída. Esa siempre había sido su manera, y la amaba por eso. Pero sé que las cosas habrían sido diferentes con Carrie. Ella es la dulce, y Julie es la divertida.

No debería comparar a las dos mejores amigas que tuve durante mi infancia, pero eran tan polos opuestos que mi mente seguía preguntándose cómo ambas habían sido mis amigas más cercanas, aparte de Fletcher.

"¿Es raro si digo que te voy a extrañar?" Carrie dijo mientras giraba, una vez que llegó al coche.

Una risa corta y fuerte se me escapó del pecho. "Pensaba lo mismo," contesté mientras la abrazaba con fuerza. La solté y noté un brillo de agua cubriendo sus ojos azules. Mis propias lágrimas sin derramar nublaron mi visión.

"Es genial cómo podemos retomar como si no hubiera pasado el tiempo, pero no habría usado rímel si supiera que iba a llorar," dijo, tratando de contener el llanto inminente.

Mis lágrimas cruzaron los bordes de mis ojos y rodaron

por mi cara. Traté de quitármelas con los dedos, pero desistí después de los primeros intentos. No tenía sentido. Había demasiada agua aún para caer por mis mejillas.

"Bueno, será mejor que devuelva el coche de la tía Maureen a la casa de mi tío."

Otra risa cortó mi llanto. "No puedo creer que todavía conduzca el mismo coche después de tantos años." El Cadillac rojo se había mantenido en el garaje y conservaba el mismo brillo que cuando estábamos en la primaria.

"Le encantaba ese coche." Carrie volvió a olisquear y se secó cuidadosamente debajo de los párpados inferiores, probablemente tratando de preservar su delineador y rímel. "Creo que estábamos en primero o segundo grado cuando el tío Conway llegó a casa con él."

"Recuerdo el olor del interior de cuero, y pensaba que los asientos calefactados eran lo mejor," añadí, recordando cómo los tres pensábamos que la tía Maureen tenía el coche más genial del mundo.

"Fue tan dulce al llevarnos a ti, a mí y a Fletcher por ahí." Sus lágrimas ahora corrían libremente, y ya no intentaba evitar que dejaran marcas negras en su piel. "He tenido una gran vida en Jacksonville. Tenía amigos, una casa bonita y grandes padres. Pero extraño la vida que tenía cuando era niña aquí."

"También tenías un novio que te dejó." Reí a través de mis sollozos ahogados, y ella puso los ojos en blanco en respuesta.

"Él ya es parte de mi pasado. Estoy lista para seguir adelante."

"Parece que lo hiciste anoche. Aventurilla o no, estoy segura de que necesitabas descubrir qué más había por ahí."

"Al menos tenía que averiguar si lo que dicen sobre los bomberos es cierto." Su sonrisa cortó su llanto.

"¿Qué dicen sobre los bomberos?" De repente, me sentí extremadamente curiosa. Al parecer, no estaba al tanto de los rumores sobre los primeros respondedores.

Su mandíbula se aflojó mientras su boca se abría en sorpresa. "Que tienen *mangueras* grandes."

No podía creer que me interesara, pero pregunté de todos modos. "¿Y?"

"Era mucho más grande que Cliff, mi último novio." Se encogió de hombros y abrió la puerta del lado del conductor, lanzó su bolso dentro pero se quedó afuera del coche.

Se inclinó para abrazarme, y me apretó como si fuera la última vez que nos veíamos.

"Sabes que esto no es un adiós para siempre, ¿verdad?" Dije en su cabello mientras continuábamos nuestro abrazo.

Ella salió de mi abrazo y tomó cada una de mis manos en las suyas. "Estaré lista para bailar en cualquier momento que quieras visitarme." Su sonrisa le pinchaba las mejillas, donde el color oscuro de su rímel había dejado manchas significativas. "Y trae a Fletcher. Ustedes dos parecían muy cómodos bailando anoche. Casi como si ya lo hubieran hecho antes." Me guiñó un ojo y luego se deslizó en el asiento.

¿Qué sabe ella?

Aunque sorprendida por su último comentario, saludé mientras ella se alejaba del camino de entrada de mis padres.

Capítulo 19

Ivy, 18 años

Había esperado dieciocho años para ir al baile de graduación. Vestida con un corto vestido blanco ajustado con tirantes finos y sandalias de tacón grueso, estaba lista para una noche de baile y diversión con mis amigos.

"¡Es hora de una noche para recordar!" gritó Julie mientras abría de golpe la puerta de mi habitación.

Todavía me estaba admirando en el espejo de cuerpo entero cuando ella entró. Pero esa era su forma de ser. Aprendí a cerrar con llave la puerta de mi habitación si no quería que entrara sin más. Para ella, una puerta sin llave era una invitación. Estaba segura de que ni siquiera tocó antes de entrar a mi casa.

A mis padres no les importaba. Les encantaba que tuviera amigos que se sintieran lo suficientemente cómodos como para entrar en mi casa como si vivieran aquí.

Julie lanzó un pequeño bolso sobre mi cama y luego se puso a mi lado para que nuestras reflejos se vieran en el espejo.

"Nos vemos increíbles," dijo con un firme asentimiento.

Sonreí a mi amiga y me giré para darle un breve abrazo. Luego me alejé para tener una mejor vista de su vestido sin mangas de color verde azulado con una falda ligeramente suelta. Su corsé era ajustado como el mío, pero su falda le daba más libertad de movimiento.

Había practicado bailar con mi vestido y, afortunadamente, era lo suficientemente corto como para no ser tan restrictivo, y podía moverme fácilmente.

Ambas nos habíamos arreglado el cabello y el maquillaje antes. Ella llevaba su cabello castaño claro recogido en un moño francés con unos rizos que enmarcaban su rostro.

Mi cabello estaba suelto y rizado con algunos pasadores para mantenerlo en su lugar y evitar que me cayera en la cara.

"¿Tus padres no quieren fotos de ti y Chip?" pregunté, sabiendo que mi mamá iba a tomar toneladas de fotos de Fletcher y de mí.

"Él está abajo. Mis padres ya tomaron muchas fotos, pero mi mamá quiere fotos de nosotras dos, además de algunas con nuestras parejas. Así que coordinó algo con tu mamá."

Me di una palmada mental en la frente. No lo hice en realidad porque no quería arruinar mi maquillaje. Pero después de un suspiro, dejé mi habitación con mi amiga y bajamos las escaleras hasta la sala de estar.

Fletcher estaba esperando al pie de las escaleras, vestido con un esmoquin negro y luciendo tan guapo como nunca lo había visto. Estaba segura de tener la pareja más guapa esta noche.

Su corbata azul destacaba sus ojos, y mi pulso se aceleró. Literalmente hizo que mi corazón se saltara un latido.

"¿Cuánto tiempo llevas esperando al pie de las escaleras por mí?" pregunté cuando llegué al final de las escaleras.

Él extendió la mano para tomar la mía, haciendo que mi cuerpo se estremeciera por la piel de gallina que apareció. "No mucho." Se inclinó hacia mi oído y susurró. "No podía esperar para verte con ese vestido."

Más escalofríos brotaron cuando su voz baja y ronca me hizo cosquillas por dentro.

"Un día, estaré esperando por ti al final de un largo pasillo. También llevarás un vestido blanco ese día." Podía decir que estaba sonriendo por el tono suave de su voz.

Después de un rápido beso en mi mejilla, continuó sosteniendo mi mano y me guió a la sala de estar, donde tomó un contenedor de plástico de la mesa de café que contenía un corsage de rosas blancas adornadas con flores silvestres de color azul claro.

Una vez que sacó el hermoso arreglo miniatura de su caja, lo deslizó en mi muñeca y me dio otro beso en la mejilla, del cual estaba segura mi mamá captó en cámara porque pude escuchar el característico clic de las fotos. En realidad, hubo varios clics.

Mi mamá sacó su cámara buena para la ocasión y no se limitó a tomar fotos con su celular.

Tomamos más fotos dentro y fuera. Nos paramos en el porche, luego en la terraza trasera, y finalmente, frente al jardín en el patio trasero.

Algunas fotos eran solo de Fletcher y de mí. Luego, algunas eran de mí y mis dos mejores amigas, y por supuesto, había muchas de nosotros como dos parejas.

Pensé que mi maquillaje se agrietaría de tanto sonreír.

Pero finalmente, la sesión de fotos terminó y nos despedimos de mis padres, los padres de Julie y los padres de Fletcher. Los padres de Chip no asistieron, así que sus cámaras no se añadieron a la mezcla. Todas nuestras mamás y papás eran cercanos, así que habría sido incómodo si los padres de

Chip hubieran estado allí porque estaba segura de que los seis planeaban una noche de juegos de mesa y alcohol.

Todos estarían en la cama para las nueve y media porque ninguno de ellos era nocturno. Sin embargo, era algo genial que nuestros padres fueran amigos, igual que sus hijos.

Así que nos despedimos de todos y nos dirigimos a nuestros autos. No alquilamos una limusina como algunos de nuestros compañeros de clase. Chip y Fletcher conducían cada uno sus autos. Optamos por no ir juntos ya que aún no se había decidido a qué fiesta posterior asistiríamos.

Además, si Fletcher y yo queríamos irnos temprano, tendríamos esa opción.

La noche había sido mágica. Fletcher y yo bailamos tanto canciones rápidas como lentas. Nos coronaron rey y reina del baile. No es por presumir, pero eso realmente no fue una sorpresa. Nuestro pueblo era pequeño, y la mayoría de los estudiantes habían visto cómo nuestra amistad se convirtió en el amor que es hoy.

Aparentemente, a la gente le encantaba eso. No solo nos coronaron rey y reina del regreso a casa, sino que también nos votaron como la pareja más probable de casarse para el anuario.

Nos dirigimos a la casa de Chad Brinkley para ver su fiesta post-baile. Julie y Chip querían ir, así que los acompañamos.

No tenía idea de cómo o por qué logró que sus padres desaparecieran por la noche, pero no estaban en ningún lado. Sin embargo, había probablemente más de cien estudiantes de último año allí.

Algunos jugaban billar o videojuegos en su sala de juegos. Otros jugaban beer pong en su garaje. Varios estaban en la terraza trasera junto a la piscina donde estaban los barriles de cerveza. Y básicamente, todos los demás estaban esparcidos por el primer piso. A Chad aparentemente no le importaba si alguien destrozaba la casa de sus padres siempre y cuando sucediera en el nivel inferior o afuera. Tenía un cartel y una cuerda que prohibían a cualquiera subir al segundo piso.

Ya había visto a algunos de mis compañeros saltar la cuerda y desobedecer su solicitud con la cerveza en la mano, tambaleándose por las escaleras.

También había pedido que se consumiera cerveza afuera. Y aunque creo que la mayoría respetó sus reglas, más de unos pocos no parecían importarle.

Mis padres me habían enseñado a respetar la propiedad de otras personas, y sabía que los padres de Fletcher tenían los mismos valores.

Mientras nos dirigíamos hacia el patio trasero tomados de la mano, Fletcher miraba alrededor, examinando la escena de la fiesta.

"No he visto a Julie y Chip todavía, ¿y tú?" pregunté mientras esquivábamos vasos vacíos tirados en el césped y chocábamos hombros con la cantidad de estudiantes de secundaria allí.

Fletcher negó con la cabeza y mantuvo sus labios en una línea apretada.

Una vez vi a chicos que ni siquiera eran de nuestra escuela, ni mucho menos de nuestro grado, levanté una ceja hacia Fletcher, y él captó mi señal clara y fuerte.

"¿Listo para irnos de aquí?"

Asentí con una sonrisa pícara que torció mis labios brillantes en una amplia sonrisa radiante.

Estaba emocionada por la siguiente parte de nuestra noche. Porque, por más cliché que sonara, planeábamos perder nuestra virginidad esta noche.

Fletcher y yo habíamos juntado nuestro dinero y alquilado una habitación de hotel frente a la playa. Dado que nuestro baile de graduación fue un sábado por la noche en mayo, el precio de una habitación de hotel en una ciudad turística aumentó casi al doble. También me preguntaba seriamente si subieron el precio porque éramos jóvenes y trataban de alejarnos de su establecimiento. Pero no nos importaba. Estábamos felices de pasar la noche juntos.

Después de registrarnos, cada uno agarró las bolsas que habíamos traído y nos dirigimos a la habitación con vista al océano, nuevamente de la mano. Nunca parecíamos ir a ningún lado sin estar palma con palma.

A veces con los dedos entrelazados y otras veces no, pero siempre buscábamos la mano del otro cuando estábamos cerca.

Fletcher encendió el interruptor de la luz cuando entramos a nuestra habitación. La puerta corrediza tenía vista al agua, y las cortinas aún estaban abiertas, así que teníamos una vista del Atlántico.

Procedí a quitarme los tacones y apagar el interruptor de la luz, permitiendo que la habitación se iluminara solo con la luz de la luna reflejada en el agua tranquila.

Normalmente, el océano tenía olas y oleajes, pero esta noche su apariencia era tan suave como el vidrio oscuro. Tiré de la mano de Fletcher alrededor de la cama tamaño king y hacia la puerta.

Entendiendo mi insinuación, la deslizó para que pudiéramos pararnos en el balcón y escuchar el suave romper de las olas contra la orilla.

Me estremecí, no anticipando la brisa fresca, y Fletcher me hizo girar para que mi espalda se acomodara contra su pecho. Sus manos frotaban a lo largo de mis brazos en un intento de calentarme.

Apoyó su barbilla contra la parte superior de mi cabeza, y nos quedamos así en un silencio cómodo durante unos minutos, disfrutando del momento hasta que genuinamente tuve demasiado frío, incluso con los cálidos dedos de Fletcher masajeando mi piel expuesta.

Me giré, rompiendo sus caricias, y lo miré hacia arriba.

"¿Quieres entrar?" Su voz era ronca y aprensiva. *Estaba nervioso.*

"Sí, para calentarme," le aseguré y me puse de puntillas y le di un rápido beso en los labios antes de volver a entrar.

Había dejado la puerta abierta mientras estábamos en el balcón, así que no tuve que tirar de la pesada puerta para alcanzar la calidez del interior de la habitación.

"¿Quieres cambiarte de ropa de baile?" pregunté una vez que Fletcher había vuelto a entrar en nuestra habitación y la puerta estaba cerrada de nuevo.

Su nuez de Adán subió y bajó al tragar. "Claro."

"Puedes usar el baño si quieres," ofreció, y lo miré con curiosidad, sabiendo que planeábamos vernos desnudos esta noche. Además, nos habíamos visto en trajes de baño desde que tengo memoria.

Su aprensión me hizo pensar que no quería hacer esto esta noche, lo cual estaba bien. Pero esperaba que no fuera porque no quería tener sexo conmigo. Estaba bien con esperar el tiempo que él quisiera siempre y cuando yo fuera la primera chica a la que se entregara.

Y no podía imaginarme sintiéndome lo suficientemente

cómoda con otro hombre para hacer eso. Su extrañeza me hizo reconsiderar ponerme el camisón de seda que compré para esta noche.

Afortunadamente, también había traído una camiseta y pantalones cortos de pijama, sin saber cuál era la etiqueta respecto a todo el tema de dormir juntos. Dado que ninguno de los dos había hecho esto antes, no estaba segura si nos poníamos pijamas después o si nos quedábamos desnudos. Pensé que era mejor estar preparada.

Así que me retiré al baño y me quité el vestido, luego lo colgué en la parte de atrás de la puerta, recordándome no olvidar que estaba allí para llevarlo a casa mañana. Una vez que me puse mis pijamas, me cepillé los dientes y me lavé la cara antes de salir de nuevo a la habitación del hotel.

La habitación no tenía escritorio ni silla, solo una cama tamaño king y una mesita de noche. Este cuarto era más barato que otros hoteles frente a la playa. Aunque el balcón y la vista eran espectaculares, la habitación era pequeña y básica.

Cuando abrí la puerta del baño, Fletcher estaba de espaldas, pero se giró al escuchar el chirrido de las bisagras. No llevaba camiseta y tenía unos pantalones de chándal grises que colgaban bajos en su cintura. Su pecho, sin mucho vello, mostraba una cantidad considerable de músculo para un joven de dieciocho años. *Maldita sea, es guapísimo.*

Crucé la habitación hacia él con unos pocos pasos rápidos y me levanté de puntillas para alcanzar sus suaves labios con los míos. Él se inclinó y me envolvió en un abrazo apretado mientras nuestros besos se intensificaban. Nuestras bocas descubrían cuánta hambre tenían el uno del otro. Pronto, nuestros dientes chocaban y nuestras lenguas se deslizaban una contra la otra en besos desordenados pero intensos.

Fletcher deslizó sus manos hacia mi trasero y me presioné contra él, sintiendo su dureza contra mi vientre. Un calor inundó mi núcleo y tuve la necesidad de apretar mis piernas, luchando contra la sensación de cosquilleo que se desarrollaba entre ellas. Mis pezones se endurecieron bajo la tela delgada de mi camiseta, y luché contra el deseo de arrancármela.

Pero una vez que la mano de Fletcher se deslizó debajo del algodón y rozó la piel desnuda de mi espalda, gemí en su boca. Sus dedos subieron más, empujando la tela hacia arriba mientras lo hacía. Su deliciosa tortura envió escalofríos por mi columna vertebral, pero el calor generado por su toque ardiente me hizo alejarme de nuestros besos para quitarme la molesta camiseta del camino.

La sonrisa traviesa que apareció en sus labios valió totalmente mi impaciencia. No quería apresurar nada, pero no solo estaba completamente caliente por este chico; estaba totalmente y absolutamente enamorada de él. Ver el deseo en esos ojos azules que adoraba fue tranquilizador. Nos habíamos besado muchas veces, pero nunca donde se quitaran las ropas. Me alegra que no estuviera decepcionado.

"Dios, Vine. Eres preciosa". Su timidez de antes se desvaneció, su voz ahora era ronca y su mandíbula mostraba confianza. Su lengua apareció entre sus dientes mientras lamía su labio superior como si estuviera a punto de degustar una comida deliciosa. Su iris se oscureció mientras su mirada se fijaba en mi clavícula, y en menos de un segundo, estaba lamiendo el lado de mi cuello.

Besó mi lóbulo derecho después de que su lengua subiera hasta ese lado de mi mandíbula. No se quedó allí mucho tiempo antes de que su lengua dejara un rastro húmedo de vuelta por mi cuello hasta mi clavícula. Cambió a mordiscos y mordisquitos suaves en la piel de mi clavícula hacia mi hombro, y de regreso al hueco entre mis clavículas.

Me miró por un instante, y luego su lengua se deslizó por el largo de mi esternón.

"Podría lamer cada centímetro de ti". Su tono grave intensificó el calor que se agitaba en mi vientre y el calor creciente entre mis piernas me hizo retorcerme en busca de alivio. "Me encanta el sabor de tu piel". Su aliento enfrió mi piel pero no hizo nada para apagar la temperatura elevada en el resto de mi cuerpo. "Ojalá el helado tuviera tu sabor".

Reír en medio de la pasión probablemente no era bueno, pero no pude evitarlo. Una explosión de carcajadas fuertes surgió de mí, haciendo que Fletcher se apartara del camino que estaba recorriendo entre mis pechos.

Se le fruncieron las cejas profundamente, y sus ojos se entrecerraron. Sus labios se curvaron en las comisuras mientras me miraba en blanco ante mi estallido.

"¿Un sabor de helado, Fletch? ¿En serio?" Continué con una serie de carcajadas que no podía controlar, y pronto me estaba doblando, sosteniendo mi abdomen por el tirón de los músculos.

"¿Crees que soy gracioso?" Sus brazos me envolvieron mientras me agitaba entre risas. "Te daré algo de qué reírte". Y entonces sus dedos empezaron a hacerme cosquillas en los costados.

Fue implacable con las cosquillas, y me quedé sin aliento por las risas embarazosas que llevaron a una risa con resoplidos. "¡Para! ¡Tienes que parar!"

Afortunadamente, cedió.

Capítulo 20

Fletcher, 18 años

"No puedo besarte después de que me dijiste que parara, Vine". Exhalé lentamente cada respiración acelerada después de que ambos nos riéramos a carcajadas.

Ella se burlaba de mí, y me encantaba cada vez. Siempre habíamos tenido ese tipo de relación. Fuimos amigos durante tanto tiempo, y ahora éramos todo el uno para el otro.

Ella completaba la otra mitad de mi alma y hacía feliz a mi corazón. Siempre había reconocido su belleza interior, pero ahora, en esta habitación de hotel, tenía la oportunidad de admirar su cuerpo.

La piel cremosa de sus pechos estaba a la vista, con sus pezones rosados y perlados prácticamente rogando por mi toque.

Así que no perdí más tiempo con las risitas tontas a las que habíamos sucumbido un momento antes, y tiré de su torso hacia mí en un movimiento rápido, haciendo que la risa muriera en sus labios.

Sus ojos oscuros y grandes me miraron, y cuando se

lamió los labios, no pude evitar sumergirme en su boca con un beso ardiente, tomando su aliento jadeante.

Respirar es esencial para la vida, pero esta chica era esencial para mi vida. Gemimos en cada exhalación, y pasé mi dedo sobre el brote tenso de su pezón, haciéndola soltar varios gemidos.

Me alegraba haberme cambiado a pantalones deportivos porque, incluso con suficiente espacio para estirarme libremente, me puse dolorosamente duro.

La guié hacia la cama para tener más espacio para explorar todo el uno del otro.

Pero a medida que nuestros besos apasionados continuaban, golpeé la parte posterior de mi pantorrilla contra el marco de la cama y caí hacia atrás, llevando el cálido cuerpo de Ivy conmigo.

Ella sonrió felizmente cuando se encontró encima de mí en el colchón tamaño king, tocando piel con piel. Y en lugar de las risitas que esperaba como resultado de nuestra caída, murmuró apreciación antes de trazar con su uña desde mi esternón hasta la cintura elástica de mis pantalones deportivos.

Nos miramos el uno al otro durante varios latidos antes de que su dedo cruzara la barrera y alcanzara a rozar su toque contra el grosor de mi carne hinchada.

Tomé una respiración profunda cuando ella agarró el eje de mi miembro. *Santo cielo*. Pensé que me correría ahí mismo.

Me había masturbado fantaseando con ella muchas veces. Era un adolescente, después de todo, pero ella nunca me había tocado allí antes, y la estimulación era mejor de lo que podría haber imaginado.

Ella acariciaba tentativamente, y no habría creído que

podría ponerme aún más duro, pero lo hice con cada movimiento que hacía.

Tuve que reprimir el impulso de explotar, así que busqué una distracción deliciosa.

Deslicé mi dedo debajo de la cintura suelta de sus diminutos pantalones de pijama y la encontré sin ropa interior.

Mi boca estaba hambrienta por su sabor de nuevo, y me lancé a sus labios con mi lengua presionando contra la costura, esperando impacientemente el acceso.

Ella accedió, y reanudamos besándonos sin control contenido. Nuestras lenguas se deslizaban entre sí, nuestra respiración se aceleraba y nuestros corazones latían con fuerza.

Encontré dos pliegues resbaladizos mientras mi dedo continuaba su descenso en sus pantalones cortos.

Su respiración se entrecortó cuando presioné mi dedo en su apretada apertura.

Pude sentir el calor y la humedad de su excitación rodeando mi dedo, así que agregué otro dedo a su estrecho canal y los moví lentamente en sincronía con un movimiento de pistón.

Ella gimió en mi boca, pero me liberé de nuestros dientes y labios chocando, permitiéndole liberar sonidos más fuertes de apreciación.

"Oh Dios, Fletch," gimió y luego murmuró otros ruidos que no estaba seguro si eran palabras o solo sonidos de aprobación.

Cuando mi boca se enganchó en uno de sus pezones, arqueó la espalda, empujando su pecho más cerca de mi cara.

Aumenté el ritmo de mis dedos, y la fricción de su puño deslizándose arriba y abajo de mi dureza me acercó tanto a un orgasmo que no pude controlar mi liberación mientras ella gritaba mi nombre y se aplastaba sobre mí.

"Eso no fue como esperaba que fuera", admití tímidamente después de que ambos nos limpiamos.

Nos turnamos en el baño por separado, y por alguna razón, eso no me sentó bien. Fui primero ya que estaba claramente más desordenado que ella, y luego ella se retiró al baño para atenderse a sí misma.

Pensé que deberíamos estar bien viéndonos desnudos a estas alturas. Sí, nunca nos habíamos visto completamente desnudos antes, pero tal vez esa era una barrera que podíamos superar esta noche.

"¿Qué te parece una ducha juntos?" pregunté mientras la esperanza giraba en mi estómago.

"¿Crees que puedes soportar lo caliente que me gusta?" Sus ojos bailaron con travesura antes de soltar un pequeño chillido y correr al baño.

Me encantaba la naturaleza juguetona de nuestra relación. Solo me quedé sentado en el colchón por otro momento antes de seguirla apresuradamente.

Ella ya tenía las perillas del grifo abiertas, y el vapor comenzaba a formarse mientras el agua salía a borbotones del grifo hacia la bañera.

Se sentó en el borde de la bañera y puso su mano debajo del chorro de agua que salía del grifo para probar la temperatura. Debía estar satisfecha con la sensación del agua contra su piel porque giró la última perilla para iniciar el chorro de la ducha.

Sin ninguna vacilación, se quitó la camiseta de tirantes de nuevo y se deslizó fuera de sus pantalones cortos de pijama y al otro lado de la cortina en un abrir y cerrar de ojos.

En serio, parpadeé una vez, y pensé que me había perdido el show de striptease. Hice lo mismo, pateando mis calzoncillos al suelo del baño. Mis pantalones deportivos necesitarían lavarse a fondo antes de que pudiera volver a usarlos. La carga que salió de mí había sido mucho tiempo esperando literalmente.

Me deslicé detrás de la cortina corrida y me encontré con la silueta de la espalda desnuda de Ivy, sin ninguna ropa. El vapor flotaba alrededor de su espalda desnuda, y las gotas de agua se adherían a ella, brillando sobre su piel.

La suavidad de su tez cremosa goteaba con gotas de humedad por su espalda hasta la curva de su trasero y más allá hasta sus piernas esbeltas.

Maldita sea. No es de extrañar que perdiera el control de mí mismo y eyaculara en mis pantalones. Ella era la definición de ardiente.

"¿Estás mirando mi trasero, Fletch?" dijo mientras se daba la vuelta, dándome una vista completa.

La vista de esos pezones tensos y sus pechos firmes me pusieron duro de nuevo. Mi mirada se deslizó más abajo de su abdomen plano hasta ese dulce refugio entre sus piernas.

"Mis ojos están aquí arriba".

Sacudí la cabeza y encontré su mirada marrón.

Señaló con su dedo índice la esquina de su ojo derecho, y esa gran sonrisa traviesa que había visto antes se desplegó en su rostro.

"Amo tus ojos, de verdad," dije mientras daba un paso y medio más cerca de ella. "Pero el resto de tu cuerpo es tan condenadamente distraído". Deslicé mis manos por sus brazos, bajando por su vientre, y alrededor de su trasero.

"Tú no estás nada mal tampoco." Y esa pequeña diablilla agarró mi miembro de nuevo.

"Ten cuidado con eso. Se emociona y le gusta disparar. No está confinado aquí, así que podrías quedar atrapada en el fuego cruzado."

"Entonces, supongo que es bueno que podamos lavarnos rápidamente." Su sonrisa traviesa hizo que mi miembro se agitara en su mano.

"Espero que, ya que me deshice de esa carga que había estado guardando durante tanto tiempo, pueda contenerme tanto como sea necesario." Apretando cada firme globo de su trasero, la acerqué más a mi cuerpo empapado mientras ella mantenía su mano en mi eje, ahora tan duro como el acero.

"Deberíamos salir de esta ducha y buscar un condón." Finalmente soltó su agarre y se giró para cerrar las perillas que controlaban el flujo de agua caliente que caía sobre nuestros cuerpos.

Abrí la cortina de golpe, haciendo que los anillos de metal rasparan ruidosamente la barra de la ducha, y alcancé una toalla de baño para cada uno.

Había toallas apiladas en un estante detrás del inodoro, y casi resbalé al estirar mi brazo lo más que pude para agarrar dos de las toallas de felpa.

Envolví una alrededor del torso de Ivy y luego aseguré la mía alrededor de mi cintura sin molestarme en secarme el exceso de agua y secarme adecuadamente antes de pasar por encima del borde de la bañera y pisar la alfombra de baño al lado.

Ivy me torturaba. Usó su toalla para secarse cada centímetro de su cuerpo tan lentamente como le fue posible.

Mi erección presionaba contra el material, suplicando

ser liberada de nuevo mientras miraba su cuerpo perfecto como un acosador.

Su piel suave y sedosa abarcaba cada curva de ella. La pendiente de su cuello, el abultamiento de sus pechos, su abdomen tonificado, sus brazos y piernas firmes, la extensión de su espalda y cada glorioso globo redondo de su trasero estaban cubiertos de una piel cremosa y suave, y estaba listo para saborear cada centímetro de ella.

Una vez que envolvió la toalla alrededor de su torso, cubriendo todo desde sus pechos hasta sus muslos, y la aseguró metiendo una esquina entre su escote, salió de la bañera y se paró sobre la alfombra junto a mí.

Su cabello todavía estaba mojado cuando me miró. Los mechones que caían y se pegaban a su rostro le daban una inocencia que me hacía sentir sólo un poco culpable por lo que estábamos a punto de hacer.

~

Nos movimos rápidamente del baño al área de la habitación junto a la cama. Ya había rasgado la caja de condones y dejado un paquete de sobres de aluminio en la mesita de noche apresuradamente antes de que volviéramos a besarnos.

Nuestras toallas mojadas todavía se adherían a nuestros cuerpos, y pronto caímos en la cama con yo encima de ella. Acaricié su piel en todas partes que estaba expuesta mientras nuestras lenguas se exploraban con hambre.

Ella alcanzó entre nosotros y quitó la toalla metida en mi cintura, así que no perdí tiempo en arrancarla. La maldita cosa era restrictiva. Necesitaba moverme.

Me encontré frotando mi erección contra la felpa alrededor de su cintura sin intención. Mis caderas sólo querían presionarla.

Ella alcanzó entre nosotros y envolvió su mano cálida alrededor de mi longitud de nuevo. Realmente le gusta tocarme. Espero que disfrute de tenerme dentro tanto como parece disfrutar sintiéndome contra la palma de su mano.

Deslicé mis dedos a lo largo del borde de su toalla y los empujé más arriba de su muslo suave hasta llegar a los pliegues semi-desnudos que había visto en la ducha sólo unos momentos antes.

"Demonios, Fletch, me estás volviendo loca," murmuró mientras pasaba de nuestros besos profundos y apasionados a dar suaves besos a lo largo de mi mandíbula, bajando por mi cuello y el pecho superior, manteniendo un firme agarre en mi pene.

Cuando lamió mi pezón con su lengua, le arranqué la toalla, y ella arqueó su espalda, presionando sus pechos más cerca de mí.

Dibujé uno de los picos endurecidos en mi boca, provocando gemidos tentadores de ella.

Su puño comenzó a deslizarse arriba y abajo de la longitud de mi erección, y cambié mi atención a su otro pecho con mi lengua, lamiendo y chupando el tejido tenso mientras deslizaba un dedo entre la calidez entre sus piernas.

"Fletcher, necesito más." Su voz estaba tensa al final de un gemido. "Por favor," gimió.

Añadí un segundo dedo, y ella se deslizó hacia arriba y hacia abajo desde la base hasta la punta, creando una gruesa capa de humedad en mi mano.

"Vine, necesito ponerme un condón ahora mismo," forcé a decir con voz ronca porque no quería venirme fuera de ella esta vez.

Ella soltó su agarre el tiempo suficiente para que yo tomara un paquete de aluminio. Lo abrí con cuidado, sin saber cuán delicado era el látex dentro de él. Había oído hablar de condones que se perforaban y la chica acababa embarazada.

Además, los condones no eran cien por ciento efectivos contra embarazos no deseados de todos modos, así que quería ser extra cuidadoso. Pero como habíamos estado planeando esta noche durante un tiempo, Ivy fue a su médico hace dos meses y había estado tomando la píldora anticonceptiva.

De nuevo, queríamos tomar todas las precauciones posibles. Ambos queríamos esto. Pero queríamos ser responsables. Teníamos planes de ir a la universidad y casarnos después.

Había mucho tiempo para que tuviéramos bebés. Pero no ahora. Así que cuidadosamente desenrollé el látex por mi eje y apreté la punta tal como decían las instrucciones mientras los pensamientos de prevención de embarazo recorrían mi mente.

Cuando levanté la vista de mi concentración en la colocación correcta, me encontré con la mirada ardiente de Ivy mirándome con labios hinchados y un lío de cabello semimojado y piel sonrojada mientras yacía de espaldas en la cama.

Me arrastré sobre ella, y ella alcanzó entre nosotros, guiando mi pene a su abertura.

No habría podido detenerme de empujar dentro de ella aunque lo intentara. Había estado soñando con estar dentro de ella por tanto tiempo. El hecho de que estaba tan cerca de experimentar la sensación de su calidez envolviéndome estaba sobrepasando mi capacidad de mantenerme paciente.

Ciertamente no quería hacerle daño, pero ella se sentía tan bien. Empujé un poco más.

Los gemidos de Ivy me alentaron a penetrar más. Y entonces encontré resistencia.

Los ojos de Ivy se abrieron de golpe, y detuve el movimiento de mi pene hacia adelante.

"¿Estás bien?" pregunté, esperando a Dios que dijera que sí porque esto se sentía demasiado bien para terminar ya.

"Sigue adelante," instó, aunque el miedo llenaba sus ojos de ciervo.

"Vine, no puedo si va a lastimarte." Me quedé medio dentro de ella, apoyado en mis brazos para no aplastarla con mi peso, mirándola.

"Sólo dolerá un segundo, lo juro." La aprensión se desvaneció dentro de los contornos de su rostro, y las líneas alrededor de sus ojos se suavizaron mientras su voz suplicaba.

Empujé de nuevo, más fuerte que antes, y la barrera que había estado en su lugar ya no impedía que la estirara más. "¿Estás bien?"

Ella asintió mientras se mordía el labio inferior. "Voy a moverme hacia adelante y hacia atrás, ¿de acuerdo?"

Ella inhaló profundamente mientras me deslizaba fuera y volvía a empujar con movimientos suaves.

"Hmmmm." Cerró los ojos y alcanzó alrededor para agarrar cada una de mis mejillas traseras. Me jaló más cerca de ella, y juro que parecía estar atrayéndome más dentro de ella.

Una vez que estuve completamente dentro, me moví lenta y suavemente, tratando de acostumbrarla a mí.

"Tienes que moverte más rápido, Fletch. Me estoy

muriendo aquí." Su tono burlón me llevó a empujar más profundo y más fuerte.

"Maldita sea, Vine, te sientes tan bien."

"Demonios. No tenía idea de que el sexo se sentiría así." Su ritmo cardíaco se aceleró, y pude ver cada latido pulsar en el lado de su cuello.

Continué con el movimiento de pistón dentro de ella, bombeando en su canal acogedor una y otra vez, pero tan pronto como sus paredes internas me apretaron, una tensión se desarrolló en mis testículos, y supe que volvería a explotar.

"¡Oh Dios!" exhaló al final de un gruñido, provocando que derramara mi carga en el condón.

La acerqué a mí, tan dentro de ella como era posible, mientras ambos temblábamos con nuestras liberaciones.

Capítulo 21

Fletcher, en la actualidad

El baile que hice con Ivy ayer me hizo recordar la última vez que bailamos juntos hasta el amanecer, mientras me sumergía en un día soñando despierto mientras recogía basura en la casa de mi papá. Y, lamentablemente, mi mente volvió a esa noche después de la graduación.

Por Dios. Ni siquiera habían pasado veinticuatro horas desde que terminé con Amilyn, y ya estaba pensando en estar con otra chica.

No una chica. Una mujer. Ivy pasó de ser la chica de dieciocho años que vi por última vez a una hermosa mujer de veintidós. Fue tonto de mi parte pensar que podría superarla.

Era más difícil dejar de pensar en ella ahora que había vuelto que cuando se fue. Pensé que no lo superaría cuando se fue.

Me preguntaba cuánto tiempo pensaba quedarse en la zona ahora que se había graduado. Ella había dicho en el gimnasio que no sabía qué iba a hacer después del verano.

Tal vez podría convencerla de quedarse. Tal vez le

encantaría su trabajo y decidiría quedarse. Tal vez recordaría cuánto me quería y querría quedarse.

Tal vez me rompería el corazón otra vez. Tal vez se iría de nuevo, incluso si le rogara que se quedara.

No. Esta vez no le rogaría que se quedara. Si quería irse, me iría en la otra dirección. Mi corazón no estaría entero, pero al menos mantendría mi dignidad y seguiría con mi vida sin suplicar por una chica que no me quería tanto como yo a ella.

Porque había algo claro: todavía la quería. Nunca dejé de quererla.

Estaba completamente perdido. *¿Cómo diablos voy a proteger mi corazón?*

Nunca hago las cosas a medias, así que necesitaba cerrar lo que fuera que quedara pendiente y seguir adelante como solo sé hacerlo cuando se trata de Ivy Hatfield.

Y así fue como terminé en casa de Amilyn.

Sabía que estaría en casa. Estaba libre ese día y rara vez salía, así que no me sorprendió ver su coche en el estacionamiento.

Lo que sí me sorprendió fue que no me abriera la puerta cuando toqué. Podía escuchar ruidos detrás de la puerta, porque no vivía en el lugar más caro y la puerta no era tan fuerte.

Sabía que estaba en casa, en su sala.

Toqué de nuevo, esta vez más fuerte.

Algo no estaba bien, y me preocupaba.

Maldita sea. ¿Por qué no me dio una llave? "¡Amilyn! ¡Amilyn!" grité mientras golpeaba la puerta de madera.

Una ráfaga de aire me saludó cuando la puerta se abrió hacia adentro, revelando a Amilyn con el cabello rubio desordenado y... *¿su pijama?*

"¿Te sientes bien?" le pregunté mientras pasaba hacia su pequeño apartamento.

"Fletcher, creo que ya dijimos todo lo que teníamos que decir." Mantuvo la puerta entreabierta y señaló hacia la salida. "Deberías irte."

"¿Qué te pasa?" Estaba confundido por su ropa. Ya era tarde y parecía que apenas se había levantado. Esto no era normal en ella, a menos que estuviera molesta o no se sintiera bien.

"¿Qué haces aquí?" Al darse cuenta de que no me iría sin hablar, cerró la puerta y cruzó los brazos sobre su pecho.

La camiseta grande que llevaba, con el logo *"Girls Just Want to Have Fun"* (*Las chicas sólo quieren divertirse*), no ocultaba mucho. Ella era del tipo de chica que usaba sujetador casi todo el día, aunque no saliera mucho.

La miré detenidamente, y noté que solo llevaba un calcetín.

Mientras pensaba en lo raro de su atuendo, escuché un suave sonido de algo moviéndose, proveniente de la pared. No era de la casa de arriba ni de la de al lado. El ruido venía de su apartamento.

"¿Hay alguien en tu baño, Amilyn?" levanté una ceja, tratando de escuchar mejor.

"No." No me estaba diciendo la verdad, pero se mantenía tranquila, con los brazos cruzados.

"¿Por qué me mientes?" La preocupación se fue y la molestia empezó a tomar el control. Sabía que no me gustaban los juegos y claramente no estaba siendo honesta.

"No hay nadie allí, Fletch." Un suspiro de frustración salió de su boca.

Me acerqué dos pasos al baño, lo suficiente para alcanzar la moldura de la puerta y tomar la llave que había dejado allí.

"Ya dime quién está en el baño o abriré la puerta con la llave..." Antes de terminar mi amenaza, Amilyn saltó y trató de quitarme la llave. La mantuve en lo alto mientras ella saltaba para intentar alcanzarla.

Pateé la puerta mientras luchábamos por la llave. "Voy a entrar de todas maneras. Así que mejor sal ahora antes de que la puerta se caiga."

Un fuerte clic se oyó cuando la puerta se abrió solo un poco.

Empujé la puerta con el pie. Hubiera sido mejor si estuviera usando botas en lugar de sandalias, pero funcionó igual.

La puerta se abrió de golpe, y un chico de unos 19 o 20 años, con un corte de cabello corto, estaba junto al inodoro, solo con unos boxers.

"¿Quién eres tú?" le pregunté con rabia.

Amilyn corrió hacia él, como para protegerlo.

"No es lo que parece, Fletcher." Extendió su brazo, levantando la mano.

"¿Entonces qué es?" Miré entre mi ex y el chico, que tenía la piel de un tono marrón y parecía tener más músculos de los que había notado antes.

El joven tragó y miró a Amilyn le dijo *que no pasaba nada* antes de mover su pierna para pararse entre ella y yo.

"Lo siento, señor." Sus ojos oscuros realmente mostraban tristeza. *¿Señor?* ¿En serio? "Me llamo Mateo," dijo, extendiendo la mano.

Miré su mano suspendida en el aire, pero no la estreché. En lugar de eso, apreté los puños con fuerza.

Mateo retiró su mano y la furia me llenó. "¿Es él la razón por la que terminamos?" pregunté entre dientes. "¿Estuviste con él mientras estábamos juntos?"

"¡Dios, no!" Ella se adelantó para ponerse frente a él. Al

parecer, iban a tomar turnos para enfrentarme. "Mateo y yo salimos en la secundaria."

"Me enlisté justo después de graduarme, y estoy en casa por unas semanas."

Rodé los ojos ante toda esta obvia infidelidad.

"No te engañé, Fletcher." Sus ojos azules me miraban, pero sus dedos se entrelazaron con los de Mateo, mostrándome su unidad. "Mateo me llamó anoche. Ya habíamos terminado."

Mis músculos faciales se tensaron ante su explicación demasiado conveniente. Como si fuera a creer que no se habían juntado hasta después de nuestra ruptura.

Aunque su excusa fuera cierta, estaba contento de haberme alejado de ella.

"Invité a Mateo y... bueno, las cosas pasaron." Se encogió de hombros, algo avergonzada.

"¿Las cosas pasaron?" No podía creer la historia que intentaba contarme.

"Te juro, Fletcher, no sabía que acabaríamos en la cama juntos." Su voz chillona me ponía aún más nervioso.

"Seguro Mateo sabía lo que iba a pasar. Se llama llamada de una noche, Amilyn." Exhalé con fuerza, con la mandíbula apretada.

"Señor, Ami y yo tenemos una historia muy larga," dijo él, y lancé un puñetazo hacia su mandíbula, pero de alguna forma logró esquivarlo, dejándome solo golpeando el aire.

"¡Deja de llamarme señor, maldito!" Este tipo puede saber esquivar un golpe, pero no es tan joven como para llamarme señor como si fuera el abuelo de alguien.

"Lo siento, si..." Se interrumpió a medio pensamiento, casi como si se arrepintiera.

"Y deja de disculparte por dormir con mi prometida."

"Ex-prometida," corrigió Amilyn con un tono definitivo.

Eso era, después de todo, por lo que había ido allí en primer lugar. Buscaba algo de cierre. Mi corazón ya no estaba allí. Pensé que sí en su momento, pero toda esta escena solo me dio una razón más para deshacerme de ella.

"No vine aquí buscando reconciliación, pero sí me sentí mal por cómo terminaron las cosas entre nosotros." Amilyn y Mateo seguían pegados el uno al otro en el baño, mientras yo me mantenía a dos pasos de distancia, bien parado en el umbral de la puerta. "Pero veo que ya seguiste adelante bastante rápido, así que supongo que no tenía por qué sentirme mal. No actuaste como si te importara anoche, y claramente no actúas como si te importara ahora." Negué con la cabeza, incapaz de entender cómo todo entre nosotros se desmoronó tan rápido, en menos de un día. "Que tengas una buena vida, Amilyn."

Me di la vuelta, dejando atrás a mi ex y al tipo que supuestamente era su ex, pero que esa noche era su "rollo". Al abrir la puerta hacia el exterior, me encontré pensando en el siguiente capítulo de mi vida. Y cuando cerré la puerta tras de mí, supe con certeza que había cerrado la puerta a mi pasado, no para volver a abrirla.

Ojalá Ivy no tuviera que trabajar los próximos dos días porque moría por contarle lo que acababa de ver.

No pasó mucho tiempo antes de que ella se convirtiera en la persona a la que quería ir para todo. Los últimos cuatro años parecían haberse esfumado, porque ella volvía a ser la persona a la que quería contarle mis buenas noticias, malas noticias y todo lo raro que pasaba.

Era tan fácil que volviera a ocupar ese lugar en mi vida. Necesitaba escucharla. Solo esperaba que su explicación fuera más convincente que lo que acababa de presenciar en la casa de Amilyn.

Al principio estaba enojado por su indiscreción, pero en

pocos momentos de reflexión me di cuenta de que tal vez así era como tenía que ser.

Tuve un corte limpio, y ahora podía seguir adelante con la conciencia tranquila.

Tal vez eso estaba mal, considerando que ayer estaba comprometido con otra mujer y ahora pensaba en ir tras alguien más. Pero Ivy siempre había sido mi corazón. Mi mente pudo haber pensado alguna vez que podría construir una vida con alguien más, pero mi corazón nunca estuvo en eso.

El "show" de Amilyn y Mateo simplemente hizo que mi mente aceptara lo que mi corazón ya sabía. Porque no importaba lo que Ivy tuviera que decirme, tenía que ser más creíble que lo que mi ex más reciente tuviera para contarme.

Capítulo 22

Ivy, 18 años

La ceremonia de graduación fue larga, pero como en cualquier ceremonia a lo largo de nuestra carrera escolar, lo que siempre me salvaba era poder estar sentada junto a mi novio todo el tiempo. Dado que su apellido era Hart y el mío Hatfield, siempre nos habíamos visto juntos por las reglas del alfabeto.

Incluso antes de que fuera mi novio, él era mi mejor amigo, y teníamos los apellidos afortunados de estar siempre juntos en todos los viajes escolares, concursos de ortografía, disposiciones en el salón, los días de fotos y en todos esos eventos y programas aleatorios de la escuela.

No solo nos encontrábamos al lado el uno del otro en la escuela, sino que habíamos sido inseparables durante más de una década. Estábamos juntos todos los días, no solo en el tiempo de clases, sino también en nuestras casas. A menos que uno de nosotros estuviera enfermo o fuera de viaje, nos veíamos todos los días.

Me alegró que hubiéramos decidido asistir a la misma universidad. Sabía que éramos jóvenes y que muchas cosas podrían cambiar, pero no me imaginaba no verlo todos los días.

Él era la primera persona que quería ver cada día y la última con la que quería hablar cada noche. No importaba cuánto tiempo pasáramos juntos, nunca parecíamos cansarnos de la compañía del otro. Nunca nos faltaban cosas de qué hablar, pero también estábamos cómodos simplemente acurrucándonos y viendo una película en silencio.

Y mientras nos sonreíamos tontamente el uno al otro y lanzábamos nuestros birretes al aire, comenzamos el siguiente capítulo de nuestras vidas. La universidad definitivamente tendría sus desafíos, pero los esperaba con ganas, sabiendo que los viviría con Fletcher.

Él era mi confidente y mi persona para todo en la vida. Mientras lo tuviera a mi lado, podía con todo. Habíamos hablado de casarnos algún día, pero acordamos que preferíamos esperar hasta después de la universidad y cuando tuviéramos nuestras carreras establecidas.

"Ivy, querida," la dulce voz de la señora Hart interrumpió mis recuerdos nostálgicos y mis sueños sobre el futuro.

Parpadeé para recuperar mi concentración y me giré hacia ella.

"Queremos sacar algunas fotos de ustedes dos afuera." Me hizo un gesto para que saliera hacia la puerta, lejos de la multitud de graduados que ya había salido del centro de convenciones.

"Vamos, Vine," dijo Fletcher, tomando mi mano y guiándome hacia la salida.

Nos metimos por la puerta con el resto de la multitud, y afuera estaba igual de lleno que adentro. Con todos tomando fotos de sus graduados, era difícil evitar meterme en las fotos de los demás.

Cuando nuestras familias se pusieron de acuerdo sobre el lugar adecuado para capturar el momento, sosteníamos nuestros diplomas con encuadernación de cuero y sonreíamos felices, con nuestras togas y los birretes que habíamos recogido del piso cerca de nuestros asientos.

Julie me sacó un rato de junto a Fletcher para sacar algunas selfies de amigas. Prometimos vernos en la fiesta esa noche, y luego las familias Hart y Hatfield se fueron del centro de convenciones para ir a la casa de los padres de Fletcher a almorzar algo delicioso preparado por su mamá.

Ella parecía cansada, pero me echaba cada vez que le ofrecía ayuda en la cocina.

Fletcher y yo seguíamos viéndonos, al menos un ratito cada día durante las siguientes semanas. Estábamos ambos ocupados con el trabajo. Él pasaba largas jornadas en una compañía de construcción local, y yo trabajaba como mesera en un restaurante en la playa, con un viaje de treinta minutos.

Con planes de asistir a la Universidad Grandview en Carolina del Norte en solo un par de meses, queríamos trabajar todo lo que pudiéramos ahora y ahorrar todo lo que pudiéramos antes de irnos a la universidad.

Una noche cualquiera de un jueves a principios de julio, mientras caminaba hacia la casa de Fletcher, su papá abrió la puerta de su casa y salió al porche cuando yo estaba subiendo el sendero de piedra, asustándome.

Me asusté y me llevé la mano al pecho. "¡Sr. Hart, me asustó!" Ya era más de las diez de la noche, y tenía planes de colarme en la habitación de Fletcher como lo hacía antes, no para tener sexo, solo para acurrucarnos mientras dormíamos.

"Es tarde, Ivy," dijo él sin enfado en su voz. Su tono estaba vacilante, al igual que su paso. *¿Está borracho?*

"Lo siento. Solo iba a pasar a ver a Fletch un momento y luego irme a casa. Podemos quedarnos afuera para no molestarte a ti ni a su mamá," ofrecí, tratando de ocultar el hecho de que dormíamos en las habitaciones del otro con regularidad y salíamos temprano por la mañana antes de que nuestros padres despertaran.

"De hecho, quería hablar contigo en privado."

Ivy: No voy a poder ir esta noche. Estoy muy cansada. Te veré mañana. Te amo.

Fletcher: Te voy a extrañar al dormir junto a mí, pero lo entiendo. Avísame cuando llegues a casa mañana noche y me meteré por tu ventana, ya que será tarde. Te amo más.

Al día siguiente, me sentía mal durante toda mi doble jornada. La náusea me invadía el estómago vacío. No me atrevía a introducir comida en el agujero vacío de mi estómago, lleno de ansiedad que solo esperaba vomitar todo en el restaurante.

Por suerte, Julie estaba libre ese fin de semana porque estaba de vacaciones con su familia. Ella habría notado mi nerviosismo, y aunque no me habría presionado para que le contara lo que me pasaba, habría intentado tranquilizarme de que todo estaría bien.

Y no, las cosas no iban a estar bien. Probablemente habría caído en un abrazo con ella y le habría contado todo, o le habría dado la espalda, lo que no se merecía.

Porque aunque estaba muy triste por lo que me dijo el papá de Fletcher anoche, también estaba igual de enojada. Mis dieciocho años me daban derecho a votar y comprar boletos de lotería, pero no me daban la capacidad para manejar cosas de adultos.

Tal vez no estaría tan angustiada si pensara que tenía una opción sobre cómo seguir adelante.

Veinticuatro horas no fueron suficientes para prepararme para ver a Fletcher caminar por el camino entre su casa y la mía. Le mandé un mensaje cuando llegué a casa y me duché.

Supe al instante cuando me vio porque aceleró su paso de paseo a trote. "¿Qué haces afuera?" susurró.

Era más de las diez de la noche, y normalmente él habría entrado por la ventana sin cerrar de mi cuarto, pero yo estaba sentada en el césped donde él se subía normalmente.

"Vamos a dar un paseo," dije, levantándome por completo y alcanzando su mano.

"¿Estás bien, Vine?" Aceptó mi mano y entrelazó sus dedos con los míos sin dudar.

"Necesitamos hablar, y no quiero que mis padres nos escuchen."

Giró la cabeza y me miró sospechoso, arrugando la nariz y frunciendo el ceño.

No estaba segura de poder llevar a cabo este plan. Pero soy una chica dura, y como las heroínas de las grandes historias de amor, haría cualquier cosa por el hombre que amo.

Así que reuní valor, aunque no pensaba que lo tuviera, y decidí que tenía que ser valiente.

"Vamos al bosque." Este no era un lugar cualquiera. Este era un lugar específico que Fletcher y yo teníamos fuera de nuestro vecindario.

"¿Quieres caminar hasta allí?" La confusión invadió su hermoso rostro, y me di cuenta de que esto era solo el principio del caos que se venía.

"Sí." Le sonreí débilmente. "¿Está bien?" No quería estar atrapada en un coche con él. Necesitaba espacio abierto.

Él encogió los hombros y, sin más preguntas, empezó a caminar junto a mí, con los dedos entrelazados.

Él era así. Me seguiría a cualquier parte sin dudarlo. Era mi otra mitad, mi compañero, mi mejor amigo y el amor de mi vida. Aunque nuestras vidas apenas sumaban un par de décadas, no me imaginaba amando a nadie más como amaba a Fletcher Hart.

Siempre habíamos estado el uno para el otro, y sabía que no iba a entender lo que estaba a punto de hacer, pero tenía que creer que estaba tomando la decisión correcta, o no lo lograría.

"Te amo, Fletch," dije, soltando un largo suspiro.

"Yo te amo más," respondió él antes de que pudiera tomar aire.

Él siempre decía que me amaba más, pero yo lo amaba tanto que estaba dispuesta a sacrificar mi propia felicidad. Supuestamente, eso es lo que hacen las grandes heroínas. Se rompen el corazón para salvar a los hombres que aman. Y aunque Fletcher no vería nuestra próxima conversación como lo que realmente era, yo iba a salvarlo. Oraba porque algún día me perdonara y se diera cuenta de que hice lo mejor en ese momento.

"¿De verdad vas a hacerme esperar hasta que lleguemos

al bosque, o vas a contarme lo que tienes en la cabeza mientras caminamos?" Él miraba al frente sin girarse hacia mí, pero balanceaba nuestras manos entrelazadas como lo hacíamos cuando éramos niños.

Casi no tenía recuerdos de mi infancia sin él en ellos. "He estado pensando en cómo muchas cosas van a cambiar cuando vayamos a la universidad."

"¿Estás nerviosa, Vine?" Su risa burlona me hizo preocuparme aún más por lo que estaba a punto de hacerle. "Aún no nos vamos, y ya tienes nostalgia." Negó con la cabeza, y aunque no pude ver sus ojos azules, me imaginé que estaba rolando los ojos.

"No me preocupa extrañar mi casa, Fletch," me detuve en la acera frente a la casa de Miss Miller, y él se detuvo abruptamente también. "Estoy deseando extender mis alas."

"Lo entiendo, cariño." Extendió su otra mano, me abrazó y me dio un suave beso en la cabeza. "Es difícil dejar la preparatoria y nuestros amigos, pero conoceremos a nuevas personas y viviremos muchas aventuras juntos."

Juntos.

Aparté mis manos, puse las palmas contra su pecho firme e intenté empujarlo hacia atrás.

Aunque sorprendido, mi empujón no lo movió ni un centímetro.

Respiré profundamente y dejé escapar el aire entre mis labios apretados. Esto era frustrante y aterrador. "No, Fletch. No juntos."

"¿Qué quieres decir con 'no juntos'?" La confusión volvió a aparecer en su rostro, arrugando su frente.

"No quiero tener novio cuando llegue a la universidad." No pude mirarlo directamente a los ojos, esos ojos topacios que siempre me desconcertaban, así que miré hacia abajo, fijándome en su barbilla.

"¿Qué pasa, Vine?"

Temía que su voz temblara o que se le cortara la respiración, pero solo escuché preocupación en sus palabras. Estaba preocupado por mí.

Tragué la amargura que me ardía en la garganta, junto con las lágrimas que quería dejar salir, y traté de calmarme. "Fletch, lo siento." A pesar de que contenía las lágrimas, mi visión se nublaba igualmente. "Quiero romper."

La preocupación que antes estaba en sus rasgos se hizo más evidente cuando el dolor brilló en sus ojos. "Si esto es una broma, no tiene gracia." Su voz ronca se cortó, cargada de sufrimiento.

Nunca habíamos hablado de romper. Solo habíamos hablado de para siempre. Pero necesitaba poner una pausa temporal en nuestra relación por él. Tenía que seguir diciéndome a mí misma que lo hacía por él.

"No es una broma."

Capítulo 23

Fletcher, en la actualidad

No podía alejarme de ella. Ni siquiera pasé por mi casa antes de regresar a ver a Ivy. Como ambos trabajábamos los próximos dos días, necesitaba verla hoy. Estar cerca de ella era lo que necesitaba, y ahora que había vuelto a la ciudad, mi realidad podía incluir estar entre sus brazos.

Era tan fácil caer de nuevo en lo que éramos antes. No entendía por qué no funcionó años atrás, y no sabía por qué pensaba que alguna vez podría superarla. Ella dijo que necesitábamos hablar, pero para mí, nada de lo que me dijera cambiaría lo que sentía por ella.

La había amado siempre, y sabía que siempre la amaría. Aunque las cosas podrían ser difíciles después del dolor del pasado, mientras estuviéramos juntos, podríamos apoyarnos mutuamente.

Pasar por la enfermedad y la muerte de mi mamá fue uno de los peores momentos de mi vida, y desearía haber tenido a Ivy para apoyarme en ese entonces. Sabía que ella intentó acercarse, pero mi extrañarla fue reemplazado por enojo. Estaba solo y tan increíblemente triste. Estaba atrapado en un lugar intermedio, deseando que ella me abrazara, pero queriendo al mismo tiempo la mayor distancia posible entre nosotros.

Por supuesto, la mayoría de las historias de amor hablan de un hombre fuerte que protege a su mujer con su fuerza y brazos amorosos, pero en nuestra historia, siempre estuvimos allí el uno para el otro. Ivy me protegería y me amaría si fuera necesario, al igual que yo haría lo mismo por ella.

Como aquel primer día de clases hace más de una década, cuando me atrajo hacia ella y me refugió bajo su ala. Podía depender de ella durante toda mi infancia hasta el momento en que más la necesité.

Sin embargo, eso iba en los dos sentidos. Si ella hubiera intentado contactarme y necesitaba algo durante ese tiempo, no habría podido ser la persona en la que ella podría confiar. El tormento emocional que viví al perder a Ivy y luego a mi mamá fue asfixiante.

Muchos de esos días fueron un borrón. Pasé por ese momento como si estuviera atravesando un lodazal. Avancé sin un destino, pero de alguna manera seguí adelante. Aunque fueron días, meses y años, aún los considero como un solo momento. Fue como un mal día que duró trece meses. Las horas y minutos pasaban. El sol se levantaba y se ponía, y las estrellas llenaban el cielo nocturno una y otra vez, pero mirando atrás, fue solo un momento, un largo momento, pero aun así un momento.

Cuando estacioné la camioneta y apagué el motor, bajé al camino pavimentado de la casa de sus padres con mis pies en sandalias y subí los pocos escalones hasta el porche.

Y aunque levanté el puño para tocar la puerta, lo pensé mejor y giré el pomo. Tocar esa puerta era una formalidad que no existía para mí durante toda mi infancia y juventud.

Ahora que era mayor, podría haber considerado que era

buena educación tocar, pero Ivy y yo ya estábamos más allá de mostrar modales.

"Ivy," la llamé mientras empujaba la puerta de madera y entraba al vestíbulo.

Me apoyé en ella para cerrarla, pero no aseguré el pestillo.

"¿Fletch?" Ella sacó la cabeza desde la entrada de la sala y sonrió.

Sentí como mi rostro se iluminaba con una sonrisa en respuesta a la cálida bienvenida que me dio, con solo mostrarme sus dientes entre sus perfectos labios rosados.

"Pensé que me ibas a llamar." Sus cejas se fruncieron y su mirada se estrechó de forma sospechosa.

Comí los últimos pasos entre los dos mientras mis sandalias hacían ruido al golpear el piso de madera con cada paso que daba hacia ella.

La abracé por la cintura y la levanté, haciendo que chillara de sorpresa mientras la giraba.

Sus manos buscaron mi cuello para equilibrarse antes de que la dejara tocar el suelo con sus pies descalzos.

Pero no dejé de abrazarla. Me acaricié la nariz contra el hueco de su cuello, y su cabello húmedo olía a cítricos, justo como lo recordaba, aún mojado de la ducha.

¿Cuántas veces había inhalado el aroma de su cabello? Demasiadas como para que el olor a limón y naranja se me olvidara.

Su mano pasó suavemente por la parte de atrás de mi cabeza, en un gesto reconfortante y suave. "¿Estás bien?"

"Ahora sí," murmuré en su cabello antes de que mis labios rozaran el costado de su cuello.

Un suspiro nostálgico salió de su garganta, indicándome que estaba receptiva a mis caricias.

Le di varios besos suaves por el cuello, subiendo hacia su mandíbula y finalmente a sus labios.

"Fletch, ¿qué estás haciendo?" preguntó, pero con un murmullo de aprobación.

"Te estoy besando." Resoplé entre los besos que seguía dando en su rostro.

"Creo que deberíamos hablar." Sus palabras deberían haber detenido mi entrega de cariño, pero no sonó lo suficientemente convincente como para que creyera que realmente quería que parara.

Así que hice lo que pensé que ella quería. Me concentré en su boca y la besé como quería, como necesitaba.

La mordí y saboreé sus labios durante unos momentos antes de presionar mi lengua contra la hendidura de su boca.

Ella permitió que la besara, y pronto nuestras lenguas se deslizaban sobre las de la otra.

Sabía a pasta de dientes. Debía haberse cepillado los dientes antes de la ducha. "Te he extrañado tanto."

Su mano se deslizó hasta mi pecho y presionó contra mí, intentando ponerle fin a la mejor sesión de besos que recordaba desde que éramos adolescentes.

No quería parar. Necesitaba saborearla, abrazarla, sentirla.

Pero un pequeño sollozo de ella hizo que me detuviera en mi ataque a su boca.

Volví a darle besos ligeros en los labios y levanté la vista para mirarla a esos ojos marrones, vidriosos, que contenían un mundo de culpa y arrepentimiento.

"Cariño. ¿Qué pasa?" pregunté mientras deslizaba mis dedos por el ángulo de su mandíbula, acariciando su rostro.

"Lo siento tanto. Tomé malas decisiones, y me arrepiento de lo que hice. Necesito hacer una confesión, y sé que te va a molestar, y lo último que quiero hacer es causarte más dolor."

Entretejí nuestros dedos y le di besos suaves en los nudillos antes de mirar nuevamente sus ojos. "Creo que es hora de que saquemos todo a la luz."

Asentí y tragué saliva con dificultad, tratando de mostrar valor que en realidad no tenía. Estaba seguro de que no podía decirme nada que cambiara mi opinión sobre ella, pero lo que sea que estuviera guardando claramente la había cambiado a ella.

Antes, nunca tenía problemas para compartir lo que pensaba conmigo. Pero ahora, sus ojos marrones reflejaban derrota y preocupación, como si se estuviera resignando. No la había visto tan destrozada desde que Carrie se mudó, antes de la secundaria.

Incluso en ese entonces, sus emociones se desbordaban en ira, no en total desánimo.

Pero ahora, en la casa de su infancia, su cuerpo tenso en mis brazos, sentía miedo. Y yo necesitaba ser lo suficientemente valiente para los dos. Su reacción también me aterraba, pero la amaba. Amaba a la chica de hace años, y ahora amaba a la persona que tenía frente a mí.

"Creo que deberíamos sentarnos," susurró y apartó una mano de la mía, pero siguió sujetándola con la otra mientras me guiaba hacia el sofá.

Nunca es bueno cuando alguien dice, "Creo que deberíamos sentarnos", pero honestamente, iría a cualquier parte con ella en este momento. Ni siquiera necesitaría empujarme, la seguiría sin pensarlo.

Ni bien nos sentamos en el sofá, las lágrimas comenzaron a deslizarse por su rostro.

"Vine, cariño, no llores." Tragué mi propia emoción y le pasé el pulgar por la mejilla para secar las lágrimas.

Ella apretó aún más mi mano, mientras sus ojos de un marrón dorado dejaban caer lágrima tras lágrima.

A pesar de lo difícil que debía ser esta conversación, mantenía la mirada fija en la mía.

Había mucha gente que habría mirado a otro lado para no enfrentar la situación de frente, pero mi chica era valiente. Tenía más coraje que yo.

"No quiero hacerte más daño del que ya te hice," dijo entre sollozos.

Pasé mis dedos por su cabello mojado detrás de su oreja, manteniendo la mirada fija en la suya. Yo sería fuerte por ella.

"Han pasado cuatro años, y hemos encontrado el camino de vuelta el uno al otro."

Su llanto se intensificó con mis palabras.

"Porque *siempre* nos vamos a encontrar. El tiempo y la distancia no cambiarán eso," dije.

Ella apartó su mano de la mía y se limpió las lágrimas que caían de su rostro.

Pero en cuanto su mirada se desvió de la mía, la atraje hacia mí y la envolví en un abrazo fuerte.

Su cuerpo temblaba, y sus sollozos llenaban la sala.

Ni siquiera me había contado nada, y ya estaba destrozado.

"Mereces escuchar la verdad, y yo soy un desastre," sus palabras salían entrecortadas por sus respiraciones rápidas.

Pasé mis manos en círculos por su espalda, sosteniéndola hasta que sus sollozos disminuyeron.

"Lo siento tanto, Fletcher," susurró, con la nariz contra mi hombro.

"Está bien..."

Me empujó de repente antes de que pudiera terminar mi intento de consolarla.

"¡No, no está bien!" Su voz subió varios tonos, y la ira reflejada en sus ojos estrechados y sus hombros rígidos me hizo saber que estaba furiosa.

Ivy enfadada era algo con lo que podía lidiar, pero Ivy llorosa me rompía el corazón.

"Te hice daño, ¡y destruí lo nuestro!" Se levantó del sofá, poniéndose de pie mientras yo seguía sentado.

Había visto sus explosiones antes. Caminaba de un lado a otro, gesticulando con las manos. Esta situación me trajo recuerdos de ella. Afortunadamente, su ira nunca había estado dirigida hacia mí, pero siempre me quedaba a su lado, observando su rabia.

"Fui tan ingenua, y... y... ¡¡estrangularía a tu papá!!" Se pasó los dedos por el cabello, frustrada, mientras caminaba sobre la alfombra.

No era la primera vez que mencionaba a mi padre desde que había regresado a casa. *¿Qué tenía él que ver con nuestra ruptura?*

"Vine, ¿qué pasó con mi papá?" Necesitaba que me explicara *ahora* el papel que había jugado él en todo esto. Mi papá había empezado a beber después de la muerte de mi mamá y desde entonces no ha estado mucho para mí.

A pesar de todo, yo había intentado estar allí para él. Limpiaba su casa, cortaba su césped, le compraba víveres todas las semanas y me aseguraba de que mi tío Jonathan lo sacara de la casa regularmente.

Se giró de golpe y su mirada marrón de chocolate volvió a encontrarse con la mía.

"Me dijo que terminara contigo, y yo, estúpidamente, lo escuché."

Me quedé sin palabras al escuchar eso, mientras ella permanecía en el centro de la sala.

"Lo siento tanto, Fletch," sus hombros se desplomaron

hacia adelante y su cabeza bajó, como si su gran personalidad se desinflara junto con mi esperanza de que lo que tenía que decir no dañara aún más mi vida.

Sacudí la cabeza varias veces, en negación. Lo que decía no tenía sentido. Esto era una locura. Mi papá no tenía ningún motivo para acabar con mi relación con el amor de mi vida. No tenía razón alguna para desearme un dolor tan grande.

"¿Por qué mi papá querría que termináramos?" ¿Y por qué ella lo había escuchado?

"Porque sabía que tu mamá estaba por morir, y si no terminábamos, te habrías ido a la universidad conmigo."

Me sentí mareado y mi mente se nubló con sus palabras. Mi cabeza dolía como si me estuvieran apretando las sienes.

"Quería que te quedaras con tu mamá," sus palabras titilaron en mi oído como si subieran y bajaran de volumen.

"Dijo que si te apartaba de tu mamá, te arrepentirías por el resto de tu vida."

Un nudo se formó en mi estómago, y sentí como si fuera a vomitar.

"Dijo que si hubiera una opción, tú me elegirías... así que tenía que eliminar la opción."

"¿P-p-por qué no me lo dijiste?" Aún no podía creer lo que estaba oyendo. "Antes nos lo contábamos todo." Tragué con fuerza, sintiendo el nudo de la náusea.

"Me convenció de que era egoísta si no lo hacía y de que no debía contártelo." Su mirada se bajó, mirando nuestras manos entrelazadas.

Sus palabras me golpearon como un puño en el estómago.

"Te amaba tanto. Habría hecho cualquier cosa por ti." Suspiró frustrada, mientras sus ojos seguían bajos. "Pensé que estaba haciendo lo mejor para ti en ese momento."

Esto no podía ser cierto. Nada de esto tenía sentido.

"Dijo que si te amaba, debía dejarte ir, y que cuando volvieras, serías mía para siempre." Cuando levantó la vista, las lágrimas comenzaron a rodar por sus mejillas nuevamente.

"Ya iba a ser tuyo para siempre," susurré, aún incrédulo.

"No debí haberlo escuchado, pero no sabía qué hacer, y no sentía que pudiera hablar con nadie sobre eso." Finalmente se sentó junto a mí y tomó mi mano. "No quería hacerlo, Fletch, pero tampoco quería alejarte de tu mamá."

"Entonces, ¿estás diciendo que mi papá sabía esto todo el tiempo y nunca me lo dijo?" Algo en la comunicación entre él y ella tenía que estar mal.

"Te habría explicado todo, pero nunca tuve la oportunidad de hablar contigo. Pensé que tal vez tu papá te lo habría dicho después de que tu mamá muriera, pero la última vez que lo vi, me admitió que no lo había hecho." Lagrimas continuaban deslizándose por su rostro, y normalmente, solo pensaría en consolarla, pero mis emociones estaban a punto de estallar.

Saque mi mano de la suya, con el corazón agitado por esta conversación.

"¿Por qué no me lo dijiste antes?"

"Le dije a tu papá que era mejor que lo escucharas de él, pero si no te lo decía, lo haría yo." Sus ojos grandes brillaban con varias lágrimas que caían. Y una vez más, me sentí completamente roto.

"¿Cuándo viste a mi papá?" Habíamos pasado tanto tiempo juntos en los últimos días que no podía encontrar el momento en el que ella tuvo tiempo para hablar con él.

"El día después de que fui al bar Thursday's con Julie."

Capítulo 24

Fletcher, 18 años

Cáncer de ovario en etapa cuatro.

Tendría que buscar eso más tarde cuando pudiera pensar con más claridad. Pero por ahora, todo lo que sé es que, más o menos, es una sentencia de muerte para mi mamá.

Mis padres me dijeron esta tarde que mi madre se está muriendo, y la única persona con la que quería estar ahora mismo, rompió conmigo hace tres días. No podía recordar un período de tres días en el que no hubiéramos hablado.

No sabía cuál era el protocolo para algo así. *¿Puedes seguir siendo amigo de tu exnovia?* No hablamos sobre qué pasaría con nuestra relación después de que se terminara nuestra conexión romántica.

¿Puedo seguir llamándola? ¿O seguimos en pie de guerra, sin comunicación alguna?

Iremos a la misma universidad en menos de dos meses, así que podríamos encontrarnos en el campus. Fuimos amigos por muchos años. Aunque ya no éramos novios, eso no significaba que no pudiéramos volver a ser amigos.

Yo: ¿Puedes venir? Te necesito.

Vine: No sé si sea una buena idea.

Yo: Por favor. Sé que ya no estamos juntos. Pero necesito a mi mejor amiga.

Vine: Es muy difícil.

Yo: ¿Por qué?

Tres puntos aparecieron en la pantalla y luego se detuvieron, sin que llegara el mensaje.

Yo: Si tengo que rogar, lo haré.

Pasaron dos minutos sin respuesta de su parte.

Yo: No voy a intentar convencerte de darme otra oportunidad. Te lo prometo. Solo necesito una amiga.

Otros tres minutos y sin respuesta.

Yo: Recibí unas noticias muy malas y no tengo a nadie con quien me sienta lo suficientemente cómodo para hablar de esto.

Después de cinco minutos, salí de mi cuarto y me metí a la ducha para quitarme el estrés del día.

Subí la temperatura del agua hasta que estaba casi hirviendo y dejé que el agua caliente me golpeara la piel, esperando que el dolor me hiciera olvidar lo que había pasado durante los últimos días.

Ya ni siquiera conocía a Ivy. Era otra persona ahora. Antes era mi protectora, y ahora era ella la que me había lastimado. No podía haberme equivocado después de más de diez años de amistad.

Me froté el cuerpo con jabón, me eché shampoo en el cabello y me quedé en la ducha, enjuagándome hasta que el agua se enfrió.

Sintiendo tristeza, tomé una toalla y me la envolví en la cintura antes de regresar a mi habitación.

Cuando empujé la puerta, mi hermosa exnovia estaba acostada en mi cama, apoyada en los antebrazos, sobre su estómago, con las piernas cruzadas y levantadas hacia atrás.

Tan pronto como nuestras miradas se encontraron, se sentó y se movió hasta el pie de la cama.

Cerré la puerta y giré la perilla para ponerla en posición de seguro.

Su cabello oscuro estaba lacio y solo llegaba a sus hombros, pero seguía siendo tan hermosa como siempre.

"Tu cabello está diferente." *No la había visto ni hablado con ella en tres días y esa fue la frase con la que comencé.* Me di un golpe mental en la frente.

"Estoy probando algo nuevo."

Sí. Ella estaba probando algo nuevo. Dejó atrás lo viejo y abrazó lo nuevo. La novedad de nuestra relación ya había desaparecido, y necesitaba un cambio. Estaba seguro de que los cambios no terminarían con un nuevo peinado. Probablemente también querría ropa nueva y nuevos amigos.

Asentí con la cabeza y me di vuelta para abrir un cajón y sacar una camiseta limpia y ropa interior. Me puse primero la camiseta, y después de quitarme la toalla de la cintura, la tiré al cesto de la ropa sucia.

Manteniéndome de espaldas a ella, me puse la ropa interior, lo cual era ridículo porque ella ya me había visto desnudo muchas veces. Pero nuestra relación había cambiado a algo que ni siquiera reconocía ya.

Lo mismo podría decir de ella. Sus cambios no se limitaban a su comportamiento extraño, su indiferencia hacia mí y mis sentimientos, y su cabello. Ya no la conocía.

Entonces, una vez que me puse la ropa apropiadamente según mi criterio, porque, en realidad, todavía estaba en mi habitación usando ropa interior con una chica en mi cama, me giré para enfrentarla y me apoyé en la cómoda.

"Gracias por venir." Quería desatar las emociones

contradictorias que luchaban dentro de mi pecho, pero le había pedido que viniera y ella lo había hecho, así que no quería descreditar eso.

"Dijiste que me necesitabas." Las cosas ya no eran como antes, así que su comentario me dolió más de lo que debería.

"Lo aprecio, considerando que me destrozaste con tu ruptura hace unos días." No pude evitar que las palabras salieran. Estaba enojado y herido, y, desafortunadamente, ella estaba justo en la línea de fuego en ese momento. "Pero, independientemente de lo que hiciste, sigues siendo mi mejor amiga, y te necesito ahora."

Su garganta subió y bajó mientras sus labios se apretaban en una línea plana, y movió su peso sobre el colchón.

"Mis padres me acaban de decir que mi mamá tiene cáncer de ovario, y probablemente no vaya a vivir otro año." No había llorado desde que escuché las noticias, pero al decirlas en voz alta, la emoción me atoró en la garganta.

"Lo siento, Fletch." Por escuchar tan malas noticias, parecía que se estaba manteniendo sorprendentemente bien. Su mirada impasible era sospechosa.

"Quieren que me quede en casa y pase este último año con ellos." Quería escuchar su consejo. No estaba pensando con claridad y valoraba su opinión, pero no esperaba que soltara su recomendación tan rápidamente.

"Deberías hacerlo. Ya no estamos juntos, así que es lo mejor." Sus labios apretados y su expresión severa mostraban una imagen insensible que nada tenía que ver con ella.

¿Cómo podía ser tan indiferente a esto? "¿En serio, Vine? Llevamos cuatro años hablando de ir juntos a la Universidad Grandview."

"Sí, pero las cosas cambian, Fletch." Se encogió de

hombros, como si no fuera gran cosa. Pero sí lo era. Esto era enorme, y ella parecía no importarle en lo más mínimo.

"¿Entonces eso es todo? ¿Nos rompemos, y tú te vas a la universidad mientras yo me quedo aquí con mi madre que se está muriendo?"

"Sí." Incluso hizo un pequeño sonido con la "p" sin dudar ni un segundo.

Solté una carcajada sarcástica. "Ya no te conozco para nada, Ivy."

Al menos se notó que se estremeció cuando mencioné su nombre de pila. "Simplemente no creo que sea buena idea que estés lejos de tu mamá con todo esto pasando. Y como ya no somos novios, no tienes que preocuparte por mí."

"Te amo. Eso no ha cambiado en estos tres días. Siempre me preocuparé por ti. Siempre querré estar contigo. Eso nunca va a cambiar, sin importar dónde estés o cómo esté nuestra relación. Has sido mi mejor amiga desde primer grado. He pasado todos mis años de escuela contigo. Te voy a extrañar muchísimo, y nunca dejaré de desear que llegue el día en que podamos estar juntos otra vez. Si solo quieres ser amigos, voy a aceptar lo que sea porque te necesito en mi vida, Vine. No puedo pasar por esto sin ti." Al expresar mis sentimientos, me sentí con ganas de sentir su cuerpo contra el mío, así que di dos largos pasos descalzo hacia ella, que seguía sentada al borde de mi cama, y salté al colchón a su lado.

La tomé de las caderas y la atraje hacia mí. Rodeé su cintura con mis brazos para abrazarla, pero ella se retorció dentro de mi abrazo y se zafó.

"Fletcher, no hagas esto," suplicó mientras se giraba y se apartaba de mí hasta ponerse de pie, dejándome sentado en la cama solo. "Necesitas quedarte con tu mamá, y ya no hay un *nosotros*. Yo me iré a la universidad y tal vez encuentre a alguien más."

"¿Eso es lo que quieres?" Cuando le pregunté sobre sus intenciones, no vi el desprecio que esperaba.

Sus ojos de color café brillaban con lágrimas no derramadas.

"Vine, puedes intentar encontrar a alguien más, pero siempre me vas a pertenecer a mí." Lágrimas inevitables me quemaron la garganta y picaron en la parte de atrás de mis ojos. Sin poder controlarlas, el agua comenzó a caer libremente por mi rostro, haciendo que mi visión se nublara.

Pero cuando la otra mitad de mi alma se levantó y salió por la puerta, pude ver con total claridad que mi vida nunca volvería a ser la misma.

Capítulo 25

Ivy, en la actualidad

"Vi a tu papá en la tienda de licores. Supongo que ambos estábamos buscando ahogar nuestras penas." Dejé fuera la parte de cómo me comporté de forma burlona y amenazante con su padre. No necesitaba escuchar eso ahora.

"¿Estás diciendo que mi papá supo todo este tiempo por qué me rompiste el corazón, y nunca pensó que era importante contármelo?" Fletcher negó con la cabeza varias veces, empapado en su negación. "Lloré un montón y te rogué que me dieras algo de consuelo después de enterarme sobre mi mamá, y tú me trataste como si no te importara. Me dije a mí mismo que había algo fundamentalmente mal entonces. Sabía que eso no eras tú. Pero estaba tan confundido, nadando en una mezcla de tristeza, desesperación y desolación, que no podía pensar con claridad."

No solo mi corazón fue destrozado hace cuatro años, sino que ahora se estaba desgarrando nuevamente, pedazo a pedazo. "Lo siento mucho. Ojalá hubiera tomado otra decisión. Ojalá pudiera volver atrás y decirle a tu papá que se jodiera."

Soltó una pequeña risa, y ese pequeño sonido hizo que respirara un poco más tranquilo.

"Si pudiera volver a ese momento, nunca te habría dejado. Me habría quedado contigo y hubiera ido a la universidad aquí."

Fletcher se levantó y comenzó a caminar por la habitación, aparentemente intercambiando lugares conmigo. Mantenía la cabeza baja, mirando al suelo mientras se deslizaba con sus chanclas.

Me quedé inmóvil, siguiendo con la mirada sus movimientos.

Pisó fuerte por frustración y, finalmente, se quitó los zapatos, evidentemente cansado de escuchar el ruido de sus pasos.

Se pasó los dedos por el cabello mientras giraba de un lado a otro, recorriendo los mismos diez pies del salón frente al sofá.

No sabía qué hacer, así que esperé pacientemente a que se calmara.

Cuando finalmente dejó de caminar de un lado a otro lleno de ira, sus ojos azules se encontraron con los míos. "Mi papá sabía que no sería lo suficientemente fuerte como para decir no a estar contigo. No es un secreto que siempre has sido mi kryptonita. Era impotente cuando se trataba de ti. Siempre quise estar en tu órbita." Volvió a ocupar el lugar vacío en el sofá junto a mí y tomó mis manos entre las suyas. "Él temía que no tuviera elección, que me vería arrastrado al mundo de Ivy, incapaz de salir. Así que hizo imposible que tuviera otra opción."

"Te habría entendido si me hubieras dicho que necesitabas quedarte en casa con tu mamá," susurré con un gran trago de aire.

"Por supuesto que lo habrías entendido." Una ligera

sonrisa asomó en las comisuras de su boca. "No estaba preocupado de que tú no me dejaras ir." Sus dedos rozaron mis nudillos en un movimiento suave, y la sonrisa llegó hasta sus ojos. "Estaba preocupado de que no te dejara a ti. Siempre fuiste la líder, y yo siempre fui el perrito perdido que te seguía a todas partes."

"Eso no es cierto." Tragando saliva, empujé las palabras hacia afuera, luchando contra un sollozo. "Éramos compañeros. Siempre nos apoyamos."

Se inclinó hacia mí, y de forma instintiva, me estiré en la dirección opuesta.

Una risa suave resonó en la habitación vacía. "Parece que ya no estamos en la misma página." Se acomodó de nuevo en el cojín con un suspiro de indignación.

"Tantas cosas han cambiado." Solté un hipido cuando el sollozo salió de golpe. "Ya no podemos volver a como estábamos. Somos personas diferentes ahora."

"¿Lo somos?" Su nariz se arrugó mientras sus ojos se entrecerraban con curiosidad.

"Sé que no soy la misma desde todo eso. Te di la espalda pensando que eso era lo mejor para ti, pero todo el tiempo destruía lo que teníamos." Me sonó la nariz, mientras los sollozos tiraban de mi pecho.

"Mi padre nos destruyó. Éramos invencibles juntos, pero separados, nos derrotaron." Se inclinó hacia mí otra vez, y esta vez no me aparté. Me abrazó, y me derretí en la fuerza de sus brazos.

"Pensé que tu evitación de mis llamadas y el rechazo de mis mensajes era para vengarte por lo mal que te lastimé ese verano." Mis palabras se rompieron entre mis respiraciones rápidas durante mi llanto a pleno. "No me di cuenta de que te estaba diciendo adiós por cuatro años cuando destruí lo que teníamos."

"Vine, estoy aquí ahora," dijo, acariciando mi cabello mojado en la parte posterior de mi cabeza antes de besarme la sien. "Podemos reconstruir lo que teníamos. No necesitamos empezar de cero porque ya tenemos una base sólida."

"¿Cómo podrás confiar en mí otra vez?" sollocé, empujando nuevamente fuera de su abrazo.

"¿Te preocupa que yo no pueda confiar en ti otra vez, o te preocupa que tú no puedas confiar en mí?" Maldito sea, cómo me leía. Su cabeza se inclinó y su mirada de evaluación se estrechó. "He dado en el clavo, ¿verdad?"

Obviamente, no tenía cara de póker. O tal vez todavía tenía esa extraña habilidad de leerme.

"Tus señales están mostrando." Su mirada bajó a mis manos apiladas en mi regazo, que retorcía repetidamente.

Deshice el entrelazado de mis dedos y los dejé a los lados. "Tal vez deberíamos ser solo amigos." Hace cuatro años, habría querido lo que él me ofrecía, o realmente cualquier cosa antes de que estuviera comprometido con otra mujer.

Su rostro se palideció, y la ligera sonrisa que tenía desapareció de su hermoso rostro. Sus labios se apretaron en una línea fina mientras la decepción llenaba su expresión antes tan esperanzada.

Soltó un fuerte suspiro de aire y se dejó caer contra los cojines del sofá, apoyando la cabeza en la parte superior y mirando al techo.

"Tus padres vinieron al funeral de mi mamá," susurró mientras seguía mirando hacia arriba. "Pensé que tú vendrías." Otro respiro cansado salió de su pecho. "Te busqué en el mar de gente. Pero no estabas ahí." Giró la cabeza, y esos ojos azules que me atraían destellaron con destellos de tristeza. "No estabas con tus padres ni con nuestros amigos. Te necesitaba, y no apareciste para mí."

Mi nariz goteaba y mis lágrimas aumentaron de intensidad, mi garganta se apretó, densa de emoción. "Pensé que no querías que estuviera allí, y no quería hacerte las cosas más difíciles."

Se sentó rápidamente, haciendo que me sobresaltara y me escapara un pequeño grito.

"Vine, sé que mi ira se desvió hacia ti, y lo siento mucho. Estaba herido y molesto. Y no puedo prometer que mi tristeza no se hubiera notado ese día si hubieras estado ahí, pero te aseguro que habría llorado y gritado, pero luego me habría dejado caer en tus brazos porque te quería allí."

"Pero..." empecé, tratando innecesariamente de defender mis acciones.

"Ojalá hubieras visto a través de mis mensajes no respondidos y te hubieras dado cuenta de que te necesitaba."

Sus palabras me destrozaron. ¿Cómo había llegado a dudar de sus sentimientos? Claro que me necesitaba. Quería estar allí para él, pero pensaba que mi presencia le habría causado más dolor que consuelo.

El estómago me dio vueltas mientras trataba de reprimir más sollozos. Mi respiración se aceleró a medida que la náusea subía por mi garganta y mi cabeza comenzaba a dar vueltas con los recuerdos dolorosos. Me incliné hacia adelante y envolví mis brazos alrededor de mi abdomen mientras tomaba aire profundamente, intentando evitar que la oscuridad me envolviera.

"Vine, cariño, respira despacio." Su mano volvió a frotar círculos reconfortantes en mi espalda mientras mi corazón apretaba dentro de mi pecho con dolor. "Estás hiperventilando. Por favor, concéntrate en mi voz."

Intenté con toda mi fuerza sacar el arrepentimiento y escuchar la profunda voz de sus palabras.

"Dime tres cosas que ves en la habitación."

Con la mirada hacia abajo, dije: "Mis calcetines rosas."

Su pequeña risa alivió un poco la presión en mi pecho.

"El piso de madera de mis padres." Conté mentalmente uno, dos, y... todavía necesitaba un tercer objeto. "Tus pies adorables."

Su palma, que estaba apoyada en mi espalda sobre mi camiseta, se deslizó hacia mi cintura, y su mano tiró de mi brazo.

Respiré lentamente y solté el aire con calma antes de levantar la cabeza de mis rodillas, que había estado justo momentos antes.

Mi visión acuosa distorsionaba su figura, pero aun así me lancé hacia él. "Hubo tantas veces en la universidad que desee poder hablar contigo. A veces era solo para contarte algo tonto que había pasado, y otras veces, cuando estaba molesta por algo." Mi pulso seguía latiendo fuerte contra mi pecho, pero al menos mi respiración empezó a regularse. "Y luego recordaba cómo te rompí el corazón, dándome cuenta de que tener el mío roto probablemente era mi castigo."

"Si solo quieres ser amigos, no voy a mentir y decir que quiero conformarme con eso, pero te necesito en mi vida, y si eso es todo lo que vamos a ser, supongo que tendré que aprender a aceptarlo." Sonrió débilmente, levantando una esquina de su boca.

"Me siento tan culpable por cómo te lastimé. E ibas a casarte con otra mujer. Literalmente te empujé hacia los brazos de otra." Volví a ponerme de pie y pasé mis dedos por mi cabello seco con frustración. "Pensé ingenuamente que te comprometerías a quedarte en casa con tu mamá, y una vez que tu papá o yo te explicáramos lo que hicimos, tú y yo volveríamos a estar juntos. Estoy tan molesta conmigo misma... y furiosa con tu papá."

Fletcher se levantó nuevamente, y rápidamente solté mi cabello enredado y levanté una mano, pidiéndole que se alejara.

"Sé que no debería estar molesta con tu papá por esto, pero no puedo evitarlo. La decisión fue mía al final, así que no tengo derecho a hacerle responsable a nadie más por mis propios actos."

Mis pies con calcetines se arrastraron por el piso de madera, ya que la sensación de inquietud me empujaba a moverme.

"Si hubiera pensado que había una oportunidad de que volvieras, nunca habría mirado a otra mujer." Ignorando mi petición de algo de espacio personal, sus pies descalzos seguían el ritmo de mis movimientos de ida y vuelta.

Detuve mis pasos, y en el momento en que mis ojos se encontraron con los suyos, llenos de tristeza como piscinas azules tras una tormenta, sus labios susurraron: "Nunca dejé de amarte."

Necesitaba más aire. La habitación daba vueltas, y un fuerte grito vino acompañado de más lágrimas. Mis piernas ya no querían sostenerme, y comencé a hundirme, esperando aterrizar suavemente.

Los fuertes brazos de Fletcher se rodearon de mi cintura y me levantó de nuevo, aunque no creí que mis pies tocaran el suelo. Estaba sosteniéndome en el aire, presionada contra su cuerpo.

Era cálido y familiar, y extrañaba su toque de manera feroz. Incluso con su peso añadido y músculos más duros que cuando éramos adolescentes, mi cuerpo se moldeó al suyo, reconociendo lo bien que solía conocerme cuando me abrazaba así.

Reflejo de esos recuerdos, pasé mis brazos alrededor de su cuello y hundí mi cara en su hombro. Y sin pensarlo, también levanté las piernas y las apreté alrededor de su cintura.

Dulces y suaves besos cayeron sobre el costado de mi cabeza, y su gran mano acarició mi cabello. Inhalé su aroma, algo que había extrañado tanto.

"No tenía idea de que estabas sufriendo tanto como yo. Pensé que estabas viviendo lo mejor de tu vida mientras yo sufría aquí sola."

Grité más fuerte, causando que mis lágrimas y probablemente mocos empaparan su camisa. Estaba hecha un desastre. Yo antes era fuerte y confiada. Pero esta situación me había convertido en un montón de vulnerabilidad insegura.

"Trataba de ser fuerte para ti. Seguía tratando de convencerme de que, aunque mi alma estaba torturada sin ti, era lo mejor para ti. Intenté ser desinteresada, pero te extrañaba tanto," sollozaba, empapando aún más su hombro.

"Oh, Vine. Lo siento tanto, nena," murmuró en mi oído mientras seguía sosteniéndome.

Levanté la cabeza y miré esos ojos azules, tan profundos como un océano.

"Desearía que me perdonaras y me dieras otra oportunidad." Me limpié la nariz y traté de controlar mi tono. "Y prometí que si alguna vez me daban ese respiro, nunca desperdiciaría la oportunidad. Juré que nunca te dejaría ir de nuevo."

"¿No sigues sintiendo lo mismo?" La decepción aplastó su expresión, antes tan optimista.

"¿Estás dispuesto a perdonarme y darme otra oportunidad?" Las lágrimas se detuvieron, y una esperanza comenzó a crecer en mi pecho.

"No hay nada que perdonar. Tenerte en mis brazos de nuevo es lo que siempre he querido. Quiero que *me* des otra oportunidad." Una ligera sonrisa curvó sus labios de forma sexy. "Lo siento por no contestar tus mensajes o tus llamadas." Sus manos bajaron desde mi cintura y palparon cada una de mis nalgas.

Pensé que el gesto era sexual, hasta que me levantó. Supongo que me deslicé de su agarre.

Siguió con las manos en su lugar, sin moverse. "Pensé en bloquear tu número, pero no podía eliminar completamente la posibilidad de que pudieras llegar a mí."

"Pero nunca respondiste a ninguno de mis mensajes." Parpadeé para despejar las lágrimas de incredulidad. Mis piernas seguían alrededor de la cintura de Fletcher, y sus manos en mis nalgas.

"Escribí millones de mensajes para ti, pero los borraba antes de enviarlos o los dejaba en borradores... a veces durante días." Su rostro se acercaba al mío lentamente, probablemente evaluando si iba a alejarme.

No iba a retroceder. De hecho, me acerqué más a él.

Cuando sus labios tocaron los míos, ambos dejamos escapar un pequeño gemido, como el primer bocado de helado. Su boca besaba suavemente la mía. Abrí los labios para profundizar el beso, y de inmediato me llegaron ráfagas de recuerdos. El sabor de él. El suave movimiento de su lengua.

Deslicé mi uña por su cuero cabelludo mientras pasaba mis dedos por su cabello, y aunque estaba absorbida en nuestros besos, no pasé por alto que nos estábamos moviendo.

Fletcher me estaba llevando por la habitación. Todavía me aferraba a él, sin importarme a dónde me llevara. Iría a donde fuera con él ahora.

Hubiera ido a donde fuera con él cuando éramos niños, e incluso durante estos horribles cuatro años, habría ido a donde fuera con él si me lo pedía.

Nunca dejé de amarlo, pero estaba segura de que él me odiaba.

Mis pensamientos fueron interrumpidos cuando Fletcher nos tumbó en el sofá.

Tumbada sobre mi espalda, solté el agarre de mis piernas pero seguí con los brazos alrededor de su cuello.

Él se inclinó sobre mí, con sus brazos rodeándome por completo.

Sabía delicioso. No como ningún alimento o algo dulce o salado, sino algo exclusivo de él. Extrañaba su sabor porque él era mi sabor favorito. Podría besarle, lamerle, chuparle y saborearle durante horas y nunca cansarme de su esencia.

Su erección presionaba contra mi hueso púbico. Estaba claramente excitado, y yo apreté mis caderas contra él.

Ambos gemimos al mismo tiempo.

Sin romper el beso, nuestros camisas fueron tiradas, y aunque rompimos el beso un momento para quitar la tela de algodón de nuestras cabezas, nuestras bocas se unieron nuevamente, más frenéticas. Nos mordimos, chupamos, y nuestros dientes se encontraron en el caos.

Fletcher deslizó sus manos detrás de mi espalda, y sabiendo que buscaba el sujetador, también consciente de que no encontraría uno debido a mi apretado sostén deportivo, susurré en su boca: "Déjame sentarme para quitármelo."

Él detuvo el beso y se inclinó hacia atrás.

Miré sus labios rojos e hinchados y su cabello desordenado mientras cruzaba mis brazos para quitarme el sujetador. Pero cuando mi mirada bajó hacia su pecho definido, algo me llamó la atención.

"¿Qué es eso?" No solo él no tenía ese pecho trabajado en la secundaria, sino que su cuerpo solía estar sin tatuajes.

Él no miró abajo, sabía lo que le preguntaba, y me miró en silencio.

A lo largo del lado izquierdo de su pecho, cubriendo todo su músculo pectoral, había una ilustración de un corazón con una enredadera de hiedra rodeando la forma roja. La imagen me recordó al apodo que siempre me había llamado Fletcher, *Vine*, que, como él me explicó alguna vez, tenía que ver con la enredadera que crece fuerte y se extiende, como lo había hecho nuestro amor. "¿Cuándo te hiciste eso?" Pregunté suavemente.

"Después de que mi mamá murió."

Solté un pequeño suspiro. "Pero eso fue más de un año después de que terminamos."

Se encogió de hombros. "Dejaste tu huella en mi corazón. Sería lo mismo dejar tu huella en mi piel también."

La intensidad de lo que había sucedido momentos antes desapareció en un segundo. La pasión que nos impulsaba mientras nos besábamos se evaporó.

Me senté frente a él en mi sujetador, mientras él todavía estaba sobre mí, en silencio, durante varios segundos.

Nuestros ojos permanecieron conectados en ese largo momento.

"Fletch..."

Antes de que pudiera empezar a hablar, se levantó del sofá y recogió su camiseta del suelo.

Se metió la cabeza y los brazos en la camiseta mientras salía de mi sala.

Capítulo 26

Fletcher, en la actualidad

Ni siquiera me molesté en mover mi vehículo. Caminé rápidamente por la acera hasta la casa de mi papá, dejando mi camión en el camino de entrada. Los pasos de Ivy se acercaban rápidamente detrás de mí.

"Fletcher", llamó su voz.

Seguí mi camino decidido sin mirar hacia atrás.

"Fletch", llamó de nuevo.

Pero no me detuve. Necesitaba ver a mi papá.

"No me dejes, por favor", lloró, y mis sentidos finalmente reaccionaron, así que paré en seco y me giré hacia ella.

"*No te voy a dejar. Nunca.*" Recorrí esos pocos metros entre nosotros y le tomé la cara con mis manos.

Me di cuenta de que su camiseta ya estaba en su lugar, pero no llevaba zapatos, al echarle un vistazo antes de que mis labios se estrellaran contra los suyos en un beso intenso pero fugaz.

"Estoy contigo ahora y siempre."

Ella colocó sus pequeñas manos sobre las mías, que aún

descansaban contra sus mejillas. Pero su mirada, profunda y de un marrón cálido, temblaba de miedo.

"¿Me crees, verdad?" Busqué sus ojos, pero la ansiedad seguía allí. "Vine." Pasé mis pulgares suavemente por la piel de su rostro, intentando tranquilizarla. "Te prometo que puedes confiar en mí, ¿sí?"

Ella asintió una vez y respiró profundamente.

"Voy a ver a mi papá un rato."

"Quiero ir contigo", dijo mientras sus manos bajaban hacia mis muñecas y antebrazos, pasando sus dedos por mi piel en un suave vaivén.

Le besé la frente y luego rápidamente en los labios. "Ve a ponerte los zapatos y encuéntrame allí."

Ella asintió de nuevo, pero el miedo que había cubierto su rostro ahora se había transformado en valentía y esperanza. Ella seguía siendo mi Vine.

Después de que sus labios se curvaron en una sonrisa optimista, giró sobre sus talones y, juraría, dio un pequeño salto mientras regresaba a la casa de sus padres. *Maldita sea, adoro a esa chica.*

"¿Papá?" Llamé mientras abría la puerta de su casa con mi llave y empujaba la pesada puerta hacia adentro.

Siempre mantenía la casa cerrada con llave, a diferencia de Ivy, que dejaba su puerta sin traba casi todo el tiempo. Ojalá hubiera puesto el cerrojo cuando se fue o estaba durmiendo. Pero tendría que confirmar ese pequeño detalle más tarde.

Las puertas de los gabinetes se cerraban y el vidrio tintineaba mientras me dirigía hacia la cocina.

Mi papá estaba de espaldas cuando entré. Su cuerpo de mediana edad se inclinaba sobre el fregadero mientras sacaba varios vasos y los ponía en el lavaplatos.

"Perdón, hijo. No sabía que ibas a venir. Hubiera limpiado un poco." Su voz sonaba inestable, pero su caminar era igual de titubeante la mayoría de los días.

La verdad es que no entendía lo que quería decir con lo de limpiar. Siempre veía cómo su casa estaba desordenada. Siempre supuse que sabía que yo limpiaba su casa y cortaba el césped cuando él no estaba. Ya había visto su desorden muchas veces.

"Papá, no te preocupes por limpiar," le dije mientras le quitaba los dos vasos de las manos. No me molesté en ponerlos en el lavaplatos. Los dejé sobre la barra y cerré la puerta del electrodoméstico. "Necesito hablar contigo."

Mi papá se giró para mirarme y se apoyó contra la barra. Juraría que antes era seis pulgadas más alto, pero ahora caminaba encorvado. Y su ropa colgaba de su cuerpo porque había perdido una cantidad considerable de peso también.

No se parecía en nada al hombre que era antes de que mi mamá muriera. Su cabello siempre estaba desordenado y siempre tenía barba de varios días. Se vestía todos los días, pero no sabía cuántas veces se bañaba.

Pero lo peor de todo no era su apariencia, sino que había ignorado la razón de su cambio. Había desestimado su duelo continuo. Supongo que pensaba que eventualmente dejaría de llorar y extrañar a mi mamá.

"¿Qué tienes en mente?" Aunque estaba frente a mí como un hombre herido, aún le importaba. Podía ver la preocupación en su rostro.

"Hablé con Ivy."

Sus ojos se abrieron un poco, pero solo por un instante. "¿Ah, sí? ¿Cómo está?"

"No tan bien, en realidad." Esperé otro indicio sutil de que se daba cuenta de hacia dónde iba esta conversación, pero cuando no vi nada, seguí. "Me extraña, papá. Y tú me la quitaste."

"¿De qué estás hablando?" Jugó a la sorpresa, pero reconocí su tic nervioso. Sus dientes se apretaron y los rechinó, provocando un temblor en el músculo de su mandíbula.

Dejé la puerta entreabierta cuando entré hace unos minutos, y escuché el sonido suave de que se abría un poco más y unos pasos ligeros por el pasillo.

Mi papá tenía solo unos sesenta y pocos años, pero su oído ya no era lo que solía ser. No reaccionó a los ruidos de otro visitante.

"Ya es un poco tarde para que ella te lo diga. ¿No lo crees? Estás comprometido con otra mujer." Un pequeño suspiro salió de su garganta áspera.

"Rompí con Amilyn."

Ahora la expresión sorprendida de ojos grandes y mandíbula caída era genuina.

"Quiero estar con Ivy. Siempre quise estar con ella, y tú me la quitaste."

"¿Pero qué hay de Amilyn?"

"Era solo un reemplazo hasta que el amor de mi vida regresara."

"Pero amas a Ami." Su frente se frunció de confusión.

"¿Cómo puedo amarla si mi corazón le pertenece a otra?" La frustración comenzó a acumularse en mi pecho, y apreté mis propios dientes, probablemente un hábito que heredé de él. "Le dijiste a Ivy que terminara conmigo."

"No le dije que terminara contigo." Mi papá movió la mano despectivamente y soltó una risa nerviosa.

"Claro que sí." Ivy decidió finalmente aparecer después de haber estado escondida en el pasillo un rato.

"Ivy," susurró con un toque de desprecio.

"Sr. Hart, él ya lo sabe. Se acabó el juego. Te di la oportunidad de contarle la verdad y no lo hiciste. Así que ahora ya sabe todo." Mi valiente mujer estaba firme, con los brazos cruzados sobre el pecho y los pies separados en una postura confiada.

Me gustaba esta versión de Ivy. Esta era la chica de la que me enamoré en primer grado, y la había amado cada día desde entonces. Claro, podía llorar en mi hombro y mostrarme su vulnerabilidad, pero mi mujer era una guerrera. Y me encantaba cuando la veía en su forma más auténtica.

Mi papá me miró, obviamente esperando mi reacción ante su presencia en su casa, pero yo estaba tan impresionado con su fortaleza que no respondí a su expresión.

"Fletcher, no sé qué te ha contado ella, pero..."

"Ya basta, papá", gruñí. "No intentes mentir para salir de esto. Si no admites la verdad, me voy por esa puerta y no vuelvo."

Las lágrimas brillaron en los ojos azules de mi papá y su caminar titubeó mientras cambiaba de peso incómodo de una pierna a otra. "Sabía que querrías estar con tu madre en sus últimos días, así que ayudé a que eso sucediera."

"¿Ayudaste a que eso sucediera?" Respondí con furia.

"Pensé que te quedarías en casa el resto de sus días, y luego volverías con Ivy." Su mirada pasó de Ivy a mí. "Pensé que la seguirías a la universidad después... del final."

Cruce mis brazos sobre el pecho, e Ivy movió sus pies hasta estar a mi lado.

Él asintió reconociendo nuestra unión.

"Entonces, ¿por qué no me dijiste lo que pasó después de que mamá muriera?"

La mano de Ivy rozó mi antebrazo. Su toque siempre

lograba calmarme, y en este caso, pude relajar mis brazos a los costados.

Aprovechó para entrelazar sus dedos con los míos, y aunque estaba furioso cuando llegué a la casa de mi papá, me di cuenta de que estaba donde quería estar. Estábamos juntos de nuevo, y aunque extrañé estos cuatro años sin ella, ahora la tenía conmigo.

La garganta de mi papá subió y bajó mientras pensaba en su respuesta. "Porque no quería que tú también te fueras."

De verdad sentía empatía por él, pero no podía creer que fuera tan egoísta. Ivy se sacrificó sin pensarlo. Me dio la oportunidad de estar con mi mamá, porque eso era lo mejor para mí, pero al final, mi papá no pudo hacer lo mismo.

"¿Por qué no le dijiste a Fletcher que me fui para que pudiera tener ese tiempo con su mamá?" Hubiera pensado que Ivy tendría tono de irritación, pero mantuvo la calma. "Podría haber vuelto a casa e ir a la universidad. Solo me quedé lejos porque pensaba que me odiaba."

Giré la cabeza rápidamente y respondí a lo que dijo. "Nunca te odié."

Sus ojos se encontraron con los míos, y me di cuenta de que había tantas cosas nuevas que necesitábamos aprender el uno del otro.

"Te extrañé," le dije en silencio, casi olvidando que mi papá seguía en la misma habitación.

"Yo también te extrañé." Sus ojos marrones eran suaves y llenos de amor, pero se tornaron oscuros y ardientes cuando giró el cuello para lanzarle una mirada desafiante a mi papá. "Nos mantuvimos alejados por tu culpa, pero eso nunca más volverá a pasar."

"Me alegra que hayan vuelto a estar juntos." Mi papá

estrechó los ojos, y juraría que aún había algo de desprecio en su mirada.

"¿Qué demonios, papá? ¿Por qué no quieres que Ivy y yo estemos juntos? ¿Acaso no quieres que sea feliz?" Tal vez la miseria realmente ama la compañía.

"Estar con alguien durante tanto tiempo lleva a un dolor inimaginable. No quiero eso para ti." Su voz tembló de emoción.

"Ya tuve el dolor. Y para que lo sepas, tomaré todos los días con Ivy que pueda. Me quitaste mi elección. Y quién amo y con quién quiero estar es mi decisión, papá." La muerte de mi mamá rompió el corazón de mi papá en mil pedazos, y aunque de verdad sentía lástima por él, ahora mismo me sentía enojado con él, y la ira era mucho más fácil de encontrar que la empatía.

"Pensé que si encontrabas a alguien más, no extrañarías a Ivy. Porque estuviste perdido sin ella. La has amado desde que nos mudamos aquí, cuando estabas en primer grado. Y la culpa que sentía por tu sufrimiento me mantenía despierto por las noches durante años. Sé que fue un error mantenerte alejado de ella, pero..."

"Pero lo hiciste igual. Obviamente, la culpa no te llevó a decir la verdad." El tono de Ivy fue duro, y yo ni siquiera sentí enojo por cómo le habló a mi papá porque ella solo decía lo que yo sentía.

La mirada de mi papá dejó la mía y se dirigió hacia Ivy. "No pude decírselo porque no pensaba que me perdonaría nunca. Ya había perdido a mi esposa. Ella era mi otra mitad... no quería perder a mi hijo. Él es la única parte de mi corazón que queda." Las lágrimas salieron de los ojos de mi papá, y eso sí me tocó.

Nunca había visto llorar a mi papá. Y ahora, al ver su cuerpo frágil y su ropa desaliñada, veía una sombra del hombre que una vez fue. Se emborrachaba casi todos los días. Siempre pensé que era por mi mamá, pero tal vez parte de la culpa que llevaba sobre sus hombros también lo impulsaba a beber de esa manera.

Antes de que pudiera abrazar a mi viejo, las manos de Ivy ya rodeaban a mi papá, derramando sus propias lágrimas.

Capítulo 27

Ivy, en la actualidad

Mi mamá siempre organizaba sus llamadas conmigo alrededor de las cuatro de la tarde, ya que podía estar durmiendo a cualquier hora, de día o de noche. Así que no me sorprendió su llamada, aunque generalmente solo me llamaba una vez a la semana o una vez cada diez días más o menos.

Llamaba antes de que mi papá llegara a casa. Pensaba que él llegaría un poco después de las cinco, pero como mi papá había estado trabajando hasta tarde casi todas las noches, probablemente ella se sentía un poco sola, por lo que esta llamada había llegado solo cinco días después de la anterior.

"Estoy tan feliz de que hayas retomado el contacto con Julie y Carrie," me dijo mi mamá después de que le contara sobre los mensajes que había intercambiado con mi vecina de antes y el tiempo que pasé con mi mejor amiga de la secundaria. Me hacía bien escuchar la voz de uno de mis padres después de todo lo emocional que había sido el día con Fletcher y su papá.

"¿Te has encontrado con Fletcher otra vez?" Me hacía siempre la misma pregunta cada vez que me llamaba.

"No, mamá." No debería mentirle a mi mamá, pero no estaba lista para admitir que lo había visto, hablado con él, tomado su mano, besado, dormido en su cama y confrontado a su papá junto a él.

Eventualmente le contaría. Tal vez después de que él y yo volviéramos a estar juntos, o si volvíamos a estarlo. Ni siquiera sabía cómo sería eso. ¿Cómo puede una pareja retomar su relación después de una tragedia y de estar separada durante años?

Estaba bastante segura de que ya éramos amigos otra vez, pero todo lo demás seguía un poco confuso.

"Bueno, estoy segura de que sus caminos se cruzarán de nuevo, y cada vez será más fácil." Su voz sonaba melancólica. "Y quién sabe, tal vez se vuelvan a ser amigos, como lo fueron con Carrie y Julie. Cuando has sido amigo de alguien por tanto tiempo, una vez que vuelves a hablar, es como si no hubiera pasado el tiempo."

Me reí un par de veces, jugando con ella. "Dale un abrazo y un beso a papá de mi parte. No puedo esperar a verlos a los dos."

Nos dijimos adiós y terminamos la llamada. Mi mamá y yo no éramos tan cercanas como algunas madres e hijas, pero nuestra relación era justo lo que quería. Podía ir a ella para pedirle consejo, y ella me daba su opinión. Pero no se molestaba si yo decidía resolver las cosas por mi cuenta. Nunca fue una mamá sobreprotectora. Siempre me animó a encontrar mi propio camino y a fomentar mi independencia.

Me encantaba estar sola, pero sabía que siempre podía contar con ella si la necesitaba. Estaba agradecida por tener a mi mamá en mi vida, y me sentía fatal por Fletcher, que no tenía la suya.

Mi papá siempre estuvo ocupado con el trabajo cuando era pequeña, pero siempre estaba ahí para mí cuando lo necesitaba. Siempre iba a mis partidos de fútbol, aunque tuviera que perderse los de otras escuelas. Me dijo una vez que estaba feliz de que tuviera a un amigo hombre, porque sentía que alguien me cuidaba, incluso si él no estaba cerca.

Creo que Fletcher y yo teníamos doce años en ese momento, antes de que nuestra relación cambiara de amistad a algo más. Nuestra amistad seguía siendo la base de nuestra relación, incluso después de que surgieron sentimientos románticos.

Tal vez podríamos volver a ser buenos amigos, pero estaba segura de que no sería lo mismo que cuando teníamos doce años.

Porque aunque Fletcher y yo fuéramos amigos otra vez, nunca sería como las amistades que tenía con Carrie y Julie. Y no solo porque había tenido sexo con Fletcher, sino porque él estaba profundamente arraigado en las fibras de mi ser.

Me parecía normal volver a enviarnos mensajes, aunque solo fuera para decir "hola" o enviarnos algún meme divertido. Pero probablemente no estaba lista para hablar de nuestro futuro aún. No estaba segura de cómo definir nuestra relación en este momento, lo que hacía difícil mirar demasiado hacia adelante.

Habían pasado tres días desde el colapso emocional de su papá en la cocina de su casa de la infancia. Yo había tenido que trabajar las últimas noches, pero tanto él como yo teníamos la noche libre. No habíamos hecho planes oficiales para esta noche, aunque habíamos intercambiado varios mensajes en los últimos días.

No estaba segura si podríamos evitar hablar de nuestro futuro si nos juntábamos esta noche, pero estaba dispuesta a correr el riesgo porque lo extrañaba.

Ya estaba cansada de extrañarlo. Me había dicho que siempre aparecería si lo necesitaba, y en este momento sentía que lo necesitaba. Aunque suene ridículo y patético, le mandé un mensaje a Fletcher de todos modos.

Yo: ¿Todavía te gusta la comida china?

Esperaba una respuesta rápida, pero después de unos minutos sin recibir nada, me metí a la ducha. Y cuando salí veinte minutos después, aún no había nuevos mensajes en mi teléfono.

Yo: Estaba pensando que podríamos juntarnos esta noche para cenar y ver una película en casa de mis padres.

Tiré mi teléfono en el sofá después de no recibir respuesta otra vez. No podía creer lo ridícula que me estaba viendo. No necesitaba que Fletcher viniera si lo único que quería era pedir comida china para llevar y pasar la noche viendo televisión en pijama.

Así que recogí mi celular del sofá y empecé a buscar entre los restaurantes hasta encontrar el número de mi lugar favorito. Me dio gusto ver que aún seguía en funcionamiento después de cuatro años.

Justo cuando iba a presionar el botón para *llamar*, un golpe en la puerta me hizo colgar.

No vi ningún auto en la calle, pero una camioneta familiar estaba estacionada en mi entrada, lo que hizo que una sonrisa agradecida se me dibujara en el rostro. Porque mi noche acababa de mejorar mucho.

"Hola, Fletch," dije mientras abría la puerta. No me molesté en mirar por el mirador. Su vehículo ya decía todo.

Él levantó una bolsa de papel marrón y sonreía con una expresión traviesa. "Hice que añadieran palillos extra por si decidimos tener una buena pelea de palillos como antes."

Me aparté del camino para que pudiera entrar.

"Entonces supongo que la respuesta es sí," le dije mientras caminábamos por el pasillo corto hacia la cocina.

"¿Eh?" Fletcher levantó una ceja.

"Te pregunté si todavía te gusta la comida china." Mi tono era juguetón, pero él bajó los hombros al poner la bolsa grande sobre la isla en el centro de la habitación.

"Necesito un buen recuerdo con la comida china." Se apoyó en la encimera con la espalda hacia mí, pero aun así escuché lo que dijo.

"¿Tuviste alguna mala experiencia con la comida china antes?"

"Podrías decirlo." Un fuerte suspiro siguió a su breve explicación.

"¿Te hizo vomitar o algo así?"

Él soltó una risa baja y finalmente se dio la vuelta, apoyándose en la isla, mirando con sus ojos azules los míos marrones. "Necesito un juramento de meñique."

No recordaba la última vez que habíamos dicho esas palabras. Cuando uno de los dos necesitaba compartir un secreto, pedíamos un juramento de meñique, lo que significaba total confidencialidad. Ninguno de los dos podía contarle a nadie.

Doblé mis dedos y levanté la mano derecha con solo el meñique levantado.

"Amilyn y yo terminamos mientras comíamos comida china, y juré que nunca más comería." Una sonrisa algo tímida se formó en sus labios, como si le diera vergüenza contarme la historia.

Puse rápidamente mi mano sobre mi boca antes de poner los ojos en blanco. "¿En serio, Fletch? ¿De verdad vas a dejar que una mujer te quite la comida china de tu lista de cosas permitidas?"

Su risa llenó el espacio con felicidad, un sonido tan familiar que me hizo desear escucharlo una y otra vez. "¿Qué demonios significa eso?"

Me encogí de hombros.

"¿No te he traído la comida?" Me dio un pequeño empujón en el hombro, lo que me hizo sonreír y me dio una sensación de emoción en el corazón.

"Solo digo que ningún hombre me va a quitar el pollo con sésamo." Señalé mi pecho, y Fletcher levantó la bolsa de la isla y dio unos pasos fuera de la cocina.

"Sabes que te voy a derribar por eso," grité mientras lo seguía.

"Inténtalo," respondió él desde el pasillo.

"Ya tengo el número del *Duck & Dragon* en mi teléfono. Pediré el mío."

Sus pasos se detuvieron y dio media vuelta, aún con la bolsa en la mano.

"Te dije que ningún hombre me va a quitar el pollo con sésamo."

Y entonces fue su turno de poner los ojos en blanco.

No me importó. Estaba ganando lo que sea que estuviera pasando entre nosotros. "¿Seguro que hay pollo con sésamo ahí?"

"Y Lo Mein de vegetales. Y rollos de huevo extra porque siempre solías comer más de uno. Agarré mostaza picante porque sé que te encanta. Y pedí arroz al vapor y arroz frito porque tú y yo nunca podíamos ponernos de acuerdo. Arroz al vapor para ti y arroz frito para mí."

Asentí, con la boca abierta, paralizada en mi lugar. Lo recordaba.

"No estaba seguro si tenías palillos, así que tomé unos."

Maldita sea. Lo extrañaba. Extrañaba esto. Extrañaba tener a alguien que me conociera tan bien. Extrañaba tener a alguien en mi vida con quien compartía tantos recuerdos.

"Gracias." Las malditas lágrimas me picaban los ojos, y esa sensación subió por mi garganta, obligándome a tragar antes de que una avalancha de sollozos comenzara por culpa de la comida china.

Solo unos pocos pasos nos separaban, y Fletcher los cerró en medio segundo. Colocó la bolsa de nuevo sobre la isla, y pronto, me encontré envuelta en sus fuertes brazos en un cálido abrazo.

Solté un suspiro involuntario, ¿o fue un gemido? Mientras apoyaba mi rostro contra su pecho, no me importaba el sonido mudo que saliera de mí. Solo estaba feliz de estar de vuelta donde siempre quise estar.

"Comamos antes de que se enfríe la comida."

Lo abracé por la cintura y apreté por un segundo antes de salir de su cálido abrazo. Porque, aunque llevaba unas semanas quedándome en la casa de mis padres, ahora sentía que por fin estaba en casa.

Después de comer y dejarnos llevar por la comida, nos hundimos en el sofá frente al televisor. Le pasé el control remoto a Fletcher, y sus cejas se levantaron.

Cuando levantó las manos en señal de rendición, no pude evitar reírme de sus típicas bromas, que casi había olvidado.

"No me apuntes con eso," dijo, con los ojos azules aún muy abiertos de sorpresa. "¿Está cargado?"

"Te estaba ofreciendo el control de la selección de lo que

vamos a ver, pero ahora no creo que lo merezcas," le respondí, aguantando la risa.

"Tú eres la que puso la regla de *'yo veo lo que quiero en mi casa, y tú lo que quieras en la tuya,'*" dijo mientras bajaba las manos y se encogía de hombros.

"No olvidas nada," le dije, negando con la cabeza.

"No cuando se trata de ti." Sus ojos zafiro se suavizaron, volviéndose pensativos, y mi interior se derritió.

Su respuesta probablemente sonaría cursi para otra mujer, pero yo conocía a Fletcher desde que era una niña. Era sincero y leal. Y hacía que mi corazón latiera más rápido. Y mi respiración se cortara. Todavía lo amaba.

"Fletch..."

"Ya sé que no estás lista para algo más que una amistad, y te juro que lo entiendo. Pero por favor, entiende que lo que tuvimos sigue aquí." Movió su dedo en el aire, señalándome a mí y a él. "No voy a presionarte para que me des más de lo que puedes dar, pero te recordaré sobre nosotros cada vez que tenga la oportunidad."

"Está bien."

"¿Está bien?" Fletcher frunció el ceño, mirando con incertidumbre.

"No estoy diciendo que esté lista para que intentemos salir de nuevo. Pero estoy diciendo que estoy abierta a que eso sea una posibilidad algún día."

"¿Este fin de semana te va bien?" Sus cejas se movieron juguetonas mientras su sonrisa seductora me coqueteaba.

"Dije *algún día*, no *el sábado*."

"¿Entonces el domingo?"

"Eres incorregible." Agarré una almohada del sofá y se la lancé a la cabeza.

Por supuesto, él la esquivó con destreza, evitando que

conectara con su cara. "Vamos, sabes que estás muriendo por ir al carnaval conmigo otra vez, y solo queda un fin de semana antes de que se acabe.

Capítulo 28

Fletcher, de 17 años, verano después del tercer año de secundaria

Mi idea de una cita no era ir a un carnaval, pero Ivy quería ir. Habíamos ido al carnaval todos los años desde que tengo memoria, así que supongo que este año no debería ser diferente

Tal vez la besaría en la cima de la rueda de la fortuna. Eso sería algo que no habíamos hecho antes. Pensaba que ya estaba demasiado grande para jugar en los juegos, y las atracciones eran mediocres, por decir lo menos.

Pero cada vez que estaba con mi mejor amiga, nos divertíamos. Aunque Ivy había sido mi novia durante un año y medio, había sido mi amiga por diez años. Y realmente, mi mejor amiga durante todo ese tiempo.

Tenía varios buenos amigos en mi equipo de fútbol, pero Ivy era, sin duda, mi amiga más cercana.

Los chicos me molestaban un par de veces cuando elegía pasar tiempo con mi novia en lugar de con ellos, pero no me importaba.

No éramos una de esas parejas que se olvidaban de que teníamos otros amigos. Cuando ella pasaba tiempo con sus amigas, yo lo hacía con mis chicos.

A veces, nos reuníamos todos como grupo, y aunque pudiéramos llegar con otras personas, siempre encontrábamos la manera de reunirnos.

Como en las fogatas en la granja de Jericho Walker o en las fiestas en casa de Rider Conklin. Yo me iba con un grupo de amigos hasta la orilla del pueblo a la granja de Jericho, y después de tomar una cerveza o dos, el grupo de chicas siempre parecía encontrarnos.

No me quejaba. Disfrutaba que mi morena favorita me encontrara.

La mayoría terminaba durmiendo en el granero de Jericho, o al menos los que habían estado bebiendo. Ivy solía quedarse sobria para poder llevar a las chicas que no querían quedarse a dormir.

Pero de vez en cuando, alguna de las otras chicas se ofrecía para ese trabajo, luego Ivy se quedaba con el grupo toda la noche. No solíamos dormir mucho. Nos quedábamos junto al fuego hasta que nos daba sueño y luego nos íbamos al granero con nuestros sacos de dormir. Pero incluso después de sacar los sacos, seguíamos despiertos hablando.

Las fiestas en casa de Rider Conklin eran muy diferentes. Sus padres se iban casi todos los fines de semana, y él invitaba a varios de nosotros. Normalmente tomábamos un poco más porque si ibas a casa de Rider, no regresabas hasta la mañana.

Él se encargaba de las llaves de todos al llegar. Al principio pensé que lo hacía por nuestra seguridad, pero ahora que ya había ido a muchas de sus fiestas, pensaba que parte de la razón era para la limpieza del día siguiente.

Nos devolvía las llaves una vez que la casa estaba en orden y la evidencia (es decir, la basura) había sido eliminada. Aunque Rider no solo se deshacía de botellas de vidrio y vasos de plástico. Quería la casa *limpia*, más *limpia* de lo que estaba cuando llegamos.

Así que fregábamos el baño y la cocina, y pasábamos la aspiradora. Paul Riggleman le tocó hacer limpieza en el baño una vez, y pasó el rato vomitando en el inodoro y teniendo que limpiarlo una y otra vez. Me daba pena el tipo, pero no lo suficiente como para limpiar su vómito.

Era difícil imaginar que, después del verano, realmente seríamos seniors. Solo quedaba un año antes de la universidad y toda la libertad que vendría con ella. Extrañaría a mis amigos y al equipo de fútbol, pero Ivy estaría conmigo siempre, y ella era todo lo que necesitaba.

Haría muchos nuevos amigos, y ella también, pero seguiríamos siendo amigos para siempre porque planeaba casarme con ella algún día.

Así que si quería ir al carnaval, yo iría al carnaval. De hecho, iría a cualquier lado con ella.

Y cuando la recogí en su casa, y saltó al auto con la sonrisa más bonita que he visto, no podía creer que siquiera estuviera temiendo la salida.

Llevaba una gorra de béisbol y su cabello en dos trenzas. La camiseta de algodón apretada se ceñía a su pecho, y los shorts de mezclilla mostraban su bronceado.

La camiseta amarilla brillante que llevaba contrastaba con su piel bronceada, y esos shorts dejaban ver sus piernas tonificadas.

"Hola," dijo alegremente, cerrando la puerta del auto, y después de abrocharse el cinturón, entrelazó sus dedos con los míos.

"Hola." Mi respuesta vocal fue breve porque quería tener mis labios sobre los suyos en cuanto subiera al vehículo, así que me incliné a través del consolido entre nosotros y le di un beso corto en los labios.

"Entonces, ¿estás lista para el itinerario?" preguntó mientras rebuscaba en su bolso con la mano libre. "¡Aha!" Su mirada había bajado a su regazo mientras buscaba en el fondo de su bolso de cuero una pequeña hoja de papel de cuaderno doblada varias veces.

"Dímelo," exhalé mientras giraba el volante para retomar el camino frente a su casa.

Y bueno... me lo dijo, claro. Pero en lugar de solo darme el papel para que lo leyera, una mano me dio un golpe en el bíceps.

Sacudí la cabeza ante su humor. Le gustaba tomar mis palabras y convertirlas en travesuras literales.

"Algodón de azúcar, pastelito de funnel, palomitas de maíz con caramelo, y... perritos calientes si hace falta."

"Los perritos calientes son mis favoritos. Sabes que no puedo ir al carnaval y no comer uno." Hice un puchero ridículo, sacando el labio inferior, lo que le hizo soltar una dulce risa.

Su risa valía más que cien perritos calientes.

"Mezclador de alegría, El Remolino, carrusel y rueda de la fortuna." Se calmó un poco antes de seguir con una lista de las mismas atracciones que montamos todos los años.

"Es increíble que no hayamos vomitado en cada una de esas atracciones con la cantidad de comida chatarra que comemos."

Solo me dio una sonrisa torcida y un encogimiento de hombros ante mi comentario, lo cual fue realmente una bendición. "Y, por supuesto, tantos juegos como podamos jugar."

"¿Por qué es que todavía encuentras la misma emoción en el carnaval que cuando teníamos nueve?" pregunté, manteniendo los ojos en la carretera.

"Es tradición, Fletch. ¿Cómo no vas a emocionarte con

nuestra tradición? Hemos ido al carnaval juntos desde siempre. Incluso después de la universidad, cuando estemos casados, todavía tendremos que ir al carnaval cada año. Es mala suerte romper la tradición."

Miré a sus piernas un momento antes de volver la vista a la carretera, alcanzando a ver un par de piernas suaves cruzadas, mostrando un kilómetro de piel tersa.

"Y cuando tengamos hijos, los llevaremos al carnaval."

Tragué saliva ante su declaración sobre nuestro futuro juntos y traté de mantener la concentración para conducirnos de manera segura.

Hablábamos de casarnos algún día, pero no recordaba si lo decíamos en serio o no. Ojalá estuviera siendo sincera ahora. Yo me casaría con ella en este mismo momento si fuera legal. Quiero estar con ella en todas sus aventuras, viejas y nuevas.

Una sonrisa se dibujó en mis labios, y de repente, no podía imaginarme en ningún otro lugar en ese momento.

Comimos demasiada comida chatarra, y me arrepentí un poco de haberme comido un segundo perro de maíz después de subir a El Remolino. Pero logré mantener el estómago en su lugar, a pesar de los giros y movimientos de nuestra carroza durante el recorrido.

Estaba agradecido de haber pasado ese juego porque, una vez seguro de que podía mantener todo lo que había comido, estaba listo para subirme a la rueda de la fortuna. Vomitar sobre mi novia durante el ascenso no era una opción.

Esperamos en la fila para subir a la rueda de la fortuna, y la espera se sintió eterna. No es que me molestara. Hablábamos mientras esperábamos nuestro turno. No importaba cuánto tiempo pasáramos juntos, nunca nos faltaban temas de conversación.

Claro, también podíamos estar en silencio cómodo. No sentíamos la necesidad de llenar cada momento con conversación sin sentido, pero disfrutábamos hablar sobre todo, cualquier cosa, o nada en absoluto. Cuando estás con la persona correcta, puedes relajarte y estar feliz sin importar si tienes algo que decir.

Cuando el encargado nos indicó que era nuestro turno para subir, subimos al plató e Ivy entró al carruaje. El asiento era lo suficientemente grande como para cuatro personas, pero solo estaríamos nosotros dos.

Me senté en el medio, cerca de Ivy, y el empleado de la feria bajó la barra de seguridad y cerró la puerta. La rueda de la fortuna comenzó a moverse, pero hizo varias paradas mientras otras carrozas descargaban y cargaban gente.

El viaje se detuvo en la cima, y miramos hacia la costa. El sol aún estaba alto en el cielo, y un resplandor se reflejaba sobre el agua, haciendo que brillara con destellos de verde, azul y gris.

"Qué bien que ninguno de los dos tiene miedo a las alturas, porque nos perderíamos esta vista increíble," dijo Ivy apretando mi mano.

"Aunque tuviera miedo, igual me subiría si tú quisieras, porque quiero lo que tú quieras."

Ella giró la cabeza y sus ojos, de un marrón profundo, me miraron con una intensidad que me atravesó el corazón y el alma. Chispas doradas se asomaban en su mirada.

"Te amo tanto," dijo. Mi pecho se apretó con una emoción abrumadora, y tuve que respirar hondo.

"Yo también te amo, Fletch."

Y en ese momento, sus labios estaban sobre los míos, y no pude evitar gemir contra su boca.

No necesité iniciar el beso en la cima de la rueda de la fortuna porque Ivy siempre estaba tan en sintonía conmigo. Siempre estábamos en la misma página.

Sus labios eran suaves, y mi lengua jugueteó con la línea de su boca. Ella respondió a mi pedido silencioso y abrió los labios, dejándome entrar en el calor de su boca, al que mi lengua se entregó con gusto.

Su sabor me embriagó. Una mezcla de algodón de azúcar y palomitas de caramelo me recordó lo dulce que era, pero cuando ella tomó la parte de atrás de mi cabeza y profundizó el beso, también me recordó lo fuerte que era.

Me encantaban ambos lados de ella. Nuestro beso se volvió más intenso y apasionado. Nuestros dientes se chocaron varias veces, y los suaves toques de nuestras lenguas se volvieron más agresivos. Los ligeros mordiscos a nuestros labios se convirtieron en mordiscos llenos de necesidad.

Por supuesto, mi erección se endureció con el aumento de mi hambre.

Ella estaba igual de ansiosa, con un deseo imparable, y sus manos comenzaron a recorrer mi espalda, finalmente colándose bajo mi camiseta de algodón, deslizándose sobre mi piel a lo largo de mi columna.

Nuestra respiración se aceleró, y mi pulso retumbaba en mis oídos.

El carro dio un giro inesperado, y nos rompimos del beso ardiente.

Ivy sonrió de lado y se echó a reír, lo que me hizo reír también.

La rodeé con un brazo, y ella se acomodó a mi lado, apoyando su cabeza en mi hombro.

Mi erección finalmente se calmó después de unos ajustes, y disfruté del paseo con mi novia, que además era mi mejor amiga y mi mundo entero.

Ya estábamos en el quinto o sexto juego cuando llegué a mi favorito. Había algo tan satisfactorio en lanzar un dardo a un globo y escuchar el "pop".

Ivy y yo siempre éramos buenos en ese tipo de juegos porque mis padres tienen una diana en el garaje, y habíamos estado jugando desde que los adultos creyeron que no nos íbamos a hacer daño tirando objetos afilados.

"Ese es el tercero para mí, Fletch," dijo Ivy después de que su tercer lanzamiento terminó en un fuerte estallido.

"Aún tienes dos intentos más, Vine." Sonreí y le pasé un billete de cinco dólares al encargado del juego.

Ella ya había ganado un premio porque con tres de cinco aciertos se ganaba.

"¿Podemos hacer un desempate?" le preguntó con emoción.

Él simplemente se encogió de hombros, y comenzamos a lanzar uno a uno, atravesando el globo inflado dos veces más.

Miré mis tres últimos dardos sobre la mesa y elegí el rojo para mi tercer tiro.

Ivy comenzó a rascarse las uñas contra la superficie de madera del puesto.

La miré con molestia, y ella retiró la mano.

El primer globo estalló con mi primer lanzamiento, y miré por encima de mi hombro, viéndola sonreír ampliamente.

Elegí el dardo azul para el siguiente turno y reventé otro globo.

"Eso es cuatro para ti y cinco para mí." Su tono era burlón, pero también reconfortante.

"Lo sé. Gracias por el chequeo de puntos." Respondí de manera sarcástica.

Cuando mi dardo verde explotó un globo con mi último lanzamiento, mi ritmo cardíaco aceleró más rápido que cuando estaba en la rueda de la fortuna antes. Perder ante mi novia en cualquier cosa era un golpe a mi masculinidad, aunque ella fuera una auténtica campeona y la mejor persona que conocía.

"Eso es cinco para mí también, Vine." La sonrisa que se dibujó en mi rostro no era para ser arrogante, sino para liberar mi alivio.

"Lo vi con mis propios ojos." Su voz estaba cargada de exasperación esta vez.

"¿No confiabas en mis habilidades?"

Ella levantó lentamente los hombros y frunció la nariz.

"No he visto a nadie mejor que ustedes dos en este juego en toda la temporada," dijo el encargado, y cuando lo miré, tenía la boca abierta.

"Si combinamos nuestras victorias, ¿qué conseguimos?" le pregunté al empleado, que parecía no ser mucho mayor que nosotros, pero estaba bastante seguro de que no iba a nuestra escuela. Tal vez era un estudiante universitario.

El chico, con una camiseta a rayas amarilla y morada, señaló un gran oso de peluche de color crema colgado en la parte trasera del puesto.

Me giré hacia Ivy, y ella negó rotundamente con la cabeza.

"Ese oso no puede venir con nosotros. No cabe en el coche."

"Vamos, Vine. Ese oso es grande porque mi amor por ti también lo es."

La convencí con mi declaración, y ese peluche de felpa viajó en el asiento trasero hasta que llegamos a su casa.

Lo llevé a su habitación, como me pidió, mientras ella me guiaba por el pasillo, ya que no podía ver por el gran animal.

Cuando lo lancé a la esquina de su habitación, donde aterrizó con un suave golpe, ella tomó mis manos y se puso de puntillas para darme un beso casto en los labios. "Mi amor por ti también es grande."

En tercer año, no parábamos de decirnos "te amo". Lo decíamos tan fácilmente. Ahora, me preguntaba cuándo sería la próxima vez que podríamos decirnos esas tres palabras.

Capítulo 29

Ivy, en la actualidad

No tenía idea de que el carnaval después del último año de secundaria sería la última vez que Fletcher y yo iríamos juntos. Solía estar tan emocionada por asistir a esa tradición de la ciudad, y hasta que Fletcher lo mencionó unos días antes, no me di cuenta de que casi me lo había perdido nuevamente.

Como pasaba todos los veranos en Carolina del Norte, no tenía la oportunidad de ir al carnaval de todos modos. Ahora que lo pensaba, Fletcher no lo disfrutaba tanto como yo. Supuse que lo sugirió para hacerme un favor.

Él no sabía que había evitado cualquier feria que tuviera algo de carnaval durante los últimos cinco años, porque el recuerdo era doloroso.

Aunque el último carnaval al que fui con Fletcher fue un momento increíble, la idea de ir a otro siempre me revolvía el estómago, y no por la incomodidad de llenar nuestros estómagos con comida chatarra. Como tantos otros recuerdos relacionados con Fletcher, esos pensamientos me recordaban lo que perdí. Bueno, no tanto lo que perdí, sino lo que dejé ir.

Aunque la decisión fue mía y me convencí de que era lo mejor para Fletcher, tenía muchas dudas. La mayor duda surgió cuando él dejó de responder mis mensajes o llamadas.

Me sentía sola y quería estar con él, pero ese dolor nunca disminuyó, aunque se supone que debería haberse aliviado con el tiempo. Pero el tiempo pasó, y el dolor también.

El dolor puede manifestarse de muchas formas, como tristeza o depresión, pero también en forma de enojo y frustración. Yo elegí canalizar mi dolor en resentimiento e irritación, obligándome a fingir que nunca conocí a Fletcher Hart.

Pero ahora, todos los recuerdos volvían, y lamentablemente, los viejos sentimientos también. El deseo imparable y el amor eterno estaban causando estragos dentro de mí. Él había ocupado mi corazón desde que podía recordar. Ahora que estábamos en la vida del otro de nuevo, sentía que solo había estado de vacaciones y ahora estaba de vuelta en casa.

Porque, de alguna manera, no podía pensar en casa sin asociarlo también con su presencia. Por eso nunca regresé a mi casa mientras estaba en la universidad. La casa no se sentía como casa sin él.

Me convencí de que solo estaba de visita por el verano, negándome a creer que estaba en *casa*. Ahora, estar aquí realmente se sentía como estar en casa, sin embargo.

No estaba segura de cómo manejar toda nuestra carga emocional, los viejos sentimientos y el tiempo perdido.

Él estaba comprometido con otra mujer. No podía estar listo para estar con otra persona, aunque esa persona fuera yo. No sabía cuánto tiempo llevaba con su prometida, pero no quería ser una relación de rebote.

No desearía nada más que volver a estar con él, pero el momento no era el adecuado.

Aunque, pensándolo bien, el momento nunca fue el adecuado hace años.

¿Cuándo será el momento correcto para nosotros?

"Hola," dije al abrir la puerta cuando Fletcher llegó.

Él tocó y esperó a que le abriera. Prefería los días en que solo hacía como si tocara antes de abrir la puerta él mismo.

"No tenías que quedarte afuera hasta que respondiera." Me aparté para que pudiera entrar, pero se quedó donde estaba, en el umbral de la puerta, sobre la alfombra de bienvenida de mis padres.

"Te voy a llevar a una cita." Sus perfectos dientes blancos se asomaron mientras su sonrisa crecía. "No sería apropiado que me dejara entrar en tu casa. Eso sería algo que solo haría alguien que es solo un amigo."

Podía sentir mis ojos rodar. "Fuimos al carnaval juntos por más de una década, como amigos, y luego... eh, algo más." Tosí para aclarar mi garganta un poco, pero sobre todo para borrar las palabras que acababa de soltar al universo.

"Así que iremos al carnaval hoy como amigos, y luego algún día podremos ser algo más." Sus manos rudas agarraron mi cintura y me arrastraron desde la puerta hasta el porche, con mi pecho estrellándose contra el suyo, sorprendida lo suficiente como para soltar un pequeño grito.

Miré hacia arriba, a su mandíbula cubierta de barba, y él inclinó la cabeza hacia abajo, conectando su mirada azul brillante con la mía.

"Vine, no te voy a dejar ir a ningún lado a menos que me

lleves contigo. Me encanta ser tu amigo, pero siempre hemos estado destinados a ser algo más."

Mi lengua se negó a moverse y a producir palabras en respuesta. Quería estar de acuerdo con él, pero mi cerebro no me dejaba hablar.

Mi corazón aceleró su ritmo, y no había duda de que ese órgano no estaba en la misma página que el de mi cabeza.

Ni siquiera había pensado en la logística de reanudar una amistad platónica con un hombre con el que había sido íntima. Ciertamente no podía olvidar los grandes sentimientos que aún llevaba por él. Y no podía ignorar cómo mi cuerpo se calentaba solo con su cercanía.

"¿Siempre has sido tan coqueto?" Sacudí la cabeza en un intento de librarme de los pensamientos que se atropellaban en mi mente.

"¿Coqueto?" Su cabeza se inclinó ligeramente mientras la confusión hacía que una ceja se levantara. "Pensé que estaba siendo dulce."

"Bueno, para de eso." Hice un gesto dramático con la mano.

"Entonces, ¿cómo voy a reconquistarte?" Sus pulgares pasaron suavemente sobre los nudillos de mis dedos aún entrelazados con los suyos.

"Vaya, Fletch." Me aparté de su agarre y me deslicé un par de pasos. "Acabas de romper con tu prometida."

"¿Y qué?" Maldita sea, se veía tan desconcertado. La confusión en sus ojos casi me hizo creer que realmente no entendía.

"No voy a ser solo una aventura para ti." La cita divertida y amistosa al carnaval no iba a ir como la había imaginado después de esa declaración.

"Vine, *nunca* podrías ser solo algo de una noche para

mí." Sus ojos brillaron con dolor, como si lo hubiera ofendido con mi comentario.

"Fletcher, ibas a casarte con otra mujer." No quería que mi frustración fuera tan obvia, pero no podía evitar que la celosía me recorriese por completo.

"Lo siento mucho." Se giró sobre su talón, entrelazó los dedos y los apoyó detrás de su cabeza. Miraba al horizonte desde el costado de mi porche, así que solo tenía su espalda para observar. "Si hubiera pensado ni por un segundo que volverías a mí, nunca habría considerado salir con nadie más.

"No es el momento. Solo te estarías preparando para una decepción. No puedes saltar de una relación a otra."

"¿En serio, Ivy?" Su mirada azul, llena de rabia, se clavó en mí.

Y justo como siempre que usaba mi nombre de nacimiento, sentí como si una punzada me atravesara el corazón.

"¿Crees que estoy saltando de una relación a otra?" Su tono estaba lleno de dolor y enojo. "Lo que tuve contigo... lo que *tengo* contigo no se puede comparar con nada más. Si quieres hacer esto, perfecto."

Saltó de los pocos escalones del porche y se dirigió hacia el camino de entrada. Hoy llevaba zapatillas en vez de sus características sandalias, así que no escuchaba el sonido del plástico contra el pavimento. Caminaba con pasos tranquilos pero decididos.

"¿Qué canción y baile?" Le grité, buscando una respuesta a lo que acababa de decir.

"La que pretendemos no saber lo que significamos el uno para el otro." Abrió la puerta de su camioneta y estaba a punto de subirse para alejarse de mí.

"Te amo," murmuré.

Eso detuvo su avance al querer dejarme sola en la casa de mis padres.

Su mirada encontró la mía otra vez, mientras el desconcierto marcaba su rostro. "¿Qué dijiste?"

Ni una estatua habría podido moverse más despacio que yo en ese momento.

Afortunadamente, él me ayudó a salir de mi estupor congelado. "¿Dijiste que me amas?"

Me encogí de hombros, avergonzada, sin poder decir una palabra más.

Entonces, sus pies, calzados con las zapatillas, avanzaron hacia mí mientras yo seguía parada en el porche de mi casa de la infancia. Pensé que me besaría de inmediato, pero sus fuertes brazos me rodearon, y me giró en un círculo, mareándome con la confusión de mi confesión.

"Nunca dejé de amarte, Vine," susurró en el hueco de mi cuello, cuando mis pies volvieron a estar firmes en el porche. "Sé que no podemos volver a lo que éramos. Y siento haberte hecho dudar de lo que siento por ti." Sus labios presionaron suavemente ese mismo lugar con un breve beso. "Sé que me amas. Ahora no lo dudo, ahora que sé lo que hiciste por mí, pero sé que te va a llevar tiempo darte cuenta de que siento lo mismo por ti." Sus manos se apretaron en mis hombros, y se separó ligeramente para mirar mis ojos llenos de lágrimas. "Me enamoré de ti la primera vez que te vi en ese autobús escolar, y nunca dejé de hacerlo. Te amaré siempre, incluso si nunca volvemos a estar juntos."

Maldita sea, las lágrimas, que había estado conteniendo, ahora bajaban por mi rostro como ríos salados. Al parecer, no había llorado lo suficiente por Fletcher Hart.

"Vamos," dijo mientras tomaba mi mano. "Entremos y hablemos."

Me dejé guiar por él, siguiéndolo a través de mi visión borrosa.

Cuando llegamos al sofá, se sentó y me tiró hacia su regazo, pero rápidamente me deslicé hacia el cojín junto a él.

Sus ojos se abrieron de par en par, y sus labios se apretaron en decepción.

"Te voy a decir algo que probablemente no quieras escuchar, porque no podemos seguir adelante si hay dudas entre nosotros." Su mano encontró la mía, entrelazando nuestros dedos.

Si él admitía que me iba a decir algo que no quería escuchar, no dudaba que preferiría no escuchar nada de lo que fuera a decir. Todo mi cuerpo se tensó, preparándome para lo que fuera a venir.

"No solíamos guardarnos secretos, y siento no haberte dejado contarme los tuyos."

¿Estaba loco? Yo le había guardado un secreto. No necesitaba que me creyera. Podía haber desechado mi verdad como una mentira. Habíamos estado separados más de cuatro años.

"Pero no quiero guardarme nada más de ti. Así que voy a satisfacer tu curiosidad." Tras una breve pausa, continuó. "Voy a hablarte sobre mi relación con Amilyn."

Negué con la cabeza. "No, Fletch. Por favor, no lo hagas." Intenté soltar su mano, pero él la sostuvo firmemente.

¿Era esto algún tipo de penitencia por lo que hice? ¿No había sufrido lo suficiente? Al parecer no, porque forzó las palabras a salir a pesar de mis protestas.

"Era la asistente de enfermería de mi mamá. Cuando mi mamá se puso muy mal, mi papá contrató una empresa de cuidados paliativos, y Amilyn fue enviada a mi casa para cuidar de ella."

Intenté callar los sollozos que se desbordaban, mientras las lágrimas seguían cayendo por mi rostro.

El pulgar de Fletcher siguió las lágrimas que resbalaban por mis mejillas y las apartó suavemente.

"Cuidó muy bien de mi mamá y fue muy amable con mi papá."

Cerré los ojos como si no verlo hablara pudiera silenciar sus palabras. No quería pensar en otra mujer en la casa de sus padres. No quería pensar en otra mujer en su vida. Yo debería haber estado allí... no alguien más.

"Después de que mi mamá se fue, también lo hizo Amilyn. No vino al funeral."

"Lamento no haber..." Me atraganté antes de que su dedo se posara sobre mis labios.

"Está bien, Vine. Si te hubiera dicho que quería que estuvieras allí, sé que lo habrías hecho." Su boca hizo una ligera sonrisa. "No vi a Amilyn por más de un año después de que mi mamá murió, pero nos encontramos por casualidad en un supermercado..."

"Por favor, Fletch... por favor, para." Mi voz temblaba. "No puedo soportarlo."

Un suspiro profundo salió de su cuerpo, y se inclinó para besar suavemente mi mejilla empapada.

"Está bien."

"¿Está bien?" Parpadeé.

"No trato de hacerte daño. Solo no quiero más secretos entre nosotros."

"No puedo escuchar cómo te empujé a los brazos de otra mujer." Cada palabra me salía entre sollozos.

"No me empujaste hacia nadie más. Siempre te he querido. Estaba solo. Te echaba de menos. Echaba de menos a mi mamá." Las lágrimas se juntaron en sus ojos, y mi corazón se rompió aún más por el dolor.

"Nunca dejé de amarte." Apenas pude balbucear las palabras.

"Y Amilyn sabía que nunca dejé de amarte. Por eso probablemente nunca quiso comprometerse a una fecha de boda. Honestamente, me sorprende que aceptara un compromiso."

"¿Qué?" Aunque mis lágrimas no se detenían, ahora estaba más interesada en escuchar.

"Estaba tratando de forzar algo que nunca iba a funcionar. Ella y yo no estábamos destinados a estar juntos. Tú y yo sí."

"¿No estabas inventando eso cuando te escuché hablar con tu papá?" Mi incredulidad era obvia en mi rostro, y Fletcher me ofreció esa sonrisa compasiva por la cual podría derretirme.

"Yo sé que piensas que necesito un tiempo para superar a Amilyn, pero te digo que no lo necesito. Solo necesito estar contigo. Siempre solo he necesitado estar contigo."

"Pero la gente va a hablar," refunfuñé.

"¿De qué van a hablar?"

"Que dejaste a tu prometida y corriste a mis brazos." Mi llanto se había calmado, ahora solo quedaban unas cuantas lágrimas en comparación con el torrente de antes.

"Ivy Hatfield nunca se preocupó por lo que dijeran antes. ¿Ahora estás diciendo que sí te importa?"

Me sonó una pequeña risa, mientras me secaba la nariz. "Me va a costar un tiempo estar contigo otra vez. He deseado esto tanto que estoy un poco abrumada."

"Está bien. Puedo vivir con eso. Solo que ya no puedo vivir sin ti."

Capítulo 30

Fletcher, en la actualidad

Dejamos de lado la idea del carnaval y fuimos a tomar algo y picar algo de comida, lo que resultó ser más como una cita que comida chatarra y juegos. Y ninguno de los dos se sintió incómodo durante nuestra salida. Nadie parecía prestarnos mucha atención.

Nuestro pueblo solía sentirse pequeño casi todos los días, pero podíamos pasar desapercibidos si queríamos. Nos sentamos en la barra entre los locales en la taberna de Tara. Después de unas cervezas, palitos de queso mozzarella y dedos de pollo, estábamos listos para irnos y pasar un rato tranquilo juntos, así que caminamos por la calle principal, de la mano, mirando las vitrinas de las tiendas.

Ivy me convenció de entrar en la joyería que solía visitar cuando estábamos en la escuela. Le encantaban los cristales, cuentas, pulseras de plata, dijes, colgantes hechos a mano, anillos y collares. Yo también solía ir allí cuando éramos más jóvenes, y quería impresionarla.

Recibió algunos regalos míos de esa tienda, y supongo que seguía siendo fan. Presté atención a las cosas que miraba con más interés, y después de varias vueltas por la tienda, me dijo que estaba lista para irnos.

La llevé a su casa y la dejé con un corto beso en su porche. No me invitó a entrar, y yo no insistí.

Como ya habíamos acordado una segunda cita para el miércoles, me sentí tranquilo sabiendo que quería verme de nuevo en unos días.

Nos enviamos mensajes y hablamos por teléfono los días siguientes cuando no estábamos trabajando, y cuando llegó el miércoles, no veía la hora de verla de nuevo.

Le había enviado un mensaje antes de salir de mi casa, pero no esperé respuesta antes de irme. Como esa noche era técnicamente una primera cita, decidí vestirme un poco más para la ocasión.

Todavía era verano en Maryland, así que no me volví loco y no me puse un saco ni un traje, pero elegí unos pantalones caqui que no estaban arrugados y los combiné con una camisa de botones de manga corta. Incluso me puse unos zapatos casuales de cuero marrón en lugar de las sandalias que normalmente uso en esta época del año.

Toqué el timbre con un ramo de flores en la mano cuando llegué a la casa de sus padres. Después de casi un minuto sin respuesta, volví a presionar el timbre.

Y después de un par de minutos más, ya no me importaba mucho el protocolo de la cita. Ella me había dicho que no necesitaba esperar a que me abriera, así que, impaciente, giré el pomo y empujé la puerta.

"¿Vine?" Llamé mientras entraba en la sala.

Su coche estaba estacionado en el camino de entrada, así que no me preocupaba que no estuviera en casa. Me preocupaba más que estuviera en casa pero no me hubiera oído tocar.

Habíamos acordado salir a las seis, y ya pasaban unos

minutos de esa hora, así que no pensaba que estuviera en la ducha. Y como la conocía desde hace casi toda mi vida, sabía bien sus manías. Una de sus costumbres siempre había sido seleccionar su atuendo al menos un día antes.

Subí las escaleras después de dejar las flores sobre la mesa de café en la sala y revisar la cocina vacía.

"Vine," volví a llamar.

Escuché algo de movimiento proveniente de la dirección de su habitación, pero cuando abrí la puerta sin traba, mi mirada recorrió la habitación, y no estaba allí, pero la luz estaba encendida en el baño contiguo.

"¿Estás bien?" Pregunté mientras tocaba suavemente la puerta.

Pero no respondió. Bueno, no respondió de la manera convencional. Se escuchaban sonidos de arcadas y vómitos al otro lado de la puerta.

"Vine, voy a entrar." No estaba seguro de cómo la encontraría, así que sentí que era importante avisarle que iba a entrar. No le di oportunidad de negarse, pero pensé que al menos la advertiría para que no estuviera cerca de la puerta.

Giré el pomo y la maldita cosa estaba cerrada con llave.

Claro, deja la puerta principal abierta para cualquier intruso, pero cierra con llave la puerta del baño cuando no hay nadie más en la casa.

Saqué mi llavero del bolsillo, donde siempre llevo una llave de emergencia para estos casos. Como bomberos, no siempre necesitamos romper una puerta con fuerza bruta.

No dudaría en romperla si no tuviera esta alternativa, así que metí la barra delgada de metal en la cerradura y giré, liberándola de su traba.

Ivy tenía la cabeza apoyada sobre sus brazos, recargados en el inodoro.

"Vine, estoy aquí." Me agaché junto a ella en el frío piso de azulejos, mientras ella se encorvaba sobre el inodoro, con un bonito vestido de verano azul claro y su cabello colgando sobre sus hombros en ondas castañas.

Su cuerpo empezó a sacudirse, y de manera instintiva, le sujeté el cabello mientras expulsaba más contenido al inodoro con un desagradable chapoteo.

La piel de la parte posterior de su cuello estaba húmeda contra mi mano.

"Fletch," murmuró.

"Sí, cariño. ¿Qué puedo hacer por ti?" Hablé suavemente mientras frotaba círculos en su espalda con una mano, manteniendo mi agarre de su cabello con la otra.

"Tengo migraña." Lloró suavemente mientras explicaba. "Tengo medicina para eso en mi mesa de noche."

Le di un pequeño beso en la frente y fui a su habitación. Encontré unos frascos de color ámbar con etiquetas de receta. Uno *decía tomar al inicio del dolor de cabeza*, y otro decía *tomar según se necesite para el vómito*.

Agarré el vaso junto al cepillo de dientes en el lavabo y lo llené con agua del grifo, luego le entregué el vaso y una pastilla de cada frasco.

Ella bebió un sorbo de agua y tragó las pastillas.

Su cara estaba sonrojada, y sus ojos marrones apagados mostraban señales de agotamiento.

"¿Crees que puedas levantarte del suelo?" Le pregunté mientras ella seguía aferrándose al costado del inodoro, como si pudiera caerse debido a su debilidad.

Asintió y trató de levantarse, pero rodeé su espalda y sus piernas con mis brazos y la levanté en una posición de "novia".

Ella no dudó en envolver sus brazos alrededor de mi cuello y apretarse contra mí.

"Mamá, Fletcher va a estar aquí en cualquier momento, y no puedo dejar de vomitar." Logré decir la frase antes de que otra oleada de náuseas me golpeara con una fuerza implacable.

Abandoné a mi mamá en el pasillo y corrí al baño para expulsar la comida digerida de mi estómago por quinta vez.

Era nuestro aniversario de dos años, y ni siquiera había podido dejar de vomitar lo suficiente como para vestirme. Debí haberle mandado un mensaje a Fletcher para decirle que no viniera, pero lamentablemente no pude pausar mi vómito ni siquiera para encontrar mi teléfono.

Finalmente, me convencí de que ya no quedaba nada en mi estómago, dejé de abrazar el inodoro y me deslicé hasta el suelo. El frío del azulejo calmó mi piel caliente.

El termómetro que intenté usar no registraba fiebre, pero eso fue antes del festival de vómitos. Estaba convencida de que ahora tenía fiebre alta cuando presioné el dorso de mi mano en mi frente.

Pensaba que me levantaría después de un par de momentos de recuperación tirada en el suelo del baño, pero en algún momento debí haber cerrado los ojos. Porque los abrí cuando escuché mi nombre.

"Dios, Ivy. ¿Estás bien?" La voz de Fletcher sonaba llena de pánico.

"¿Estoy muerta?" Mi cabeza retumbaba con su preocupación, tan fuerte y aguda.

"Maldita sea, Vine. Estás viva, pero me asustaste casi hasta la muerte."

Mis ojos luchaban por enfocarse en mi novio preocupado. "Me llamaste Ivy. No lo hacías desde que tenía catorce. Pensé que estaba muerta o que estabas enojado conmigo," susurré mientras él se agachaba junto a mí.

"Como no estoy muerta, debes estar enojado conmigo. Perdón por estar enferma. No creo que pueda ir a la cena."

"No estoy enojado contigo." Cruzó las piernas y levantó mi cabeza para ponerla en su regazo. "Lamento que estés enferma, también, pero no porque íbamos a salir a cenar. Sino porque no me gusta verte sufrir." Sus dedos recorrieron mi cabello y, cuando sus uñas rasparon suavemente mi cuero cabelludo, mis ojos volvieron a cerrarse.

"Vine, vamos a llevarte a la cama primero. Y luego puedes volver a dormir."

Gruñí un poco, pero acepté su ayuda para levantarme, caminé lentamente hacia mi habitación y caí en la cama con los pies aun tocando el suelo. Mi rostro recibió el colchón contra mi mejilla, sin importar nada.

Fletcher retiró la manta y me ayudó a meterme bajo las sábanas. Cuando se sentó junto a mí, finalmente pude fijarme en él.

Estaba vestido con pantalones negros, una camisa azul oscura planchada y una corbata con un diseño de espirales plateadas, negras y azules. Dios, estaba guapísimo.

"Te ves tan bien, y yo soy un desastre. Nuestro aniversario está arruinado."

"Es solo una cena." Su mano apartó mi cabello de detrás de la oreja y lo acarició suavemente en la parte superior de mi cabeza. Su toque suave me adormeció nuevamente. "No es gran cosa. Pronto tendremos todas nuestras cenas juntos... en el comedor, en nuestras habitaciones del dormitorio, o fuera en algún lugar. No me voy a ir a ningún lado."

~

Iy, último año de la secundaria

"Mamá, Fletcher va a llegar en cualquier momento, y no puedo dejar de vomitar." Conseguí decir esto antes de que otra ola de náuseas me golpeara con toda su fuerza.

Dejé a mi madre en el pasillo y corrí al baño para expulsar por quinta vez lo que quedaba de mi estómago.

Era nuestro segundo aniversario y ni siquiera había tenido tiempo de vestirme porque no podía dejar de tener arcadas. Debería haberle mandado un mensaje a Fletcher para decirle que no viniera, pero no pude dejar de vomitar ni para buscar mi teléfono.

Cuando por fin me convencí de que ya no quedaba nada en mi estómago, dejé el inodoro y me deslicé hasta el suelo. El frío del azulejo refrescó mi piel caliente.

El termómetro que intenté usar no marcaba fiebre, pero eso fue antes del festival de vómitos. Ahora estaba segura de que tenía fiebre mientras me presionaba la frente con el dorso de la mano.

Pensaba levantarme después de descansar unos momentos en el suelo del baño, pero en algún momento debo haber cerrado los ojos. Los abrí cuando escuché mi nombre.

"Dios, Ivy. ¿Estás bien?" La voz de Fletcher sonaba llena de pánico.

"¿Estoy muerta?" Mi cabeza palpitaba por su preocupación tan fuerte.

"Maldita sea, Vine. Estás viva, pero casi *me* matas del susto."

Mis ojos trataban de enfocarse en mi novio preocupado. "Me llamaste Ivy. No lo hacías desde que tenía catorce. Pensé que o estaba muerta o estabas molesto conmigo," susurré mientras él se agachaba junto a mí. "Como no estoy muerta, debes estar molesto conmigo. Perdón por estar enferma. No creo que pueda ir a la cena."

"No estoy molesto contigo." Cruzó las piernas y levantó mi cabeza hacia su regazo. "Siento que estés enferma, pero no por la cena. Sino porque no me gusta verte sufrir." Pasó sus dedos por mi cabello, y cuando sus uñas acariciaron suavemente mi cuero cabelludo, cerré los ojos de nuevo.

"Vine, vamos a llevarte a la cama. Después puedes dormir."

Gruñí, pero acepté su ayuda para levantarme, caminé despacio hacia mi habitación y me dejé caer sobre las sábanas, con los pies aun tocando el suelo. A pesar de todo, mi cara se acomodó contra el colchón.

Fletcher retiró la colcha y me ayudó a meterme bajo las sábanas. Cuando se sentó a mi lado, finalmente lo miré.

Iba vestido con pantalones negros, una camisa azul oscuro planchada y una corbata con un diseño de remolinos plateados, negros y azul marino. Dios, era guapísimo.

"Te ves tan bien y yo soy un desastre. Nuestro aniversario está arruinado."

"Es solo una cena." Pasó su mano por detrás de mi oreja y me acarició suavemente la cabeza. Ese toque tan suave hizo que volviera a cerrar los ojos. "No es para tanto. Pronto cenaremos juntos... en el comedor, en nuestros dormitorios o fuera. Yo no me voy a ningún lado."

Capítulo 31

Ivy, en la actualidad

Oficialmente soy terrible como acompañante para una cena. Vomité durante nuestra cena de aniversario de dos años y en nuestra primera cita de lo que sea que éramos ahora.

Los suaves ronquidos y la respiración tranquila de Fletcher llenaban mi silenciosa habitación, así que intenté moverme de la cama sin hacer ruido para tomar esa ducha que tanto necesitaba.

Me deslicé fuera de las cobijas y bajé las piernas al costado de la cama sin que él pareciera notarlo, luego me levanté y me dirigí al baño.

Con cuidado, abrí la puerta del baño adjunto y me deslicé adentro sin que él se moviera.

Ser hija única significaba que tenía un baño solo para mí. Escuché muchas historias de compartir el baño con hermanos en la secundaria. Tuve que compartir baño varias veces en la universidad y ansiaba volver a tener mi propio espacio.

En casa, mi baño estaba conectado tanto a mi habitación como a la oficina de mi papá, pero mantenía la puerta de la oficina siempre cerrada, así que solo se podía acceder desde mi cuarto. Además, era bien sabido que el baño era solo mío.

Aunque tenía control total sobre el espacio del mostrador, los gabinetes y cajones, mantenía todo ordenado y limpio. Probablemente por eso me volvía loca compartir. Otras chicas dejaban productos para el cabello, rizadores y artículos de higiene por todas partes.

Giré las manijas de la bañera para ajustar la temperatura del agua y me desvestí antes de cambiar a la ducha.

Cerré la cortina de la ducha después de entrar y recibir la bienvenida del agua caliente. Tanto como un baño relaja la mente, la ducha caliente relaja el cuerpo. Y después de una migraña, mi cuerpo estaba tenso.

Me enjaboné el pelo y me lavé el cuerpo en ese espacio tranquilo lleno de vapor.

"Vine." La voz de Fletcher rompió mi momento de tranquilidad y me hizo dar un grito ahogado.

La cortina se abrió de golpe, haciendo que los aros rasparan ruidosamente a lo largo de la barra.

"Dios, Fletch. Me asustaste." Coloqué una mano sobre mi pecho, pero no pensé en cubrir mis pechos porque estaba demasiado sorprendida por su aparición inesperada y no me di cuenta de que estaba completamente desnuda hasta que él me miró fijamente durante varios segundos.

Volví a cerrar la cortina con la misma fuerza que él la había abierto.

"Perdón, Vine," dijo con dificultad. "Pensé que te habías lastimado cuando gritaste."

"No, estoy bien." Intenté sonar tranquila, pero su mirada sobre mí hizo que mi pulso se acelerara. Dejé la mano sobre mi corazón, intentando calmar los latidos.

"¿Cómo está tu migraña?"

"Uh... se fue." Casi me había olvidado de la razón por la que nuestra noche tomó un giro.

"Bien... te dejo terminar tu ducha. Estaré abajo."

La puerta, que nunca había oído abrir, se cerró con un clic y me quedé sola en mi espacio otra vez.

Usé la adrenalina extra de mi susto para terminar de lavar y enjuagar rápidamente. Me envolví en una toalla antes de volver a mi cuarto, donde escogí otra camiseta y unos pantalones cortos para ponerme.

Torcí mi cabello mojado en una sola trenza y la aseguré con una liga antes de bajar las escaleras, esperando que Fletcher todavía estuviera allí.

Mientras bajaba las escaleras, oí el ruido del televisor, y sabiendo que no lo había encendido, solté un suspiro de alivio al saber que él estaba presente.

"Hola," dije con otro intento de sonar tranquila al entrar en la sala.

Fletcher giró el cuello y su mirada azul se encontró con la mía. "Hola." Se levantó cuando caminé los pocos pasos hasta el sofá donde había estado sentado. "Perdón por interrumpir tu ducha."

"Está bien." Ya había superado sentirme incómoda con todo lo relacionado con Fletcher. Nos habíamos visto desnudos cientos de veces. También nos habíamos duchado juntos algunas veces. Esto no debería ser incómodo, pero aquí estábamos, aturdidos y en silencio.

Nos quedamos parados a solo un par de pies de distancia durante medio minuto sin palabras, solo respirando y parpadeando. En realidad, ni siquiera estaba segura de si estaba respirando. Puede que haya contenido la respiración durante esos treinta segundos.

"Entonces, ¿debería ducharme ahora?"

Levanté una ceja y estreché la mirada. "Eh, ¿seguro?"

Percibiendo mi confusión, añadió, "Así, puedes entrar y verme desnudo, y estaremos a mano."

Una carcajada fuerte salió de mi boca inesperadamente, haciendo que cubriera mi boca con las manos.

"Ya nos hemos visto desnudos antes, pero ha pasado mucho tiempo y ambos... hemos cambiado." Frunció el ceño como si le doliera o le preocupara expresar pensamientos idénticos a los míos en forma verbal.

Y otra vez, otra risa se escapó, y solté las manos de su cobertura sobre mis labios. "No puedes planear cuándo voy a verte desnudo, Fletch. Tiene que ser espontáneo. Solo sorpréndeme algún día."

Una sonrisa se dibujó lentamente en su rostro.

"He visto esa sonrisa antes. No me sorprendas esta noche, ¿de acuerdo?" No pude evitar reír. Aún tenía una manera de hacerme reír en una situación incómoda.

"Ya son más de las nueve. Mañana está a solo unas horas." Movió las cejas, lo que intensificó mi risa.

"Te dije que no es una sorpresa si sé que va a pasar." Dije entre risas.

"Seguro que siempre sabías si yo venía."

Y la risa se apagó en mis labios.

Pero él tomó mi cambio repentino de actitud con calma y simplemente se encogió de hombros. "Tengo hambre. ¿Te apetece ir a Scott's Diner?"

Agradecida por el cambio de tema, asentí sin decir palabra.

"Genial. Vamos." Y con un gesto indicando que lo siguiera, agarré mis llaves y mi bolso y lo hice, poniéndome las sandalias mientras cerraba la puerta detrás de mí.

Fletcher manejó hasta el restaurante, y yo salté de su camioneta antes de que él pudiera hacer el gesto caballeroso de abrir mi puerta. El ceño fruncido indicaba su descontento con mi rápida salida del vehículo. Pero cuando extendió su mano, la acepté con entusiasmo, disfrutando de la sensación de nuestras palmas juntas.

Se relajó mientras caminábamos juntos, de la mano, hacia el restaurante. Cuando abrió la puerta para mí, intenté soltarme para entrar con facilidad, pero él se negó a soltarme y me arrastró con él, estilo tándem, para permitirnos la entrada.

Seguí sosteniendo su mano mientras esperábamos a la anfitriona y durante el camino a nuestra mesa, soltándola finalmente cuando nos acomodamos en una cabina. Nos sentamos frente a frente en bancos de vinilo separados, pero después de que la anfitriona nos dejó dos juegos de cubiertos envueltos en servilletas y dos menús, me deslicé fuera de mi lado de la cabina.

"¿Ya vas al baño?" Las líneas alrededor de sus ojos se acentuaron con su amplia sonrisa.

"No", respondí, haciendo un gesto para que se moviera más adentro del banco, y luego me deslicé junto a él.

"¿Estás planeando comer de mi plato, verdad?" preguntó, aún con su sonrisa juguetona.

"Claro", admití, pero seguí mirando el menú.

"Bueno, solo para que sepas, voy a pedir desayuno para la cena", lo escuché decir, pero mantuve mi mirada en las opciones del menú.

"Obviamente", dije con una risa.

"Estoy pensando en panqueques o waffles".

Giré mi cuello rápidamente para encontrar su mirada.

Podríamos habernos quedado en casa, y yo podría haber hecho panqueques o waffles para nosotros, él siempre decía que mis panqueques y waffles eran mejores que los de cualquier lugar.

"Nah, me gusta presumirte. Le da esperanza a otros hombres", guiñó un ojo y volvió a bajar la mirada al menú frente a él.

"¿Eh?" No tenía idea de qué tenía que ver la comida del desayuno con presumirme.

"Si alguien tan hermosa como tú está con un tipo como yo, otros hombres pueden creer que la misma buena fortuna les podría pasar a ellos también."

"Estás exagerando un poco, ¿no, Hart?" arqueé una ceja y negué con la cabeza ante sus coqueteos sin filtro.

"Estoy hablando desde mi corazón, Hatfield", su hombro empujó juguetonamente el mío, y adoré lo fácil que era volver a esa charla y bromas, como un par de zapatos bien usados. Pueden verse diferentes, menos nuevos y brillantes, pero cómodos, sin duda.

Ninguno de los dos estaba listo para que la noche terminara después de la buena comida y la conversación perfecta. Hablamos de todo, de nada y de cualquier cosa. Nunca nos quedamos sin temas de conversación ni cosas que decir. No me había sentido tan bien en una cita desde que estaba con Fletcher hace años.

Salí con algunos chicos en la universidad, pero nada serio. Ninguna de las relaciones duró lo suficiente como para sentirme verdaderamente cómoda, y nunca sentirme verdaderamente cómoda siempre fue la razón por la que terminaba cada una de las relaciones incipientes antes de que pudieran volverse serias.

Debería haber sabido todos esos años que nadie nunca iba a acercarse a comparar con mi relación relajada con Fletcher. Supongo que eso era lo diferente de salir con alguien que había sido tu amigo de siempre. No había secretos. No había ningún dato que me preocupara que él descubriera sobre mí. No había necesidad de esconder mis rarezas.

Porque solo Fletcher sabía todo sobre mí. Guardaba todos mis secretos, conocía bien mis peculiaridades y me amaba de todos modos. Podía ser fuerte y vulnerable con él sin miedo a ser juzgada. Y cuanto más tiempo pasaba con él ahora, más me daba cuenta de que el vínculo que compartíamos seguía ahí.

Así que cuando me llevó de regreso a la casa de mis padres, lo invité a entrar a ver una película.

Capítulo 32

Ivy, en la actualidad

"Mis padres tienen Netflix si quieres elegir una película," le dije a Fletcher mientras le entregaba el control remoto después de entrar a la sala de estar.

"Ya has intentado darme el control remoto dos veces," levantó una ceja, analizándome. "¿Debería prepararme para el apocalipsis?"

Parpadeé un par de veces, tratando de absorber la realidad y creer que el hombre más perfecto estaba realmente en la sala de estar de mis padres. El único hombre al que he amado realmente estaba, de hecho, bromeando a unos pocos pasos de distancia, con una sonrisa esperanzada. Este era el momento que había deseado.

La emoción me llenó la garganta, y las lágrimas se acumularon en mis ojos.

Los ojos azules de Fletcher se agrandaron mientras su expresión de sorpresa se apoderaba de sus rasgos cincelados. "Vine, cariño," se acercó rápidamente y tomó mis manos frías con las suyas cálidas.

Sus pulgares acariciaron rítmicamente mis nudillos, y

me aferré a su toque, sintiendo cómo mis ojos se cerraban momentáneamente.

"¿Estás bien?" su susurro reconfortante hizo que mis labios se curvaran en una leve sonrisa mientras algunas lágrimas caían por mi rostro.

Asentí y solté la verdad antes de acobardarme. "Solo te he extrañado, y estoy tomando un momento para disfrutar este momento," la piel de mis mejillas se tensó mientras mi felicidad ampliaba mi sonrisa. "Te he amado desde que tengo memoria," moqueé y sorbí la nariz para evitar que me gotease. "Nunca dejé de estar enamorada de ti, pero pensé que tú ya no me amabas, y ahora estás aquí," lágrimas, sollozos, mocos y todo el feo llanto se desató.

Él llevó nuestras manos unidas a sus labios y besó nuestros dedos entrelazados. 'Como te dije en noveno grado. Eres mi enredadera. Estás envuelta en todo en mi vida. Estás envuelta en mi corazón.' Me sonrió, y entendí que *Vine* no solo era un apodo, sino una manera de describir cómo su amor por mí había crecido y se había entrelazado en cada rincón de su vida, como una enredadera que nunca deja de extenderse"

"¿Solo dices eso porque estoy llorando?" me reí entre los sollozos.

"Sí."

Mi risa sacudió mi pecho, y me sentí más ligera de lo que me había sentido en muchos años. "Me dijiste lo mismo la otra vez que lloré."

Se inclinó más cerca, y esta vez, sus labios se encontraron con los míos con una presión suave.

Me relajé en su cercanía y gemí de satisfacción contra sus labios, lo que hizo que los abriera, y mi lengua se deslizó dentro instintivamente.

Su beso era exactamente como lo recordaba. Él era Fletcher. Mi lugar más familiar, reconfortante, de calidez y felicidad.

Solté el entrelazado de nuestros dedos y deslicé mis manos por su cintura, levantando su camiseta para poder trazar líneas hacia arriba y hacia abajo en su piel con mis uñas.

Sus grandes manos se movieron a cada lado de mi mandíbula, y los suaves mordiscos y caricias que nuestros labios y dientes habían estado haciendo se volvieron más intensos y desordenados.

Fletcher gimió de satisfacción ante la mayor intensidad, así que tiré de la parte trasera de su camiseta, y su agarre se trasladó a sus hombros para agarrar el material de algodón y quitarlo por su cabeza, rompiendo nuestro beso momentáneamente con la retirada de la camiseta.

Cuando sus labios me tocaron de nuevo, se deslizaron por mi mandíbula y bajaron por el costado de mi cuello hasta mi clavícula.

Levanté mi blusa sobre mi cabeza para permitirle un acceso más fácil, aunque mi camisa tenía un escote redondeado. Quería más piel expuesta para su rastro de besos.

Nuestra respiración errática nos hizo separarnos por unos segundos acalorados para reubicarnos.

Su mirada se centró en mi pecho mientras estaba a unos pocos centímetros de él, solo en sostén de la cintura para arriba.

Me tomé mi tiempo apreciando su pecho durante su examen. Mientras observaba sus pectorales definidos y sus abdominales marcados, ese borroso de color capturó mi atención.

Me enfoqué en la obra de arte de tinta que cubría su pecho superior izquierdo mientras mi visión se aclaraba de las lágrimas que había derramado unos momentos antes.

"Justo sobre su pectoral estaba ese dibujo de un corazón rojo brillante con una enredadera verde envuelta alrededor del medio. "Fletch..."

Su barbilla se inclinó hacia abajo, y sus ojos examinaron el área donde mi mirada había caído.

"Esa es una enredadera de hiedra." Si tenía alguna duda sobre cuánto me amaba este hombre, ya no había preguntas sobre sus sentimientos por mí. "Y está envuelta alrededor de un corazón." Como una enredadera que crece y se entrelaza con todo lo que toca, yo también había sido parte de su vida, creciendo junto a él, ocupando un lugar en su corazón. Me llamaba *Vine* porque, al igual que esa enredadera, yo estaba conectada a él, rodeándolo y formando parte de todo lo que era."

Extendí la mano para tocarlo, rompiendo efectivamente su mirada en su tatuaje. Trazando el contorno con la punta de mi dedo, observé cómo su piel se estremecía ante mis suaves caricias. Y cuando pasé mi mirada de la tinta a sus ojos, esos ojos azules ardían con un deseo intenso.

Reconocí esa mirada. Así como recordaba sus besos, podía recordar con asombrosa claridad esa mirada que esgrimía cuando me deseaba. Su mirada me atraía con una fuerza magnética, atrayendo mi cuerpo hacia el suyo.

Antes de darme cuenta de lo que estaba sucediendo, estábamos una vez más besándonos y acariciándonos apasionadamente. Pero esta vez, no nos detuvimos cuando nuestros pulsos latían rápido, ni nuestra respiración se aceleraba.

Sus manos agarraron mi trasero cubierto de mezclilla, y pude sentir el contorno de su erección contra mi vientre bajo. La temperatura en la sala de estar pareció aumentar varios grados, y no podía quedarme allí por más tiempo, así que di un paso hacia atrás, llevando a Fletcher hacia la escalera.

Agarré la barandilla cuando llegamos a las escaleras y di un paso tentativo hacia arriba. Me quedé un paso por encima de su lugar en el suelo, haciendo que rompiera la fusión de nuestras bocas una vez más.

Y después de tomar aire rápidamente, se inclinó y su hombro se encontró con mi cintura antes de levantarme.

Solté un chillido por la inesperada maniobra de carga tipo bombero.

Subió las escaleras de dos en dos hasta llegar a mi habitación. Y después de girar la perilla y empujar la puerta, me dejó caer sobre el colchón, haciendo que mi cuerpo rebotara suavemente.

Se colocó a horcajadas sobre mí y se inclinó sobre mi cuerpo con un movimiento rápido que me hizo jadear por su agilidad.

"Cuéntame más sobre el tatuaje," le pedí entre mis respiraciones cortas.

"El corazón representa a Mamá Hart y, bueno, creo que sabes quién representa la cadena de hojas." Su mirada ardiente normalmente habría derretido mi interior, pero una pequeña risa escapó ante su explicación.

"¿Soy una cadena de hojas?" Intenté contener más risas, pero al igual que la primera vez que estuvimos en este nivel de intimidad, no pude evitarlo.

"Sí, eres *mi* cadena de hojas. Eres mía."

La risa se desvaneció en mis labios.

"No importa cuán lejos hayamos estado, siempre ha habido una cadena que nos ha mantenido unidos. Esa cadena está anclada alrededor de mi corazón, y cada una de esas hojas es un recuerdo que guardo con cariño en mi corazón."

"Fletcher, no sé qué decir." Soñaba con esas palabras. Deseaba durante tantos días que nos reencontráramos y él confesara su amor eterno por mí. No me lo dijo, sino que lo tatuó permanentemente en su cuerpo.

Tracé el contorno de la imagen nuevamente y le di un beso sobre la imagen colorida de un corazón, que cubría su órgano vivo y palpitante.

Besé el área repetidamente antes de recorrer su pecho, haciéndome cosquillas con el polvo de su vello rubio a medida que avanzaba. Después de haber cubierto adecuadamente la piel sobre sus pectorales, me permití lamer uno de sus pezones.

Él todavía se sostenía sobre mí, y aunque se estremeció ante el contacto, se detuvo antes de aplastarme con su peso. No es que me hubiera importado. Estaba dispuesta a ser sofocada por su cuerpo en mi cama, preferiblemente desnuda, claro.

Trasteé con el botón de sus pantalones y logré desabrocharlo para poder deslizar más fácilmente su cremallera hacia abajo. En el momento en que mi mano tocó su impresionante erección a través del algodón de su bóxer, sus labios estaban sobre mí.

Me besó la boca con hambre y necesidad antes de desviarse hacia el costado de mi mandíbula y por mi pecho superior.

Desabroché el sujetador y, en lugar de quitarme los tirantes lentamente, Fletcher agarró el material. El elástico se quedó pegado a mi codo por un momento mientras intentaba sacar la prenda interior, y la cosa voló por la habitación como una banda elástica.

Normalmente, me habría reído de la hilaridad de mi sujetador volando, pero su boca caliente estaba en un pezón al siguiente momento, e inhalé una gran bocanada de aire por el placer inesperado.

El calor se deslizó por mi interior y entre mis piernas.

Me incliné hacia él mientras su lengua rodeaba y provocaba el pico erecto. Usó su dedo para tocar el tejido endurecido de mi otro pecho, y no pude evitar los recuerdos que me invadieron de años atrás cuando exploraba mi cuerpo, aprendiendo todo lo que me gustaba.

Obviamente, nunca olvidó cuánto adoraba la atención que dedicaba a mis pechos, pero necesitaba más de él.

Continué acariciando su longitud sobre su ropa interior, pero cuando deslicé mi mano debajo de la tela, un gemido profundo y salvaje salió de su garganta.

"Dios, Vine. Vas a hacer que me corra en los pantalones otra vez, como aquella vez cuando éramos adolescentes." Su voz ronca me hizo moverme fuera de mis pantalones cortos y bragas porque *¡Oh, Dios mío, sí!*

Fletcher agarró mi ropa y la arrancó con fuerza a lo largo de mis piernas antes de lanzar las prendas a algún lugar de mi habitación.

"Ahora es tu turno, Fletch. Es hora de que te desnudes."

"Sí, señora." Se levantó solo lo suficiente para quitarse los pantalones y el bóxer ajustado antes de volver a saltar a la cama y colocarse sobre mí nuevamente.

Observé desde su amplio pecho hasta los músculos de su abdomen y piernas. Era más grande y fuerte en todas partes, así que cuando vi el tamaño de su erección, no me sorprendió. Nunca fue pequeño, pero antes era un chico, y ahora, cada parte de él era un hombre.

"No traje un condón, así que no puedo terminar dentro de ti."

"Mira en el lugar de siempre."

Abrió el cajón de la mesita de noche que estaba a su alcance y sacó una tira de condones.

"Son nuevos. No son los restos de antes."

Una sonrisa sexy se curvó en sus labios antes de

arrancar un paquete y tirar el resto de vuelta al cajón abierto. "Espero que esto sea suficiente para la noche porque planeo usar cada uno de ellos."

Una risita escapó de mis labios. "Solo recuerda que ha pasado mucho tiempo para mí."

"Oh, planeo tomarme mi tiempo y saborear cada momento cada vez que esté dentro de ti. Pero también ha pasado bastante tiempo para mí. Así que intentaré no ponerme todo salvaje contigo."

Mis ojos se abrieron ampliamente, revelando mis pensamientos turbulentos. *Acababa de romper con su prometida. Tal vez piense que una semana sin sexo es una sequía.*

Agarró los lados de mi cara, obligándome a concentrarme en él en lugar de dejar que mis pensamientos se desviaran a cualquier lugar que no fuera aquí y ahora.

"Mírame, Ivy."

Nuestras miradas se encontraron, como siempre lo hacían cuando estábamos a corta distancia el uno del otro.

"No he tenido sexo en más de seis meses, así que intentaré no perder el control, pero no puedo prometer que una vez dentro de ti no explote en ese mismo instante."

Una sonrisa coqueta se dibujó en mis labios. Era tan sexy como siempre, con músculos definidos, pecho ancho, brazos fuertes y piernas poderosas. La barba que antes le habría tomado un par de días en crecer, ahora rozaba su mandíbula menos de veinticuatro horas después de su último afeitado.

Su boca estaba en la mía en medio segundo, su lengua adentrándose con urgencia. Me dejé llevar por su beso abrumador, pero cuando su dedo rozó el interior de mi muslo, no pude evitar alcanzar su gruesa erección.

Se apartó de mí con un sobresalto. "No voy a correrme antes que tú." Su voz ronca susurró con dureza en mi oído.

Sus dedos siguieron su camino hacia el ápice de mis muslos hasta que se deslizaron entre mis pliegues femeninos.

Un gemido apreciativo surgió del fondo de mi garganta.

Su propio gemido vibró desde su pecho siguiendo mi aprobación. "Dios, Vine. Estás tan húmeda."

Un dedo se adentró en mí. A pesar de que mi cuerpo ya estaba listo por la excitación, la penetración profunda me hizo jadear al instante. Aunque fue inesperado, en menos de un segundo ya me había rendido a esa bienvenida intrusión.

Para cuando un segundo dedo llenó más espacio, ya estaba relajada, y después de unos cuantos movimientos, mis caderas se sincronizaron con su ritmo. Su pulgar masajeaba suavemente círculos alrededor de mi clítoris mientras sus dedos se curvaban hacia arriba, tocando un punto que me hizo aferrarme a la colcha, pensando que podría flotar sobre la cama en una nube de éxtasis.

Cuando mi visión se nubló y una cálida sensación me recorrió la base de la columna, supe que estaba cerca del clímax. "Dios, Fletch".

"Oh, ¿te gusta eso, Vine?" Aceleró el movimiento y presionó con más fuerza ese grupo de nervios, y cuando mordió uno de mis pezones, caí por un precipicio mientras ola tras ola de mi orgasmo convulsionaba por mi cuerpo.

Una vez que mi cuerpo dejó de temblar por las placenteras sacudidas, retiró su mano de entre mis piernas, y aunque estaba saciada, aún lo deseaba dentro de mí.

Agarré la base de su erección y deslicé mi mano arriba y abajo, provocando más gemidos graves de él. Cuando deslicé mi pulgar sobre la punta hinchada y esparcí el fluido que emanaba, él rompió el envoltorio del condón con los dientes.

Retiré mi mano para que pudiera cubrirse, pero luego volví a sujetar su erección para guiarlo a mi entrada.

Entró lentamente, pulgada a deliciosa pulgada hasta estar completamente dentro, y luego se detuvo.

Me retorcí debajo de él, deseando que se moviera. "Fletch, necesito que..."

"He querido estar aquí de nuevo por tantos años, y tengo miedo de que si me muevo, todo termine rápidamente, y no estoy listo para que esto acabe".

Moví mis caderas hacia arriba y luego volví a la cama, haciendo que se retirara ligeramente.

Volvió a embestir en mí, tocando el fondo de mi útero ansioso.

"Dios, sí," murmuré entre dientes, siseando mientras hablaba.

Volvió a salir y se hundió unas cuantas veces más, aumentando la velocidad con cada movimiento. "No duraré mucho, bebé. Te sientes demasiado bien, y ha pasado demasiado tiempo desde que estuve contigo".

Mi cuerpo comenzó a pulsar alrededor de él. Estaba tan cerca, y la acumulación de mi orgasmo vibraba dentro de mí con cada embestida.

Explosiones de estrellas estallaron detrás de mis ojos, y oleadas de calor recorrieron mi centro cuando sentí su liberación dentro de mí.

Disfrutamos nuestros clímax juntos, saboreando cada onda de placer. Y después de jadear y gemir el nombre del otro varias veces, en lugar de colapsar, él aún mantenía su peso fuera de mí y permanecía dentro de mí.

"Maldita sea. Te he extrañado". Resoplaba cada palabra entre respiraciones erráticas. "Perdón si fue rápido. Pero planeo tomarme mi tiempo contigo cada vez a partir de ahora".

Capítulo 33

Fletcher, en la actualidad

Después de las veces que hicimos el amor anoche, no podía creer que me despertara tan temprano. La mujer a la que entregué mi corazón en primer grado y que había residido allí desde entonces estaba acurrucada en mi pecho, con su larga melena castaña creando una cortina sobre su rostro.

Me incliné y le di un beso en la cabeza, haciendo que esos mechones de cabello se enredaran en los cortos vellos de mi pecho mientras ella se movía bajo las sábanas. Mis brazos seguían envueltos alrededor de su cuerpo desnudo, acercándola más a mí.

No quería que esta sensación de nostalgia y amor desapareciera jamás. Ella era mi pasado y mi futuro, y en este instante, también era mi presente. Nunca la dejaría ir de nuevo.

El sol empezaba a asomarse después de horas de habernos reencontrado. Exploré y adoré cada centímetro de ella muchas veces antes de finalmente sucumbir al sueño agotador.

Pero ahora estaba despierto, y aunque me hubiera encantado quedarme con su perfecto y cálido cuerpo amoldado al mío, necesitaba ir al baño, así que deslicé mis brazos fuera del abrazo.

Ella se movió con descontento.

"Vuelvo enseguida," le susurré al oído y fui al baño contiguo.

Cuando regresé, ella estaba envuelta en un capullo de mantas hasta el cuello.

Localicé mis prendas esparcidas por su habitación y logré encontrar todo lo necesario para vestirme, decidiendo ir a comprar café y sándwiches de desayuno para nosotros. Aunque le hice saber que volvería, escribí una nota y la dejé en la mesa de la cocina por si despertaba antes de mi regreso.

Habíamos ido al Scott's Diner la noche anterior, pero el restaurante estaba cerca y ofrecía comida para llevar.

La fila para llevar era larga y deseé haber pedido por móvil antes de llegar, pero esperaba no tardar mucho antes de poder regresar con Ivy.

Había unas siete u ocho personas delante de mí cuando una mujer rubia y pequeña se unió a la fila detrás de mí, anunciando que la maravillosa burbuja en la que estaba esta mañana estaba a punto de estallar.

"Fletcher." Su voz era firme. No solo quería llamar mi atención, estaba exigiendo que la escuchara.

Me giré sobre mis talones para dirigirme a ella, sin querer que siguiera llamando mi nombre y parecer un idiota por ignorarla.

Lo que tuviera que decirme ya no podía lastimarme. Ahora estaba con la mujer con la que debía estar.

"Lo siento mucho."

"No necesitamos hacer esto, Amilyn. Todo salió como

debía." No tenía ningún deseo de rehacer los detalles de nuestra fallida relación.

Sacudió la cabeza varias veces y tomó una profunda bocanada de aire. "Debí haber terminado contigo hace meses y meses."

Sin saber adónde iba con esto, no estaba seguro de que la fila para llevar fuera el lugar más apropiado para tener esta conversación, así que di unos pasos laterales para permitir que otros avanzaran.

"Eres un buen hombre, y no podía por mi vida entender por qué no podía amarte como necesitabas. Pensé que era una idiota por no corresponder a tus sentimientos. Pero simplemente no podía. Ahora sé que es porque nunca estábamos destinados a estar juntos a largo plazo. Yo estoy destinada a estar con Mateo, y tú estás destinado a estar con Ivy."

"Entonces, ¿por qué no terminaste las cosas?" Asombrado, me quedé incrédulo.

"Intenté alejarte, pero siempre eras tan comprensivo. Eres, en serio, el hombre más amable que he conocido, e Ivy es una mujer con mucha suerte. Tú y yo," dijo mientras apuntaba su dedo índice entre nosotros, "simplemente no teníamos eso."

"¿Eso?"

"Sabes, eso de no poder vivir sin la otra persona." Bajó la voz y agarró mi brazo superior para alejarme más de los curiosos. "Estabas de luto por la muerte de tu madre y extrañabas a Ivy cuando nos juntamos. Nos necesitábamos por un tiempo corto y conseguimos lo que necesitábamos en ese momento."

"Fue bueno por bastante tiempo. No estoy seguro de cuándo cambiaron las cosas. Traté muy duro de hacerte feliz." Recordé todas las veces que me esforzaba por acomodarla. "Fui un buen novio."

"Sí, lo fuiste. Pero no eras el indicado para mí."

Mi mandíbula se aflojó, y arqueé una ceja. Ahora que Ivy y yo estábamos juntos de nuevo, sabía que Amilyn y yo nunca estábamos destinados a ser el uno para el otro, pero hice todo lo posible para que esta mujer creyera que yo era el indicado para ella.

Bajó la cabeza y bajó la voz antes de susurrar. "Fuiste muy bueno conmigo. Pero nunca estuve interesada en ti. Pensé que estaba loca por no estar interesada en un hombre tan atractivo, dulce y amable como tú. No podía romper contigo. No tenía en mí romper tu corazón. Traté de alejarte para que vieras las pistas, pero te quedaste. Incluso después de que no tuviéramos sexo en mucho tiempo, no te diste por vencido conmigo." Su mirada azul se elevó lentamente y se encontró con la mía. "Simplemente no podía romper contigo cuando te aferrabas tan desesperadamente."

"¿Desesperado?" Me reí exageradamente. "Me importabas. Fui leal, no desesperado." Miré a mi alrededor en el restaurante ocupado y volví a centrarme en ella. "¿Qué haces aquí de todos modos? ¿No deberías seguir en tu capullo de sexo en tu apartamento?"

"Estás lleno de odio para alguien que ha vuelto con el amor de su vida."

Tenía razón. No había ninguna razón para aferrarme a cosas del pasado. Ya no estaba molesto por cómo se manejaron las cosas después de la escuela secundaria. Todo había salido como debía.

"Mateo es mi Ivy. Salimos durante toda la secundaria, y él se fue después de la graduación."

"Si era tan importante para ti, ¿por qué nunca oí hablar de él? De hecho, ¿por qué nunca compartiste *nada* sobre ti conmigo? Estuvimos juntos durante años, por el amor de Dios." No estaba realmente enojado, y definitivamente no celoso. Ahora, solo sentía que mi relación con Amilyn duró más de lo que debía, y era posible que pudiera haber estado con Ivy antes si no hubiera intentado forzar esta relación.

"Parecía que ya te habías olvidado de Ivy, pero supongo que nunca perdí la esperanza en Mateo. A veces me sentía sola, y tú estabas en el lugar adecuado en el momento adecuado." *Se encogió de hombros*. Como si nuestra relación fuera solo un pasatiempo para pasar el rato. "Me voy a casar con él mientras está de permiso, y luego me voy a Virginia con él."

Sacudí la cabeza, sin poder creerlo. "Estás loca. Apenas ha pasado un segundo desde que estabas comprometida conmigo. Ni siquiera pudiste comprometerte con una fecha para nuestra boda después de meses, y ahora te vas a casar con otro en unos días." Aparentemente, no conocía a esta mujer en absoluto.

"¿Y qué hubiera pasado si nos hubiéramos casado? ¿Entonces qué habría pasado?"

Maldita sea. Pensé en Ivy, en su cama, en casa de sus padres. Amilyn tenía razón. Nuestra relación había terminado hace mucho tiempo, y ella debería estar con quien quiera. Estuvo allí cuando la necesité, pero ambos debimos haber seguido adelante hace mucho.

Entonces, aunque me costaba no sentir algo de desdén, levanté los labios en algo que pretendía ser una sonrisa. "Bueno, te deseo suerte. Espero que encuentres tu felicidad." Me iba quedando claro con cada interacción que tenía con ella, que por más que lo intentara, nunca iba a hacerla feliz. Tal vez alguien más lo hiciera.

Me coloqué atrás en la fila, y en lugar de ponerse en el lugar detrás de mí, se dirigió hacia la salida y salió del restaurante.

~

Usé la llave que todavía estaba en su lugar habitual, debajo de una piedra que tenía una placa con el número de la casa pegada.

La casa seguía tranquila cuando entré, así que me quité los zapatos y caminé en puntas de pie por el suelo y subí las escaleras hasta su habitación.

La maldita puerta crujió cuando la empujé, lo que hizo que ella se moviera un poco. Dejé la bolsa con los sándwiches de desayuno y las dos tazas de café sobre la cómoda, me quité la camiseta y los pantalones antes de meterme nuevamente bajo las sábanas con ella.

Ella gimió adormilada cuando la rodeé con mis brazos, intentando abrazarla por detrás, pero se dio vuelta para mirarme.

Sus ojos se abrieron lentamente, y una sonrisa apareció en sus perfectos labios rosados. Estaba absolutamente deslumbrante, incluso a primera hora de la mañana, y no pude evitar besarla.

Otro gemido escapó de ella, y mi cuerpo reaccionó, con mi erección pulsando debajo del algodón de mis calzoncillos. Ella seguía desnuda debajo de las sábanas. Así que, claro, mi cuerpo iba a reaccionar ante su presencia.

Aunque no esperaba que me sucediera tan rápido, considerando cuántas veces habíamos tenido sexo unas horas antes.

Además, imaginaba que ella estaría dolorida por la mañana. Hice un esfuerzo por relajarme, y con mucha reluctancia me aparté de ella. "Traje comida y café."

"Una de las cosas que más me gustan de ti." Ella dejó un beso en mi nariz, y yo me levanté de la cama para ir por el desayuno que había comprado.

Le pasé una taza de café en el soporte de cartón que me dieron en el restaurante y dejé la bolsa sobre su edredón. Puse mi café en la mesita de noche junto a la cama y me metí nuevamente bajo las sábanas a su lado.

Saqué un sándwich envuelto en papel de aluminio y un par de servilletas de la bolsa. Ella usó el soporte de cartón como bandeja para sostener su bebida y su sándwich.

"Podría acostumbrarme a esto, Fletch." Su tono era juguetón, pero necesitaba que entendiera que mis intenciones no eran solo para pasar un buen rato rápido, sino algo más a largo plazo.

"No me voy a ir nunca más, Vine." Giré mi cabeza, y mi mirada azul se encontró con la suya, marrón.

Su sonrisa se amplió, causando pequeñas arrugas en las esquinas de sus ojos. "Pues yo no te voy a soltar."

Apretó mi mano y asintió, de repente emocionada. Me distraje con el envoltorio del sándwich porque tenerla de vuelta era algo que quería, pero no pensaba que fuera a suceder.

Un sonido fuerte de su teléfono interrumpió mi estado sentimental.

Dejó su sándwich en la bandeja y se inclinó sobre mí para alcanzar su teléfono en la mesa de noche.

Debí haberle alcanzado el teléfono, pero me quedé hipnotizado por la vista de sus pechos llenos y firmes saliendo de las sábanas mientras se estiraba.

Sus pezones se endurecieron al rozar mi pecho, y mi erección volvió a estar de pie. Al menos estaba bajo las sábanas, así que no era tan evidente.

Ella estaba concentrada en su teléfono. "Julie quiere salir esta noche." Su mirada se levantó de la pantalla y se cruzó con la mía. "¿Te apuntas?"

"Oh, yo estoy más que listo." Moví las cejas de manera juguetona, y su mirada bajó hacia mis piernas.

Ella se rió y siguió escribiendo en su teléfono antes de empujar la bandeja con el café y la comida, junto con su teléfono, hacia la mesita de noche. Con una sonrisa traviesa, levantó una pierna y se sentó sobre mi abdomen, empujando las sábanas hacia abajo.

"Le dije que mi novio y yo estábamos libres."

Pude sentir cómo mi sonrisa se amplió ante su declaración. Me estaba reclamando como suyo, y cuando movió sus caderas contra mi erección, mis calzoncillos se humedecieron. No estaba seguro si era por mi excitación o la suya, pero necesitaba quitármelos lo más rápido posible.

Nos sentamos en la cama después de hacer el amor y nos abrazamos desnudos, bebiendo nuestro café

"Y pensar que la semana después de graduarnos de la secundaria, pensábamos en lo genial que sería cuando ya no tuviera que esconderte en mi cuarto, pero aquí estamos, teniendo sexo en mi habitación de toda la vida, en la casa de mis padres." La ligereza en su tono se sintió profundamente en mi alma.

"Deberías mudarte conmigo... *quiero* que te mudes conmigo." No deberíamos estar separados ya.

"¿Así de fácil?"

"Sí, así de fácil. Quiero que te quedes en nuestro pueblo, y quiero que vivas conmigo." Hablamos del presente, pero no habíamos hablado mucho del futuro.

"Tengo un trabajo aquí, y hay un bombero lindo en este pueblo, así que creo que podría estar de acuerdo con esa idea." Se inclinó para darme un beso casto en los labios, y su sonrisa brillante hizo que mi corazón hiciera una danza feliz dentro de mi pecho. "Mi mamá me llamará hoy alrededor de las cuatro, así que le diré entonces."

Había hablado muchas veces con la señora Hatfield a lo largo de los años. No tenía dudas de que estaría emocionada con nuestra relación renovada.

Epílogo

Ivy, un año después

Mis padres regresaron a casa después de casi cinco semanas. Aunque les conté sobre Fletcher y sobre nosotros, lo que los emocionó mucho, insistieron en invitarnos a cenar a los dos pocos días después de su regreso.

Les conté toda la situación de mi ruptura con Fletcher, porque en ese entonces no se lo había contado a nadie.

Me mudé con Fletcher dentro de una semana de su regreso. Era mejor quedarme de forma permanente en su casa que pasar todas las noches allí, aunque igual terminaba quedándome todas las noches. Tenía dificultades para dormir sin su cuerpo cálido a mi lado. Y ya estábamos un poco grandes para que Fletcher se colara en mi habitación todas las noches, además, sería muy irrespetuoso que lo hiciera frente a mis padres.

También hubiera sido incómodo tener que empacar una bolsa todas las noches y confesarle a mis papás que me quedaba en su casa. Así que, para todos, fue mejor que me mudara con él.

Su papá fue a un tratamiento de desintoxicación con la ayuda de su tío Jonathan. No podía estar más de dos o tres días sin alcohol antes de que le dieran convulsiones. Necesitaba ser monitoreado durante la fase de desintoxicación en su recuperación. Estaba asistiendo a reuniones de AA y estaba progresando bien.

Solo seis meses después de mudarnos juntos, Fletcher me pidió que me casara con él. Obviamente, dije que sí. Siempre había soñado con ser su esposa, así que casarme con él sería hacer realidad un sueño.

Y hoy, justo un año después de que me pidiera matrimonio, finalmente era el día que había estado esperando toda mi vida.

Le pedí a Carrie y Julie que fueran mis damas de honor, y aceptaron usar los vestidos de color azul lavanda, que en realidad les quedaban muy bien, considerando que toda la atención debía estar en mí, la novia. Hubiera invitado a tía Charlotte a ser dama de honor también, pero tenía las manos llenas con mi pequeño primo de un año, Tucker. Decidí que mi prima Harper, la hija de ocho años de tía Charlotte, sería la niña de las flores.

Tenía que ser parte de la boda, ya que su llegada al mundo fue el primer día en que Fletcher me besó y el día en que nuestra relación pasó de ser una amistad a algo mucho más.

Fletcher eligió a John, obviamente, y a Matt, otro paramédico de su estación de bomberos, como padrinos.

Carrie se ofreció para emparejarse con John, y me encantaría que surgiera algo entre ellos. Tal vez eso la haría regresar a Maryland de forma más permanente.

"Te ves preciosa," dijo Julie antes de lanzarme un beso en el aire para no estropear su labial ni mi maquillaje, mientras comenzaba la música procesional y ella iniciaba su caminata por el pasillo.

Carrie se alineó detrás de ella después de darme una

rápida ola y una sonrisa, y después de escuchar los *"awws"* de la iglesia, supe que mi prima había arrojado los pétalos de flores por el pasillo para que mi papá y yo pasáramos.

"¿Lista?" me preguntó mi papá, con su esmoquin negro y una corbata que hacía juego con el vestido azul oscuro de mi mamá.

"Espero que Fletcher y yo seamos tan felices como tú y mamá," le dije mientras le pasaba el brazo por el suyo.

"Supe desde el momento en que ese chico me pidió permiso para ser tu novio, que él sería el que me pediría permiso para casarse contigo." Me dio una palmadita en la mano que tenía sobre su antebrazo. "Él es el único hombre en el que confiaría para cuidarte."

"No necesito que nadie me cuide, papá." Moví la cabeza y me reí felizmente.

"Oh, lo sé, cielo. Y Fletcher es el único que puedo imaginar capaz de manejar eso."

Después de una nueva risita de acuerdo con sus palabras, comencé a caminar por el pasillo de la iglesia con mi padre a mi lado, hacia el hombre al que había amado siempre y con quien estaría por el resto de mi vida.

FIN

Acerca del Autor

Sígueme